LEADING - LEVI

VERSIONE ITALIANA

KYLIE GILMORE

Traduzione di
MIRELLA BANFI

Leading – Levi © 2022 di Kylie Gilmore

Copertina di: Michele Catalano Creative

Traduzione di: Mirella Banfi

Pubblicato da: Extra Fancy Books

ISBN-13: 978-1-64658-115-3

1

Galena

Non sono un tipo romantico. Sono una biostatistica. Calcolo le probabilità di successo prima di portare avanti un progetto. Oggi il mio matrimonio, teoricamente una fuga d'amore, in effetti è stato organizzato fino all'ultimo particolare. Non farei mai una cosa avventata come sposarmi d'impulso. *Orrore.*

«Stupenda» dice Paige mentre mi aggancia una piccola collana di perle, è la proprietaria dell'*Inn at Lovers' Lane*, la locanda dove mi sposerò con una cerimonia all'aperto in un sabato di giugno.

«Grazie.» La mia voce sembra venire da una grande distanza. Sto avendo una strana esperienza extra-corporea: mi guardo mentre mi preparo in una stanza per gli ospiti al piano di sopra della locanda. Non so perché, ma niente sembra reale. La mia mente girovaga in uno stato nebuloso e onirico mentre cerco di tornare al mio solito io razionale.

È tutto perfetto: il tempo, il mio vestito, la mia futura vita matrimoniale. Non c'è motivo di preoccuparsi.

Due mesi fa, Kevin e io abbiamo comprato una casa insieme a Summerdale, Stato di New York. Il matrimonio era il logico passo seguente. Siamo insieme da due anni e due mesi e abbiamo passato due di quegli anni vivendo insieme, all'inizio in un appartamento e poi in una villetta. Sognavo da tutta la vita di vivere in una villetta. Tutto è esattamente come voglio che sia. Riepilogo ancora una volta mentalmente i fatti:

- Kevin e io siamo entrambi professionisti molto occupati.
- Una cerimonia come questa fa risparmiare tempo e denaro.
- Ci sono buone probabilità di una vita di successo insieme.
- Kevin è un ricercatore per cui provo molto rispetto. Mi chiede poco, e lo stesso faccio io. Come ho detto, siamo perfettamente compatibili. L'ha confermato perfino l'app di appuntamenti sulla quale ci siamo conosciuti.

Allargo gli strati di tulle in fondo all'abito da sposa che ho sempre sognato. È lungo, con lo scollo a V, sottili spalline, girovita con le perline e una sopravveste di pizzo floreale. Non riesco a credere che fosse anche così conveniente. Era destino, proprio come il mio matrimonio. Mi rallegra un po'.

Forse non sono proprio a mio agio perché c'è la rivista *Leisure Travel* che copre l'evento. Non sono mai stata il tipo da volere i riflettori puntati su di me, preferisco restare sullo sfondo, pensando e ripensando ai problemi, calcolando le probabilità di soluzioni di successo. È ciò che faccio al lavoro, analizzo i dati relativi ai nuovi medicinali in una società farmaceutica.

Comunque, questa locanda si vanta dei suoi matrimoni d'impulso. La tempistica era perfetta e, se devo essere sincera, c'erano tensioni nella mia famiglia riguardo a Kevin, motivo per cui non ho detto a nessuno di loro del matrimonio, tranne ai miei nonni che vivono a Las Vegas, dove passeremo la luna di miele. So che non sembra entusiasmante, ma nella mia famiglia tradizionalista è un peccato mortale vivere insieme prima del matrimonio.

I miei genitori e i miei nonni finora hanno più che altro finto che Kevin non esistesse. Non l'hanno mai incontrato e a lui non importava essere escluso dagli eventi di famiglia. Ricevo un cartoncino d'auguri per Natale dai miei genitori, indirizzato solo a me. Ma cambierà tutto dopo il nostro matrimonio, giusto? *Dovranno* riconoscere il posto che ha nella mia vita.

L'ha conosciuto solo mia sorella Izzy e non le è piaciuto, anche se non ha mai saputo dirmi esattamente perché. Mi asciugo il sudore dalla fronte, con il cuore che all'improvviso comincia a correre. Non ho invitato al matrimonio la mia unica sorella che è anche la mia migliore amica. Avrei voluto invitarla, ma temevo le sue obiezioni.

Siamo solo io, Kevin e la gente della rivista. Sento una scarica di adrenalina e lotto contro il desiderio di scappare. Che cos'ho che non va oggi? C'è Kayla, un'amica intima. Le sue sorelle maggiori gestiscono la locanda. Ha dichiarato che sono una sorella onoraria, dato che, come dice, siamo praticamente gemelle: entrambe biostatistiche, lavoriamo nella stessa società e siamo entrambe le più giovani della famiglia e le più intelligenti. Ah!

Faccio un lento respiro profondo. Ho fatto i calcoli. Il matrimonio ha senso. E ho accettato che Kevin non voglia avere figli. Ho le figlie di Izzy, le mie amate nipotine. Cerco di pensare a qualcosa di bello nel non avere figli, tipo poter partire senza preavviso per Tahiti, anche se Kevin e io prendiamo solo raramente qualche giorno di ferie.

«Ecco.» Paige mi consegna il bouquet da sposa di rose pallide e velo da sposa. È un po' brusca perché vuole che l'articolo nel *Leisure Travel* sia perfetto, oltre a essere visibilmente incinta.

Fisso i fiori, con gli occhi che bruciano di lacrime. Sono sicura che la mia famiglia finirà per amare Kevin come me. È troppo orribile pensare all'alternativa.

«Non si piange fin dopo la cerimonia» dice severamente Paige. «Non abbiamo assunto un truccatore perché tu potessi rovinare il trucco con le lacrime.» Mi stringe la spalla e mi volta verso lo specchio a figura intera. «Guarda questa bella sposa.»

Sbatto gli occhi un paio di volte, quasi non riconoscendomi. I miei capelli castano scuro, lunghi fino alle spalle, sono acconciati in modo da ricadere in morbide onde, senza la minima traccia di crespo. Porto le lenti a contatto invece dei soliti occhiali dalla montatura nera e la mia pelle olivastra è luminosa. E il vestito, oh, il vestito! Ha la giusta quantità di eleganza, è perfino romantico. Perfetto per una cerimonia all'aperto. L'ho ordinato online, con l'approvazione di Paige dato che deve ben apparire nelle fotografie della rivista.

Sono sicura che il fatto di finire su una rivista migliorerà i miei rapporti con la famiglia, cancellando il fatto che mi sono sposata in segreto. Almeno saremo sposati anziché essere solo conviventi. Dovrebbe farci guadagnare dei punti.

«Ora, vediamo di farti mettere quelle scarpe con il tacco» dice Paige.

Prende le scarpe dorate con il tacco quadrato da un angolo della stanza. Mi tolgo le sneakers bianche e le infilo.

«Mi sono allenata a portarle» le dico.

«Bene, l'ultima cosa che vogliamo è una sposa che finisca faccia a terra lungo il percorso» dice ridendo.

Sorrido anche se riesco a immaginare così facilmente che succeda da non riuscire a ridere con lei. Non per dire che sono goffa. Solo che a volte sono così persa nei miei pensieri che perdo la cognizione di quello che ho intorno.

Entra Kayla. «Oh, Galena, sei così bella!» esclama abbracciandomi. Kayla è la versione più dolce, più gentile di sua sorella Paige. Si assomigliano, con i capelli castani e gli occhi marrone chiaro.

«Ehi, attenta, le stropicci il vestito» protesta Paige.

Kayla raddrizza uno strato di tulle. «Scusa, mi sono persa la parte in cui ti vestivi, ma volevo assicurarmi che tutti i particolari fossero perfetti lì fuori. Abbiamo appena finito. E il tuo sposo è arrivato!»

Il mio stomaco fa una piccola giravolta.

«Bene» dico con la voce un po' roca. Ovvio che Kevin sia qui. È stato troppo preso dal suo lavoro per farsi coinvolgere nell'organizzazione del matrimonio o per incontrare la gente di *Leisure Travel* prima del giorno fatidico, ma non poteva mancare al suo stesso matrimonio.

Vado alla finestra e guardo in fondo al cortile, dove ci aspetta un arco bianco decorato con rose rosse e fronde verdi. C'è un tappeto bianco che va dalla casa fino all'arco. C'è una sola fila di sedie, per il reporter, la fotografa e le sorelle che gestiscono la locanda. Sembra piuttosto vuoto. Non che avessi particolari fantasie riguardo al giorno del mio matrimonio. Immagino di aver pensato che avrei provato qualcosa di più, che sarei stata travolta dall'occasione epocale. Invece mi sento avvilita.

Il sindaco di Summerdale si avvicina all'arco in un abito blu scuro. È l'officiante. Levi Appleton. È giovane per essere un sindaco, ha meno di trent'anni, immagino, capelli castani lunghetti e barba. Di colpo alza gli occhi, guardandomi. Sento una scossa, proprio come quando ci siamo incontrati l'ultima volta e anche la volta prima. Ha quell'effetto su di me. Non riesco a spiegarmelo.

L'avevo conosciuto due mesi fa, qui alla locanda, per l'incontro con la gente della rivista e avevo avuto una strana esperienza. Ci eravamo fissati negli occhi, e mi era sembrato che mi avesse colpito un fulmine. Mi si era svuotata la mente. Sensazione molto insolita per me. Io penso continuamente. Poi Kayla mi aveva parlato di lui. Lo conosce bene dato che è un suo vicino di casa ed è un buon amico di suo marito. Dice che è un'ottima persona, eletto sindaco due volte. Anche le sue sorelle ne parlano benissimo. Immagino che la strana scossa che ho provato quando ci siamo guardati negli occhi fosse dovuta al suo naturale carisma. La mia teoria era stata che il sindaco Appleton aveva un enorme effetto con chiunque lo incontrasse la prima volta, come conoscere una celebrità o una stella del rock con tutto il loro carisma, cosa che avrebbe spiegato perché era un sindaco così popolare.

Ma la strana sensazione era continuata ogni volta in cui mi imbattevo in lui in città mentre facevo commissioni. Era sempre caloroso e amichevole, mai troppo, decisamente non flirtava eppure, quando i nostri occhi si incontravano, sentivo una scossa, seguita da una vampata di calore. Non aveva senso. Perché avrebbe dovuto succedere dopo un primo incontro con niente più di sorrisi calorosi e amichevoli? Carisma eccezionale? Forse era l'effetto che aveva su tutte le donne anche se era difficile da dire perché non l'avevo visto con una donna per poter giudicare accuratamente.

Distolgo lo sguardo e vedo la testa bionda di Kevin china come al solito sul suo telefono, accanto alla tenda bianca allestita nel cortile laterale per il piccolo ricevimento a base di champagne e stuzzichini.

Brooke si precipita nella stanza. È la sorella di mezzo tra Paige e Kayla ed è la comproprietaria della locanda. «Come va? Sono tutti pronti?»

«Qui va tutto bene» dice Paige.

Brooke si avvicina a me, con gli occhi verdi preoccupati. «Va tutto bene, Galena? Sembri un po', uhm, indisposta.»

Tutte e tre le sorelle mi fissano.

Espiro bruscamente. «Sono solo un po' nervosa per via della gente della rivista.»

«Concentrati sul tuo sposo» ordina Paige. «È il tuo giorno speciale. Hanno promesso di essere il più discreti possibile.»

Annuisco, sentendo il sudore che mi scorre lungo la schiena. Sento i nervi tesi mentre mi muovo lentamente verso il letto e mi siedo. «Posso restare un paio di minuti da sola?»

«Certo!» dice Paige, spingendo le sue sorelle fuori dalla stanza.

«Ce la farai!» grida Kayla uscendo.

Alzo la mano per confermarlo. Appena escono, prendo la borsa dal comodino e tolgo il telefono. Devo mandare un messaggio a mia sorella. La chiamerei, ma le mie nipoti di quattro e sei anni le rendono difficile parlare al telefono, però può quasi sempre mandare un veloce messaggio. Devo solo controllare, vedere se stanno tutti bene.

Oh, c'è un messaggio di Kevin. Non voleva vedermi con l'abito da sposa prima del matrimonio, per l'effetto "wow", ma si è comunque preso il tempo per mandare un messaggio. Carino. Lo apro.

Kevin: *Non ci riesco. Il matrimonio è annullato. Puoi farlo sapere al personale della locanda?*

2

Resto a bocca aperta mentre le parole si offuscano davanti ai miei occhi. Il telefono mi cade di mano, sento freddo in tutto il corpo e crollo all'indietro sul letto. La stanza svanisce, i suoni sembrano arrivare da una grande distanza.

Non ha senso, non ha senso, non ha nessun senso.

Sto fluttuando lontano, lontano, lontano.

Il tempo passa, lunghi momenti storditi... Finché una familiare voce femminile mi parla all'orecchio, preme sulle mie spalle e poi mi scuote.

Il volto di Kayla è sopra di me, ha le mani sulle mie spalle. «Che cos'è successo? Stai bene?»

La fisso, lo shock si trasforma in dura realtà. I polmoni si stringono, non riesco a respirare. Sento le gambe molli e tremanti. Voglio spiegare, ma le parole non arrivano. Ho gli occhi bollenti, la gola stretta. *È finita.*

«Ha lasciato cadere il telefono» dice Paige. O è Brooke? Le sorelle hanno la stessa voce.

«È svenuta?»

«Hai mangiato oggi?» chiede Kayla affannata.

«Porridge» riesco a dire oltre il groppo di emozione che ho in gola. La nausea minaccia di travolgermi. Ero riuscita a ingoiarne solo due cucchiai a causa del nervosismo. Incrocio le braccia, abbracciandomi stretta da sola. Più di due anni insieme, quasi tutti vivendo insieme e adesso *puf*. Andato! Il giorno del nostro matrimonio. Mi sfugge un gemito. Non riesco a parlare.

Chiudo gli occhi che bruciano e mi rannicchio sul fianco.

Kayla si sposta per parlarmi all'orecchio. «Tesoro, mi stai spaventando. Dobbiamo chiamare un'ambulanza?»

Mi obbligo a sedermi. L'ultima cosa che voglio sono medici che mi punzecchiano. «No, non ho bisogno di un medico.»

«Abbiamo bussato e chiamato, ma non rispondevi» dice Kayla. «Abbiamo trovato qualcosa di blu per te.»

«Qualcosa di blu» ripeto.

«Qualcosa di vecchio, qualcosa di nuovo, qualcosa in prestito e qualcosa di blu. So che è fin troppo tradizionale, ma pensavo fosse un bel tocco.»

Paige mi passa il telefono.

Mi trema la mano, ma riesco a riaprire il messaggio di Kevin e mostrarle lo schermo.

«Merda!» esclama Paige.

Brooke afferra il telefono e lei e Kayla esclamano all'unisono, indignate: «No!».

Le sorelle cominciano a parlare tutte contemporaneamente e io crollo di nuovo sul letto, fissando il soffitto senza vederlo.

«Qualcuno deve prendere tempo con la gente della rivista.»

«Non è mai successo prima.»

«C'è stata quella sposa fuggiasca...»

«*Non è mai successo.*»

«Abbiamo un'altra coppia da poter usare all'ultimo minuto?»

«Gage e Skylar! Si sono appena fidanzati e hanno lavorato alla ristrutturazione della locanda!»

«Perfetto! Ci penso io.»

Le sorelle corrono fuori dalla porta. Piango calde lacrime. Non sono mai stata il tipo che piange. Non ho mai sofferto tanto. La mia vita è sempre andata secondo i miei piani preci-si... finora. Mi porto il pugno alla bocca, il senso di essere stata tradita come un pugno nello stomaco. Che cos'è successo? Non mi ha mai dato indicazioni che ci stesse ripensando. Non c'è una logica, una ragione.

Kayla torna dentro correndo un momento dopo. «Mi dispiace. Posso aiutarti a toglierti il vestito? Darti un passaggio a casa? Posso accompagnarti appena finirò di parlare a...»

Il suono della sua voce svanisce quando perdo la concentrazione. Troppe parole da capire mentre le emozioni invadono ogni cellula del mio cervello. Mi mordo il labbro, con gli occhi che scottano. Sarei dovuta tornare a casa con Kevin. Dov'è andato? Forse al lavoro al laboratorio, imperterrito, senza minimamente pensare alla fine della nostra relazione. Lavora spesso di sabato.

«Che cosa posso fare per te?» insiste Kayla.

Chiudo gli occhi. «Devo solo riposare un pochino qui, okay?»

«Okay, riposa.» Mi toglie le scarpe, mi copre e mi sistema il cuscino sotto la testa. «Tornerò.»

La porta si chiude alle sue spalle. Dopo qualche minuto con i lacrimoni che mi rigano le guance, il mio cervello ricomincia a funzionare, e cerco di capire che cosa ho sbagliato nei miei calcoli. Ero così sicura di Kevin. Le probabilità erano buone. Più che buone. Quasi il cento percento di certezza di un connubio riuscito. Niente è sicuro al cento percento, ma...

La prima ondata di rabbia mi fa gettar via le coperte, togliere le gambe dal letto e piantare i piedi saldamente sul pavimento. Un messaggio? Mi ha scaricata il giorno del nostro matrimonio *con un messaggio*? Dopo due anni e due mesi di compatibilità perfetta?

Solo che evidentemente non era così perfetta.

Il sopra è sotto, la sinistra è la destra, il giusto è sbagliato, sbagliato, sbagliato.

Se mi sono potuta sbagliare con lui, allora tutti i miei attenti calcoli non si applicano più a *nessuna* parte della mia vita.

Mi alzo, con le gambe un po' tremolanti e mi asciugo le

lacrime. Ora i miei nonni non conosceranno il mio nuovo marito durante la nostra luna di miele a Las Vegas. Si sono trasferiti lì dopo la pensione. Sono gli unici della mia famiglia che sapevano del matrimonio segreto e non vedevano l'ora di conoscere Kevin, una volta che le cose fossero state ufficiali.

Solo che adesso non ci sarà una luna di miele.

Vado alla finestra, muovendomi come una zombie. Levi, l'officiante, è al suo posto accanto all'arco nuziale. Le sorelle si sono sparpagliate. Chissà dove sono andate per salvare la situazione, probabilmente stanno parlando con quelli della rivista. C'è solo Levi lì e ignora completamente quello che è successo.

Dovrei informarlo che il matrimonio è stato annullato.

Infilo i piedi nelle sneakers, ficco il telefono in borsa e corro dabbasso e fuori. Lui si raddrizza quando mi vede che mi precipito verso di lui nel breve corridoio, una sposa senza lo sposo.

«Va tutto bene?» mi chiede.

Mi fermo davanti a lui, con il cuore che galoppa per la corsa che ho fatto per arrivare qui e mettere fine a tutta questa maledetta faccenda del matrimonio, poi guardo i suoi calorosi occhi castani. A questo punto sono oltre la possibilità di una scossa, ma mi fanno qualcosa, mi offrono un'oasi di sicurezza nella tempesta della mia vita. Gli occhi di Kevin sono di un gelido azzurro. È sempre calmo e composto. Pensavo che la mancanza di melodrammi fosse un segno del nostro armonioso rapporto. Ora mi chiedo se mi abbia mai amata. Mi trema il labbro e gli occhi riprendono a scottare.

«Galena, stai bene? Che cosa sta succedendo?»

No, non sto bene, non va bene niente e non sono sicura se andrà mai bene. Mi sforzo di trovare le parole per spiegargli che cos'è successo e l'incertezza della vita come la conosco, ma ciò che mi esce dalle labbra è un sussurro: «Il matrimonio è annullato».

Levi mi mette un braccio sulle spalle, guidandomi verso la tenda bianca, dove ci sono alcuni tavoli rotondi e delle sedie.

«Siediti» mi dice.

Mi siedo, con la gola chiusa.

Un momento dopo, Levi si accuccia di fianco a me e mi offre una bottiglia d'acqua fredda presa da un secchiello di ghiaccio su un tavolo vicino. «Ecco, bevi.»

Bevo un lungo sorso, il liquido freddo lenisce la tensione nella mia gola. Nella tenda entra una brezza leggera, che profuma di dolci fiori estivi. Sarebbe stata una bella cerimonia. Mi mordo il labbro che trema.

«Vuoi parlarne?» mi chiede.

«No.»

«Okay.»

Bevo ancora un po' d'acqua, senza sapere che cosa fare da ora in poi. Almeno non sto più tremando. Appoggio la bottiglia sul tavolo.

«Vuoi che parli con Paige?»

Guardo i suoi occhi preoccupati e di colpo vorrei che mi portasse via da qui. Stringo le labbra e scuoto la testa.

«Che cosa posso fare per te?»

Sembra davvero che gli importi. «Non mi meraviglia che tu sia un sindaco molto popolare» dico senza pensare. «Sei pronto ad aiutare la gente quando ne ha più bisogno.»

Levi mi prende la mano, stringendomela. È confortante ed elettrizzante insieme. «Dove sono andati tutti?»

Guardo l'arco nuziale e il mio cuore salta un battito quando vedo la scena vuota. «A trovare un'altra coppia da sposare, immagino.»

«Galena...»

Mi volto a guardarlo. «Devo andarmene da qui. Adesso, con te.»

Levi si alza e mi offre la mano per aiutarmi. Metto la mia, piccola, nella sua tanto più grande, il calore mi avvolge le dita e sento una scossa che mi percorre tutto il braccio.

«Sei mai stata su una motocicletta?»

Lo fisso, con la bocca che forma un O di sorpresa. «Non sono mai stata su una motocicletta in vita mia perché, statisticamente parlando...» Smetto di parlare. «Non importa, sembra divertente.»

Levi sorride, e agli angoli degli occhi si formano piccole rughe. Mi sento calda dalla testa ai piedi. «Sì?»

Annuisco ancora, cercando di sembrare il tipo di donna a cui piace andare in motocicletta con uomini che le danno la scossa e le calma allo stesso tempo. Qualunque sia il motivo, Levi mi scombussola.

Mi prende la mano. «Okay, allora andiamo.»

Ho le gambe che sembrano gelatina e lo seguo ciecamente attraverso il cortile laterale. Adrenalina? Puro terrore? Eccitazione? Non ne ho idea. Questa è la mia nuova vita, senza calcoli a priori, seguo solo l'istinto.

Mi rilasso appena l'arco nuziale è dietro di noi. La parte più difficile è andata. Me ne sto andando da qui.

Arriviamo alla sua Harley e Levi monta subito, mettendo in moto e io non esito: sollevo l'abito da sposa e salgo anch'io. Wow, guardatemi, spontanea, impulsiva, amante del rischio. L'anti-Galena insomma. O forse è la Galena 2.0?

Avvolgo le braccia intorno alla vita di Levi e partiamo. Mi sento stringere lo stomaco. Sento le vibrazioni in tutto il corpo e mi tengo un po' più stretta.

Pochi momenti dopo sono in grado di allentare un po' la presa. Il vento nei capelli e il calore del sole sulla faccia mi calmano. Nella mia vita è tutto fuori controllo, eppure in questo momento non mi sento per nulla nel panico. Appoggio la guancia sulla schiena calda di Levi. Mi sento sicura.

∿

Levi

Okay, fatemi causa, speravo che rompessero prima del matrimonio. Sembra orribile ma è così. Non ho mai provato una simile attrazione istantanea per nessuno. La prima volta in cui ci siamo incontrati Galena mi era sembrata una donna a suo agio con se stessa, con la sua t-shirt di Wonder Woman e i jeans. I grandi occhiali dalla montatura nera incorniciavano gli occhi colore del cioccolato. E quegli occhi sono vividi, intelligenti. Il suo atteggiamento era sicuro. Non vedevo l'ora di conoscerla meglio finché non mi ero reso conto che non era alla locanda con Kayla per una visita. Era lì per organizzare il suo matrimonio. Allora lo sposo non era con lei.

Più mi imbattevo in Galena in città, più attraente diventava. È bella, intelligente, un po' eccentrica: una combinazione irresistibile. Kevin non era mai con lei. Poi avevo cominciato a sentire cose brutte su di lui. Kayla e suo marito, Adam, i miei vicini di casa, avevano organizzato un'uscita a quattro. Adam aveva detto mai più perché Kevin era uno stronzo egoista. Kayla la pensava allo stesso modo e aveva detto che non piaceva nemmeno alla sorella di Galena, parte dei motivi per cui Galena aveva deciso per il matrimonio segreto.

Non avevo proprio voglia di essere il loro officiante, ma avevo già preso l'impegno. Non avrei mai potuto rinnegare la parola data, specialmente visto che c'era la gente di *Leisure Travel* per un articolo sulla locanda. Ora è finalmente single. Cerco di frenare la felicità alla luce della sua attuale angoscia. Chiaramente Kevin non la meritava. Dovrò aspettare il momento giusto.

Mi dirigo verso il lago Summerdale dato che la vista dell'acqua circondata da alberi, per la maggior parte della gente ha un effetto rilassante. Non so con che cosa ho a che fare, una sposa in fuga o una abbandonata all'altare. Tutto ciò che so è che devo aiutarla.

Galena mi abbraccia stretto, scaldandomi la schiena. Quante volte ho immaginato di essere così vicino a lei, e adesso è qui.

Parcheggio in un posto isolato accanto a un grande salice piangente con i rami bassi che sfiorano l'acqua. Volto la testa e Galena allenta la presa. Il vento le ha scompigliato i capelli. È la sposa più bella che abbia mai visto. E ne ho viste parecchie, visto che sono l'officiante della maggior parte dei matrimoni alla locanda. «Salve.»

«Salve» risponde lei, un po' stordita. «È un bel posto. Rilassante.»

«Bene. Scendi per prima dalla moto.»

Galena scende e io la seguo. Solleva l'abito da sposa in modo che non strisci sul terreno mentre va verso la riva. Sotto l'abito indossa sneakers bianche. Mi piace. Fa le cose a modo suo. Scommetto che in lei c'è una donna scatenata che ogni tanto si libera.

La raggiungo mentre guarda il panorama. «Non sapevo dove avresti voluto andare. Posso portarti fuori città, se preferisci.» *Potrei portarti fino in California! Sono pronto a tutto.*

Galena non smette di guardare il lago. «Qui va bene. Casa mia è a un isolato di distanza, ma a un terzo della strada intorno al lago, in quella direzione» dice indicandola. «Sunset Lane. Hai mai notato che il lago è come il mozzo di una ruota con le strade che si dipartono come raggi?»

«Sì, quelli che hanno fondato questa città l'hanno progettata in modo che il lago fosse il centro della scena sociale e che ci fossero piste ciclabili che collegavano tutto. Era un'utopia per gli hippie che l'hanno fondata negli anni Sessanta. Io abito a una strada di distanza da te in Harmony Lane, proprio accanto a Kayla e Adam.»

I suoi occhi si riempiono di lacrime. «Ah sì? Sei fortunato. Forse avremmo dovuto comprare una casa in Harmony Lane. Avremmo trovato l'armonia invece del tramonto della nostra relazione.» Si asciuga furiosamente le lacrime dalle guance.

Resto in silenzio accanto a lei, dandole il tempo di ricomporsi.

Dopo qualche minuto, Galena si volta verso di me. «Mi dispiace.»

«Non c'è niente di cui dispiacersi. Che cos'è successo? Hai cambiato idea?»

«No. Lui... Oh, ecco, te lo mostro.» Prende il telefono dalla borsa e mi mostra il messaggio.

Mormoro un'imprecazione. «Gesto da codardo. Non ti merita.»

Lei volta di colpo la testa verso di me. «Tu non mi conosci nemmeno così bene.»

«So che sei una brava persona e nessuno merita di essere

lasciato il giorno del suo matrimonio con uno stupido messaggio.»

«Sì, beh...»

«Vuoi che lo faccia sbattere in prigione? Sono il sindaco, ho i miei contatti.»

Galena sorride, ma ha ancora gli occhi lucidi di lacrime. «Sarebbe veramente carino.»

Lotto contro il desiderio di prenderla tra le braccia, di far sparire quelle lacrime. Magari dovremmo tornare sulla moto, in modo che mi possa abbracciare di nuovo. In quel modo sarebbe *lei* a toccarmi per prima.

Galena si strofina la mano sul volto. «Sono esausta.» Le manca il fiato per un attimo e sbatte rapidamente gli occhi. «Uffa! Si può essere tristi e furiosi allo stesso tempo?»

«Certamente. Che ne dici se ti porto a casa? Puoi toglierti quel vestito da sposa e metterti qualcosa di più comodo.»

Galena annuisce ma poi si blocca. «Ci potrebbe essere Kevin. Non credo di poter trattare con lui in questo momento. Potrei tirargli in testa qualcosa.»

«Sbattilo fuori a calci. Ti meriti un po' di pace.»

«Siamo comproprietari della casa.» Sbuffa. «Che si fotta. Hai ragione. Mi merito un po' di pace.» Tocca lo schermo del telefono e poi se lo porta all'orecchio. Qualche momento dopo mi dice: «C'è la segreteria».

A quel punto gli manda un messaggio.

Appena finisce le chiedo: «Pronta?».

Gale si volta per andare verso la moto e poi si ferma, fissando il telefono. «Maledizione. Dice che non ha intenzione di trasferirsi dato che la casa è per metà sua e che tornerà stasera dopo il lavoro.» Sul suo volto appare un'espressione dura e alza la testa. «Io non me ne vado. È la prima volta in cui non vivo in un appartamento ma in una villetta.»

«Sembra complicato. Aspetta. È andato a lavorare dopo averti lasciato all'altare?»

«Non ne voglio parlare» borbotta lei.

Torniamo alla mia Harley.

«Ti è piaciuta la corsa in moto?» le chiedo.

«Oh, sì. L'ho sempre evitato per via delle probabilità di farsi male rispetto ai viaggi in auto... No! Non ho intenzione di continuare a vivere secondo i calcoli di probabilità!»

Inforco la moto. «Non so che cosa vuoi dire. La tua vita è un calcolo?»

Galena solleva il vestito e sale dietro di me, stringendomi forte. «Guida, o come diavolo si dice. Vai!»

Sorrido, mi metto il casco e mi dirigo verso casa sua. Ho bisogno di un altro casco. Va bene essere selvaggi, ma la sicurezza è importante. Non ho mai portato un passeggero prima d'ora. La Harley è un acquisto recente, quando ho deciso di guardare oltre la lunga lista dei miei doveri e responsabilità, lasciando libero l'uomo selvaggio che c'è in me. Non c'è niente che parli di libertà come guidare una Harley su una strada aperta.

Qualche minuto dopo, sul Sunset Lane, Galena grida: «Questa!».

Svolto nel vialetto di casa sua e parcheggio. È una casa in stile coloniale, a due piani, bianca con gli scuri neri e la porta dipinta di rosso. La maggior parte delle case in città è così, costruite negli anni Settanta, tranne i cottage originali intorno al lago, risalenti agli anni Sessanta. Perfino quelli poco per volta vengono rimpiazzati da case moderne e più grandi.

Galena scende e mi sorride timidamente, con un aspetto radioso nonostante un momento fa fosse sconvolta. Sento il cuore che accelera. «Mi sento sorprendentemente al sicuro con te. Intendo dire, in moto con te.»

«Ho intenzione di comprare un secondo casco, per il passeggero.» *Significa che sei invitata.*

«Mossa intelligente. Hai tempo di entrare un momento?»

Nascondo la mia sorpresa a quell'invito. Non pensavo che una sposa lasciata all'altare avrebbe apprezzato avere compagnia. «Certamente.» Scendo dalla moto dicendomi che mi assicurerò che stia bene. Non è il momento di farmi avanti.

La seguo in casa. Il posto è estremamente ordinato, minimalista. Dopo l'anticamera intravedo il soggiorno sulla destra. C'è un divano blu scuro e un tavolino di vetro senza niente sopra.

«Vado a cambiarmi» dice, dirigendosi al piano di sopra. «Siediti dove vuoi.»

Mi siedo sul divano, che è più comodo di quanto sembri. C'è una TV montata sulla parete di fronte. Non so dove sia il telecomando. La sala da pranzo lì vicino ha un piccolo tavolo rotondo e quattro sedie. Le pareti sono bianche, i pavimenti di legno sono nudi. Forse non hanno avuto il tempo di rendere l'ambiente più vissuto. Immagino di essere stato avvantaggiato da quel punto di vista perché ho comprato da mia madre la casa in cui sono cresciuto quando lei è andata in pensione dopo anni di insegnamento e si è trasferita a Savanna, in Georgia. Mia sorella vive in Germania con il marito che fa parte dell'Aeronautica, quindi non voleva questo posto. Si trasferiscono molto spesso.

Controllo il telefono, che avevo spento per la cerimonia. Lo faccio sempre, per rispetto verso la coppia. Oh, merda. Ci sono un sacco di messaggi e chiamate in segreteria da Paige. Vogliono che torni alla locanda per sposare Gage e Skylar, per l'articolo su *Leisure Travel*. Hanno fatto in fretta. Si sono fidanzati solo la settimana scorsa. Scommetto che lo fanno solo per aiutare Paige, che è stata loro cliente.

I passi al piano di sopra mi ricordano la difficile situazione di Galena. Devo restare finché sarò sicuro che sta bene. Dov'è la sua amica Kayla, in tutta questa faccenda? Probabilmente sta aiutando le sue sorelle con il matrimonio che sostituirà quello di Galena. Beh, possono trovare un altro officiante. Skylar e Gage non hanno nemmeno avuto il tempo di ottenere una licenza di matrimonio, quindi non sarebbe comunque un matrimonio valido. Mi sembra di ricordare che Skylar abbia dichiarato che avrebbe invitato l'intera cittadina al suo matrimonio la prossima estate, alla loro casa sul lago. Possono fingere per la gente della rivista e poi avere il loro vero matrimonio la prossima estate, come avevano programmato. In questo momento la mia priorità è Galena.

Mando un breve messaggio a Paige informandola che

sono con Galena e suggerendole di prendere lei il mio posto. Poi spengo la suoneria in modo da potermi concentrare sulla sposa abbandonata che c'è al piano di sopra.

Qualche minuto dopo, Galena scende e viene verso di me, con l'abito da sposa avvoltolato tra le braccia. Me lo tende. «Ecco. Hai detto che vivi accanto a Kayla. Daglielo, per qualcun'altra. Le piace aiutare con i matrimoni.»

Mi alzo e prendo il vestito. Si è raccolta i capelli in uno chignon disordinato e porta di nuovo gli occhiali, la stessa t-shirt sbiadita di Wonder Woman che aveva la prima volta in cui l'ho vista e pantaloni del pigiama rosa. Scommetto che quella t-shirt è la sua preferita. O forse i suoi abiti preferiti sono in valigia per la luna di miele, nell'auto del suo ex-fidanzato. Che stronzo. L'ha lasciata alla locanda senza un mezzo di trasporto ed è andato a lavorare. «C'è qualcos'altro che posso fare per te?»

Galena si passa una mano tremante sui capelli, liberando accidentalmente qualche ciocca dallo chignon e fissa il vestito. «È tutto.»

«Perché non ti siedi e ti porto qualcosa da bere?»

Galena alza la testa e ci fissiamo per un momento elettrizzante. All'improvviso mi abbraccia, con il vestito intrappolato in mezzo.

«Grazie per avermi permesso di scappare in fretta» sussurra.

Riesco a liberare una mano dal vestito e le metto il braccio intorno. «Nessun problema.»

Lei mi dà qualche colpetto sulla schiena e fa un passo indietro. «Di solito non sono un tipo da abbracci. Spero di non essere stata presuntuosa.»

Le sorrido. «Una volta andati in moto insieme, abbracciarsi è dato per scontato.»

Galena si liscia i capelli. «Giusto, immagino che sia vero. Ti ho abbracciato per tutta la strada fino a qui.»

«Sì. Ehi, se vuoi posso restare finché torna il tuo ex, come sostegno morale.»

Galena fa un respiro profondo. «No, devo affrontarlo da

sola. È meglio che tu vada adesso. Devo fare qualche telefonata.»

«Okay, chiamami pure...»

È già sulla porta e la tiene aperta. So cogliere l'allusione. Immagino che fossi qui solo per levarle di torno l'abito da sposa.

Mi ficco il vestito sotto il braccio e prendo un biglietto da visita dal portafogli, consegnandoglielo. È il biglietto da visita da sindaco, con il mio numero personale. Per me non esiste la separazione tra personale e professionale. La comunità di Summerdale è la mia seconda famiglia. «C'è il mio numero personale. Chiamami se hai bisogno di qualcosa, anche se è solo un giro in moto.»

Galena guarda il cartoncino. «Grazie, sindaco Levi. Mi dispiace che non abbia potuto officiare un matrimonio oggi.»

«È stato meglio così. Per favore, chiamami solo Levi.»

«Okay, Levi. Arrivederci.»

«Arrivederci.» Guardo verso la porta e poi torno a fissare lei. «Sei meravigliosa. Kevin non sapeva che cosa aveva. Io lo saprei.»

Galena spalanca gli occhi.

Troppo?

Esco dalla casa e vedo la mia Harley nera e cromo, il simbolo della mia nuova visione sulla vita. Correre dei rischi, aprirmi a nuove esperienze. Cammino tutto fiero verso la moto e salgo. Mi sono comportato nel modo giusto là dentro. Che c'è di più rischioso di dire esattamente quello che provi a una donna che desideri?

Il giorno in cui l'hanno lasciata all'altare, oltretutto.

Merda. Il tempismo è tutto. Sarò fortunato se mi parlerà ancora.

3

Galena

«Andrà tutto bene.» Abbraccio di nuovo Kayla. Devo. Lei continua ad abbracciarmi. Siamo di fronte alla mia porta, per i saluti più lunghi della mia vita.

«Sei sicura?» mi chiede, tenendomi le braccia e guardandomi negli occhi.

Annuisco. «Ho solo bisogno di un po' di tempo per rilassarmi.»

Kayla è il motivo principale per cui avevo accettato l'idea di un matrimonio intimo alla locanda. Le sue sorelle avevano bisogno di una coppia "in fuga d'amore" su cui contare per via dell'articolo che avrebbero pubblicato sulla rivista parlando dei loro pacchetti nuziali. Chi sapeva che sarebbe finito in questo modo? Alla faccia della logica e dei calcoli. La vita non funziona in quel modo e ci era voluto oggi per imparare la lezione nel modo più duro.

Kayla mi esamina di nuovo il volto, cercando segni di stress. Cerco di sembrare meno patetica in modo che non mi abbracci di nuovo. Voglio infilarmi sotto le coperte nel mio letto morbido. «Mi dispiace di essere scappata mentre tu stavi ancora cercando di superare la notizia. Eravamo tutte così scioccate e siamo entrate in azione per salvare il salvabile con la rivista. Ho sentito che Levi ti ha portata a casa. È una brava persona.»

Anche nel mio attuale stato di shock e stress sento una fitta di qualcosa quando sento pronunciare il suo nome. «Così mi è sembrato, visto che è venuto in mio soccorso in quel modo.»

«Sì, vive nella casa accanto alla nostra, quindi lo vedo in continuazione. Più che altro perché rincorre il suo cane, Baxter, sempre in fuga. Quel cane ha una testa tutta sua.»

Mi sento le gambe pesanti. «Sembra un cane difficile. Sono veramente stanca.»

Kayla mi abbraccia per la milionesima volta. «Riposa. Ma chiamami se hai bisogno che ti porti il cioccolato o se hai bisogno di sostegno quando viene a casa Kevin.» Kayla sa quali sono le cose essenziali: compagnia, cioccolato e sostegno.

«Non mi preoccupo per lui. Probabilmente si comporterà come se non fosse successo niente. Non è decisamente un tipo eccitabile.» *Più un cadavere direi*. Immagino dopo il disastro di questa giornata stia emergendo il mio lato oscuro.

«Mandami un messaggio più tardi, okay?»

«Okay.»

Kayla se ne va e chiudo la porta, appoggiandomici contro per un lungo momento. Mi tornano in mente i momenti in cui mi stavo preparando per il Grande Giorno che poi si è dimostrato uno zero assoluto.

Mi trascino di sopra, in camera. Appena supero la soglia e vedo le stupide pantofole di montone di Kevin accanto al letto e il suo ultimo romanzo fantasy sul comodino, qualcosa scatta dentro di me. Prendo il suo cuscino, le pantofole e il suo libro, apro la finestra scorrevole che dà sul terrazzo del secondo piano e lascio cadere il tutto oltre la siepe. Atterra sul patio di sotto. Perfetto. Se vuole restare, può dormire nel patio. Non lo voglio vicino, nemmeno in terrazzo.

È stata una tale liberazione che vado alla cassettiera, svuoto i cassetti di tutta la sua roba e la butto oltre la siepe. Torno in camera e mi guardo intorno. Qualcos'altro? Ah, il bagno. Entro e tolgo tutta la sua roba dall'armadietto e dalla doccia ed esito. Se la buttassi di fuori potrebbe fare un disastro o perfino mettere in pericolo la fauna selvatica. Non vorrei che un procione si mastichi un tubetto di dentifricio. Butto tutto nella pattumiera, tranne lo spazzolino e il dentifricio. Per quelli ho un piano migliore. Passo lo spazzolino dentro il WC e lo rimetto nel suo bicchiere. Terrò il mio separato dal suo, nell'armadietto. Poi strizzo il dentifricio in centro. Lui arrotola sempre il tubetto dal fondo, in pieghe ordinate. Ah!

Galena 2.0 è favolosa! Impulsiva e spontanea e si sta vendicando.

Dio, sono stanca.

Mi metto a letto e crollo a pancia in giù per un agognato pisolino.

Quando mi sveglio scendo, bevo un bicchiere d'acqua e chiamo mia sorella, Izzy, nomignolo per Isabella. «Ciao, sono io.»

«Che cosa c'è che non va?»

Sto per sputare il rospo quando dice: «Aspetta» e poi ordina: «Vai a vedere la TV nella poltrona dall'altra parte della stanza. Non voglio che ti ammali anche tu. Amelia, baby, forza. Arrivo con il panno freddo».

«Che cosa sta succedendo? Le bambine sono malate?»

«Amelia ha la febbre. L'ho sistemata sulla poltrona davanti alla TV. Sto cercando di tenere Grace lontana da lei in modo che non si contagi, ma è una battaglia persa. Vuole curarla.»

Aww. Grace cura sempre anche le sue bambole. Sarà un grande medico o un'infermiera un giorno.

«Ti lascio andare» le dico.

«Aspetta solo un attimo.» Un paio di minuti dopo dice: «Okay. Sono tutte sistemate. Che cos'è successo?».

«Oggi mi sono quasi sposata in segreto.»

«Cosa!?»

Allontano il telefono dall'orecchio quando urla. Quando lo rimetto all'orecchio sta andando alla grande. «... sposarti senza di me! Senza la famiglia! Che cosa stavi pensando?»

«Mi dispiace. Aveva un senso e adesso niente ha più senso. Mi ha mandato un messaggio proprio prima della cerimonia. Ecco il suo messaggio da codardo.» Copio, incollo e glielo mando.

Silenzio di morte.

«Izzy, l'hai ricevuto?»

«Sì, l'ho ricevuto. Sapevo che c'era una ragione perché non mi piaceva. Non sono mai riuscita a capirlo esattamente. Qualcosa in lui diceva "perdente". Ed era ovvio che fosse egoista. Vabbè, ha finalmente dimostrato chi era veramente.»

La tensione che sento nelle spalle si attenua. Izzy mi ha sempre guardato le spalle. «Peccato che Amelia sia malata. Oggi avrei proprio bisogno di un po' di coccole da lei e Grace.»

«Oh, tesoro, mi dispiace. Devi sentirti malissimo. Ci vedremo appena le bambine staranno meglio, promesso.»

Si sente un urlo acuto. Una delle mie nipoti.

«Grace! Che cosa stai facendo? Le hai rovesciato addosso il succo!» Poi, rivolta a me: «Devo andare. Ti voglio bene. Fatti forza.».

Riappendo e vado direttamente al freezer per prendere la mia confezione di gelato rocky road. La apro e resto di stucco. Kevin l'ha mangiato quasi tutto! Ne restano solo poche gocce in fondo. *Sa* che questo è il *mio* gelato. Come osa svuotare la mia riserva quando ne ho più bisogno! Avrebbe almeno potuto ricomprarlo. Bastardo. Lo spazzolino da denti nel WC è troppo poco per lui.

Suona il mio telefono e controllo chi è. La nonna. Avevo intenzione di chiamarla più tardi per dirle che la luna di miele è annullata. Non voglio ancora parlarle. Lascio che la chiamata vada in segreteria, sentendomi in colpa. Sono cresciuta nel Bronx in un appartamento con due camere da letto con i miei genitori, i nonni e mia sorella. Izzy e io dividevamo un divano letto in soggiorno. La mia famiglia è molto unita. Non riesco a credere di essermi quasi sposata in segreto. Aria fresca. Ho bisogno di aria fresca.

Esco sul patio, guardo la montagna di robaccia di Kevin e

torno immediatamente dentro. È il motivo per cui l'avevo fatto. Sapevo che c'era tensione a causa di Kevin. Izzy aveva messo in chiaro che non le piaceva e la mamma mi aveva detto di non andare a vivere con lui. Quando ci eravamo trasferiti, i miei genitori avevano finto che vivessi da sola.

Kevin era il mio primo ragazzo serio e tutto sembrava andare così bene tra di noi. Sembrava che non ci fossero rischi nel vivere insieme, specialmente visto che comunque passavo quasi tutte le notti da lui. Era comodo e avremmo entrambi risparmiato sull'affitto. I miei genitori non erano d'accordo con il mio ragionamento logico.

La mia mente torna a Levi. Il calore del suo sorriso, la scossa che provo ogni volta che i nostri sguardi si incrociano. Non mi è mai successo con Kevin. Eravamo più come coinquilini con il sesso programmato per le nove del mattino di sabato. Forse la mia vita con Kevin non era così perfetta come avevo pensato. Forse come mi sento quando c'è Levi è quello che avrei dovuto provare per l'uomo che stavo per sposare. Stavo veramente per accettare una vita di mediocre sesso programmato?

Il mio telefono vibra con un messaggio vocale. Rabbrividisco ma lo ascolto comunque.

È la voce della nonna, forte e chiara. «Ciao tesoro, ho chiamato solo per sapere com'era andata oggi e dirti...»

«Congratulazioni!» dicono insieme lei e il nonno.

«Non vediamo l'ora che arrivi» dice il nonno.

«Non vedo l'ora di conoscere il tuo nuovo marito!» dice la nonna. «Ci vediamo presto! Ciao!»

Avevo tanta voglia di vederli. È passato un anno dall'ultima volta. Niente sposo, niente luna di miele a Las Vegas. Sbatto gli occhi per non piangere e vado di sopra. Basta piangersi addosso. Andrò a fare una corsa per schiarirmi la testa.

M'infilo una canottiera nera con incorporato un reggiseno sportivo e cambio i pantaloni del pigiama, mettendomi quelli grigi di una tuta. Allaccio le sneakers, faccio lo stretching e sono pronta. Sento aprirsi la porta. Ho il cuore che batte forte mentre vado in cima alle scale per affrontare finalmente il codardo che mi ha scaricato il giorno del nostro matrimonio. Davanti alla gente della rivista, oltretutto!

«Ah, sei qui» dice Kevin. Sembra com'è sempre quando arriva dal lavoro, tranquillo e soddisfatto. Ha i capelli biondi corti in disordine, le guance ben rasate da quando si era preparato per oggi. Di solito non si rade nei fine settimana. Indossa la camicia bianca e i pantaloni grigi del completo, come se fosse andato direttamente dal luogo della cerimonia al laboratorio. Tutto ciò che gli interessa è la sua ricerca.

Scendo e vado da lui, dove si è fermato accanto alla porta. «Hai ottenuto risultati al lavoro?»

«Sì, ma c'è comunque altro da fare. Siamo nella fase finale...»

«Non fingere che oggi non sia successo niente.»

«Ho semplicemente sentito che non era il momento giusto. Spero che tu non sia arrabbiata.»

«Arrabbiata? Certo che sono arrabbiata. Ho comprato un vestito. Mi ero preparata per quello che avrebbe dovuto essere il giorno più felice della mia vita e mi hai scaricata con un messaggio.»

«Non ti ho scaricata. Ho solo detto che non potevo sposarti.» Mi rivolge un sorriso paziente. «Mi piacerebbe tornare a com'erano le cose prima. Andava tutto bene tra di noi, solo vivendo insieme.»

«Beh, Kevin, non si può tornare indietro nel tempo e disfare ciò che è stato fatto. È finita e non credo che tu dovresti continuare a vivere qui.»

Lui incrocia le braccia. «È anche casa mia. Non vado da nessuna parte.»

Mi sento stringere il petto e mi sembra di non riuscire a respirare. Oggi non sono in grado di combattere questa battaglia. Ho bisogno di riorganizzare le idee e farlo sloggiare. «Puoi dormire nella stanza degli ospiti per stanotte, mentre cerchi un altro posto. Non sei più il benvenuto vicino a me.»

«Quando ti sarai calmata e penserai razionalmente alle cose...»

Non sento il resto perché esco e mi dirigo verso il lago. Ho bisogno di allontanarmi da lui.

Levi

Entro in casa, appoggio l'abito da sposa sullo schienale del divano ed esco immediatamente dal retro per andare dal mio cane, Baxter. È un beagle di due anni ed è un artista della fuga. Avevo avuto in programma di restare fuori solo un'ora, quindi l'avevo lasciato sul terrazzo dietro la casa, dove gli piace dormicchiare sotto il tavolo. Il cortile posteriore è circondato da una recinzione di legno alta due metri, con una rete metallica in fondo per evitare che la oltrepassi scavando sotto. È sicuro quanto possibile.

Non c'è. Maledizione. Se l'avessi lasciato all'interno si sarebbe fiondato di nuovo nel cesto della biancheria e avrebbe fatto un altro buco nella mia camicia. Non so come fa a trovare sempre quelle più costose da distruggere.

«Baxter!» Scendo i gradini del terrazzo, vado in cortile e controllo di sotto. Niente da fare. Controllo il cortile e vedo una nuova buca. Ha cominciato a scavare oltre la rete ed è uscito. Mi volto e torno in casa. Non c'è niente che riesca a contenere questo cane. Avevo cominciato con una recinzione di rete metallica che scalava, saltando nel cortile del vicino, poi avevo tentato la recinzione elettrica invisibile per i cani e ci passava tranquillamente attraverso e ora ho un'alta recinzione chiusa, che è riuscito a superare scavando di sotto.

Prendo il suo coniglio di peluche, Walter, dal pavimento della sala da pranzo, esco e passo dal cancello per entrare nel cortile di Adam e Kayla, sperando che Baxter sia lì. Di solito Baxter dà la caccia a Walter. I beagle sono una razza creata per dare la caccia ai conigli.

Scuoto Walter, in modo che sembri vivo, con le lunghe orecchie e le zampe che si agitano. «Baxter, guarda che cos'ho trovato! Walter è scappato!»

Niente Baxter. Svolto l'angolo della casa e controllo il cortile, anche in mezzo alle piante alta in giardino.

Un tonfo contro il vetro attira la mia attenzione. Baxter è dentro la casa di Adam, con le zampe sulla porta di vetro che dà sul patio, la coda dalla punta bianca che si muove frenetica. Sembra che abbia deciso di andare a trovare i suoi amici, il bulldog inglese di Adam, Tank, e un gatto soriano marrone chiaro, Simba. I tre sono così diversi e si comportano diversamente. Baxter sembra contento di vedermi, Tank sembra annoiato e Simba si sta leccando.

Scuoto la testa e vado all'ingresso per suonare il campanello. Comincia un coro di latrati. Qualche minuto dopo, Adam arriva alla porta. È un mastro falegname alto e pieno di muscoli. Andiamo a pescare insieme sul lago.

Alza la testa in un gesto di saluto. «Ehi, ho trovato Baxter in cortile e l'ho fatto entrare.»

«Grazie, adesso lo porto a casa.»

«Penso che voglia un amico. Viene continuamente a trovare Tank e Simba.»

«Mi dispiace.» Afferro Baxter per il collare proprio mentre cerca di scappare dalla porta. Tank resta dentro e lo fissa con i suoi seri occhi da boxer e la faccia rincagnata. Simba sporge la testa dall'angolo della parete della sala da pranzo. «Faccio già fatica a occuparmi di questo. Non riesco a immaginare averne un altro come lui.» Prendo in braccio Baxter che si lancia verso Walter il coniglio che ho nell'altra mano. Quasi mi cadono entrambi.

Adam allunga la mano per aiutarmi, ma riesco a tenerli. «Un amico potrebbe tenere Baxter occupato.»

«Forse. Lascia che lo porti a casa, poi tornerò con un abito da sposa per Kayla. Galena è appena stata lasciata all'altare e sperava che Kayla potesse usarlo per un'altra sposa.»

«Davvero? Che schifo. Sì, portalo qui. Sono sicuro che Kayla troverà qualcosa per usarlo. Povera Galena, anche se Kevin non mi piaceva. Quasi non la guardava quando uscivamo insieme. Ruotava tutto intorno a lui.»

«È stato meglio così allora.» Esco, segretamente contento.

Per Galena è veramente meglio così anche se in questo momento è doloroso.

Riporto Baxter in casa e gli getto Walter, ma Baxter è già passato dal coniglio di peluche a perlustrare il pavimento della cucina in cerca di briciole. Ha un naso di prima classe e le sue orecchie penzoloni fanno da imbuto convogliandogli altri odori. È quasi tutto bianco, con macchie nere e marrone rossiccio sulla testa, le orecchie e lungo la schiena. È di razza pura. Difficile credere che sia stato lasciato al rifugio quando aveva un anno. A quanto pare succede a un mucchio di beagle perché i proprietari e i vicini non sopportano quanto rumore fanno. Abbaiano, fanno uno strano verso che assomiglia allo jodel e ululano. Non è facile se si vive in un appartamento con altra gente vicina, ma è accettabile nei sobborghi. Inoltre a casa ci sono solo io e a me il suo rumore non dà fastidio.

Dopo aver consegnato l'abito di Galena a Adam, torno a casa e mi tolgo il completo. Che giornata. Ho cominciato a officiare i matrimoni solo un anno fa, quando ha aperto la locanda. Le proprietarie mi avevano chiesto se fossi disponibile e sapevo che i sindaci possono legalmente farlo. È un lavoretto collaterale, soldi facili per un impiego che richiede un tempo limitato. Non è nemmeno diventata una routine. In effetti è veramente bello vedere come si svolge la cerimonia con ciascuna delle coppie, vedere l'amore tra di loro espresso in modi diversi. La gente mi affascina.

Do da mangiare a Baxter e riscaldo un po' di avanzi di cibo cinese per me. C'è solo abbastanza Lo Mein per uno spuntino. Dovrei andare a prendere una vera cena all'Horseman Inn dopo aver portato Baxter a fare la sua passeggiata. Mangio sopra il lavandino, guardando il cortile fuori dalla finestra. Che cosa servirebbe per tenere confinato Baxter? Sto cominciando a pensare che dovrò costruirgli una cupola con i lucernari. Una biosfera per beagle. Ah-ah.

Qualche minuto dopo Baxter ha finito di mangiare, quindi lo lascio uscire, tenendolo d'occhio. Fa le sue cose e poi torna dentro di corsa. Conosce la routine. Di solito andiamo a fare una passeggiata intorno al lago dopo cena, se c'è ancora luce.

Finisco di mangiare, getto i contenitori e prendo il suo guinzaglio da un gancio accanto alla porta sul retro. «È ora di andare a passeggio.»

Baxter saltella eccitato, capendo la parola "passeggio". Mi accuccio e lo coccolo un po', accarezzandolo dietro le orecchie come piace a lui prima di agganciare il guinzaglio. «Lo so che ti piacerebbe lanciarti in avventure, ma devi smettere di scappare. Un giorno potrei non trovarti.»

Lui mi guarda con i suoi grandi occhi di velluto marrone, con un'espressione innocente.

Il mio cuore si addolcisce, ma mantengo seria la voce. «Guarda che sono serio, altrimenti dovrai restare chiuso in casa tutto il tempo, a meno che ci sia io a curarti quando sei in cortile. È quello che vuoi?»

Baxter mi lecca la faccia.

Mi alzo, asciugandomi la guancia. Lui corre alla porta, con il guinzaglio che svolazza dietro di lui. È ora della nostra prossima avventura. Dovrei prendere un sidecar per la mia Harley. Allora Baxter e io potremmo fuggire insieme.

Quando arriviamo alla fine dell'isolato, vedo una donna dai capelli scuri che attraversa di corsa Lakeshore Drive, diretta al sentiero intorno al lago. È Galena? Baxter mi strappa il guinzaglio di mano, correndo verso di lei. Merda! E se arrivasse un'auto?

Corro più forte che posso e blocco Baxter sul lato della strada, dove è improvvisamente occupato ad annusare il palo di un segnale di stop. Afferro il guinzaglio e gli faccio una dura predica sul pericolo di scappare.

«Parli sempre al tuo cane come se capisse l'inglese?» mi chiede una voce femminile.

Sorrido. Baxter mi ha portato dalla donna a cui non riesco a smettere di pensare. Bravo ragazzo.

Galena

Avevo quasi superato Lakeshore Drive quando ho sentito un sassolino nella scarpa e ho dovuto fermarmi. È stato in quel momento che ho sentito un uomo rivolgere una dura predica a un cane delle lunghe orecchie che stava annusando il palo di un segnale di stop. Levi. _Il bravo ragazzo_. L'ha detto Kayla e finora è stato molto buono con me.

Levi sorride, avvicinandosi con il cane al seguito. Mi sento invadere da un'ondata di calore. Molto forte. Scotto addirittura. Non ho mai avuto una reazione così viscerale a un uomo.

Non che abbia molta esperienza. Kevin è stato il primo con cui ho fatto sul serio. In effetti, è stato il mio primo. Sì, ero una vergine di ventiquattro anni. Non ero stata educata in un ambiente favorevole al sesso, a dir poco, e, sinceramente, nessun uomo mi aveva attratto abbastanza da voler arrivare fino a quel punto. Kevin è quasi esattamente come me: pratico e analitico, quindi mi ero sentita a mio agio quasi subito. Sto cominciando a pensare che sentirsi a proprio agio sia sopravvalutato.

Gli occhi castani di Levi scintillano di buonumore. «Io non

parlo il beagle, quindi parlargli in inglese è tutto ciò che posso fare.»

Sorrido e mi accuccio ad accarezzare il suo cane. Lui mi guarda con i suoi grandi occhi marroni e si avvicina, annusandomi l'orecchio e facendomi ridere.

«Questo è Baxter, l'artista della fuga. Mi è scappato correndo da te. Penso che quando ti ha vista correre abbia pensato che fosse una gara di rincorsa.»

«Puoi rincorrermi tutte le volte che vuoi» dico a Baxter che mi lecca il collo, facendomi ridere. Mi rimetto in piedi e guardo negli occhi Levi, che sta esaminando la mia espressione. Si sta chiedendo come si sente la sposa abbandonata.

Guardo il lago, c'è una lieve brezza che increspa la superficie e le fronde verdi degli alberi ondeggiano lente. Sento volentieri la brezza sulla pelle. Mi concentro sul momento. Non vale la pena di tornare a pensare alla situazione della sposa abbandonata.

«Come te la stai cavando?» mi chiede Levi dopo un po', indicandomi di unirmi a loro per la passeggiata. Adesso è vestito in modo casual, con una t-shirt blu e pantaloni cachi e c'è qualcosa in lui che mi rilassa, come se potessi fidarmi di lui.

«Ho superato le fasi di shock e rabbia, quindi penso di essere sulla strada dell'accettazione.»

«Hai fatto in fretta. Buon per te.»

«Il mio ex, Kevin, mi ha aiutato parecchio. È tornato a casa e si è comportato come se non fosse successo niente. Pensava veramente che saremmo potuti tornare allo status quo.»

«Wow, sembra uno sprovveduto.»

«Direi che lo definisce perfettamente. Quindi gli ho detto di trovarsi un altro posto dove vivere. Per ora immagino che resterà nella stanza degli ospiti. O nel patio, è dove ho gettato tutti i suoi vestiti.»

«Ti senti al sicuro in casa?»

Lo guardo, commossa che gli importi. Non è che ci conosciamo così bene. «È innocuo. Tutto ciò che gli interessa è la ricerca. Sta lavorando sul genoma... No, non ti interessa. *Non* interessa più nemmeno a me. E non è che avessimo una vita sessuale fuori dal mondo.» Mi metto la mano sulla bocca. Non sto parlando con mia sorella o Kayla. Ma sono abbastanza stressata dagli avvenimenti di oggi che ho perso la mia solita riservatezza.

Lui si mette a ridere. «Va tutto bene. La gente mi racconta un mucchio di cose, come sindaco. Vogliono che risolva i loro problemi.»

«Mi dispiace. Sei così... Non so, accomodante. Mi sembra di poterti raccontare qualunque cosa e che diresti, okay, e adesso che cosa vuoi fare?»

Lui sorride, e si formano piccole rughe agli angoli degli occhi. Mi si scalda il cuore a quel sorriso. «Sono contento che ti senta così. Quindi il tuo ex è più interessato alla scienza che a te, giusto?»

«Siamo entrambi professionisti e, sinceramente, non m'importava della routine sesso-il-sabato-mattina, così avevo tempo di...» Mi fermo, ridendo un po' per quanto mi sto esponendo. «Diciamo che probabilmente non sarebbe stato così diverso se si fosse trasferito nella camera degli ospiti.»

«Sembra un rapporto molto tiepido. Non la passione che si potrebbe sperare di provare per qualcuno con cui passerai il resto della vita.»

Esattamente quello che stavo pensando. «Ho esaminato la questione da tutti i lati, ho calcolato le probabilità di successo e...» sospiro «mi sono completamente sbagliata.»

«Succede.»

Che uomo comprensivo.

Mi trovo a dirgli di più. «È il motivo per cui ho deciso di diventare Galena 2.0, una persona che corre dei rischi.»

«L'ho deciso anch'io di recente. Correre qualche rischio, avere un'avventura. Potremmo divertirci.»

Gli do un'occhiata di sottecchi. *Sta flirtando con me?* Non è quello che tipicamente ispiro negli uomini. Mia sorella dice che mi nascondo dietro gli occhiali dalla montatura nera e i vecchi vestiti. La mia t-shirt e i jeans sono morbidissimi per il tanto uso – perfezione assoluta – ma non lo considero nascondermi. Sono solo me stessa. Mi vesto in modo appropriato per andare al lavoro, più che altro con camicette, pantaloni sartoriali e ballerine.

Vabbè, il momento per flirtare è passato e non è che io a mia volta sappia come flirtare. Ed è il caso di cominciare qualcosa il giorno di quel disastro di giorno di nozze? Che importa che Levi è attraente e gentile e ha abbastanza grinta da ispirarmi l'idea di andarmene con lui sulla sua Harley verso una destinazione ignota. Nella mia vita ho bisogno di un amico più che di un altro uomo.

Ci fermiamo all'ombra di un alto acero che Baxter sembra particolarmente interessato ad annusare.

Respiro profondamente l'aria fresca. Una famigliola di anatre nuota lì vicino: una madre seguita da quattro morbidi anatroccoli. Che carini! Sulla mia destra c'è una coppia in una barca a remi e, più avanti, bambini in bicicletta. Perché non ho mai trovato il tempo di venire al lago? Vivo a un isolato di distanza e tutto quello che ho fatto è stato guardarlo con il telescopio dal mio terrazzo al secondo piano. L'ho fatta finita con le relazioni tiepide, distanti. Da ora in poi il lago e io diventeremo amici intimi. E anche la gente.

Il naso di Baxter preme da dietro contro il ginocchio, sorprendendomi. Mi volto e lo accarezzo. Farò lo stesso con i cani. Diventeranno amici intimi.

Levi tira un sasso facendolo rimbalzare. «Bello, vero? Vivo qui da tutta la mia vita e non mi stanco mai di guardarlo. Ogni stagione è spettacolosa, specialmente l'autunno.»

Guardo il panorama del lago. Cercando di mandarlo a memoria. È così tranquillo qui. «Non vedo l'ora di vederlo.»

Levi resta in silenzio e sento che mi sta guardando. Mi sento improvvisamente nervosa e comincio a parlare. «Sono felice che ci sia stato per me oggi, alla locanda e dopo e anche adesso. Non avevo programmato nessuna di queste cose.»

«Ne sono felice anch'io. La prima volta in cui ci siamo incontrati ho pensato che fossi una persona che volevo conoscere meglio.»

Lo guardo negli occhi e sento caldo in tutto il corpo, il

cuore comincia a battere in modo irregolare. Sta decisamente flirtando ed è molto franco. «Parli sempre così liberamente?»

«È una cosa nuova che sto provando quando incontro una domma che mi piace davvero.»

Mi porto una ciocca di capelli dietro l'orecchio, di colpo conscia di me stessa. Indosso gli indumenti da corsa e i capelli raccolti in uno chignon disordinato. E non ho le lenti a contatto. Porto gli occhiali che mia sorella dice nascondano la mia bellezza. Forse Levi vede la mia bellezza interiore, che sfugge alla maggior parte degli uomini. «Grazie.» Ho la voce roca. «Mi piaci anche tu.»

«Che ne dici di mangiare un boccone all'Horseman Inn? È a poca distanza da qui.»

Penso a come sarebbe la cena a casa mia, probabilmente con Kevin che mangia lì vicino, leggendo una rivista scientifica sul telefono e accetto immediatamente. «Mi sembra che vada bene. Ci sono stata un paio di volte e mi è piaciuto.»

«Bene. Devo solo portare a casa Baxter. Vuoi che ci vediamo lì tra mezz'ora, oppure potrei passare da casa tua e potremmo andarci insieme a piedi.»

A Kevin probabilmente non piacerebbe vedere un altro uomo venire a casa per portarmi a cena. Sembrerebbe un appuntamento proprio il giorno della nostra rottura. È un appuntamento?

«Ci vediamo là» dico.

«Pronta a tornare a casa adesso o volevi finire la tua corsa?»

«Sono affamata. Andiamo adesso.»

Levi si rivolge a Baxter. «Andiamo, vieni, ragazzo.»

Baxter si alza lentamente dall'ombra dell'albero sotto il quale stava dormendo e si stiracchia sulle zampe anteriori e posteriori. Poi guarda invitante Levi, che lo accarezza e comincia a camminare.

Mi unisco a loro. Vorrei quasi chiedergli se pensa che sia un appuntamento, ma non voglio rendere imbarazzante la situazione. Una ragazza lasciata all'altare può sopportare solo una determinata quantità di tumulti emotivi in un giorno.

Levi mi rivolge il suo affascinante sorriso sghembo. «Che cos'hai pensato di me la prima volta in cui ci siamo incontrati?»

Sento le guance calde, ricordando di essere stata immediatamente attratta da lui e che ero rimasta perplessa, dato che ero alla locanda per organizzare il mio matrimonio segreto. Non avrei dovuto dargli una seconda occhiata, eppure non riuscivo a togliergli gli occhi di dosso. Non glielo posso dire. «Uhm, beh, Kayla mi aveva detto che eri il sindaco e pensavo che fosse insolito che fossi così giovane e già al secondo mandato. Inoltre mi sembravi veramente rilassato e a tuo agio parlando di un matrimonio con un gruppo di donne.»

«Io riesco a parlare con tutti. Devi capire che sono cresciuto qui. La comunità di Summerdale per me è come una famiglia.»

Baxter si lancia, abbaiando, verso un barboncino nano che si sta avvicinando, che a sua volta lo fissa, senza mostrare paura. Levi stringe il guinzaglio e la donna con il barboncino fa lo stesso.

«Ehi, Terri, come stanno i bambini?» le chiede Levi quando siamo vicini.

Baxter va ad annusare il sedere del barboncino, che guaisce e si volta in fretta.

«Stanno bene, grazie. Tu come stai?»

«Non mi posso lamentare. Terri, questa è Galena...» Si volta verso di me. «Scusa, ho dimenticato il tuo cognome.»

«Torres. Galena Torres.» Le stringo la mano. «Mi sono trasferita qua un paio di mesi fa.»

«Benvenuta! Hai scelto la persona giusta per mostrarti questo posto.»

Sorrido. «Ho visto due volte il lago, oggi, ed è più di tutte le volte da quando vivo qui, tranne che da lontano, dal mio terrazzo.»

«Oh, hai la fortuna di vivere su Lakeshore Drive?» mi chiede Terri.

Sono sul punto di dirle che guardo il lago da un isolato di distanza usando il telescopio, ma decido in fretta che sembra una cosa troppo da nerd. A volte si vuole solo sembrare fighi. Come quando si è con il sexy sindaco di Summerdale.

Indico la mia via. «Vivo a un isolato di distanza. Lo vedo dal terrazzo del secondo piano.»

Lei piega di lato la testa. «Davvero?»

«Mmm-mmm.» Niente telescopio super potente. Solo vista super potente. È per quello che la gente mi considera strana, tranne Kayla e mia sorella. Loro mi capiscono.

Levi sorride a Terri. «Stiamo andando all'Horseman Inn per la cena. È stato bello vederti.»

«Godetevi il vostro appuntamento» dice Terri proseguendo, con il barboncino che corre per tenersi al passo.

«Siamo solo amici!» grido. Mi sento obbligata a spiegare che non è un appuntamento dato che Kayla mi ha raccontato che i pettegolezzi si diffondono in fretta in città.

Lei si volta e guarda Levi e poi me, con un grande sorriso sul volto. «Okay. Ciao.»

Baxter tira il guinzaglio per seguire il barboncino. Ma Levi gli ordina, con la sua voce baritonale: «Vieni». Sento un brivido caldo lungo la schiena. Baxter segue immediatamente Levi. Buon Dio, vorrei seguire anch'io quella voce imperiosa. Sto fremendo in posti che non dovrebbero proprio fremere.

Do un'occhiata a Levi mentre camminiamo. La sua barba è *sexy*. «Devi conoscere tutti.»

«Più o meno. Ti presenterò in giro.»

«Conosco già Kayla e le sue sorelle.»

«Non ti ho mai visto uscire con loro.»

«Non sono mai molto in giro, tra il lavoro e andare a casa di mia sorella. È una mamma single, quindi passo molto tempo nel suo appartamento, con lei e le bambine. O facendole da babysitter, in modo da darle qualche momento per vivere da adulta.» Il marito di mia sorella l'ha tradita, e lei non è il tipo che concede seconde chance. I nostri genitori pensavano che avrebbe dovuto cercare di far funzionare comunque il matrimonio, per il bene delle bambine. Secondo loro, il matrimonio è per sempre.

«Ti piacciono i bambini?» mi chiede Levi.

«Le mie nipotine sono tutto il mondo per me.»

«Interessante.»

«Cosa?»

«Mi sembra di ricordare che il tuo ex non volesse figli, ed era il motivo per cui non avresti preso il suo cognome.»

L'avevo spiegato a Kayla davanti a tutti, alla locanda, durante la riunione per organizzare la cerimonia. Non pensavo che Levi mi stesse prestando tanta attenzione.

Gli lancio un'occhiata. «Wow, ricordi tante cose del nostro primo incontro.»

«Hai fatto colpo.»

Mi sento di colpo super consapevole, ho i nervi a fior di pelle, ho fatto colpo su di lui senza nemmeno provarci. È talmente diverso da quello che mi capita di solito con gli uomini che sbotto: «Non so perché».

«È solo un fatto. Quindi le tue nipoti sono il mondo per te, eppure non avevi in programma di avere figli.»

«Beh, ora la faccenda torna in gioco, no? Non volevo avere figli con una persona che non li voleva.»

«Giusto. Parlami delle tue nipoti.»

E lo faccio. Potrei parlare tutto il giorno di Amelia e Grace. Sono così carine, divertenti e sveglie.

Poi mi accorgo che siamo tornati a casa mia.

«Scusami, ti ho riempito di chiacchiere.»

«Mi è piaciuto ascoltarti. Ci vediamo all'Horseman Inn tra mezz'ora, o se hai bisogno di più tempo...»

«Ci sarò tra venti minuti. Sto morendo di fame. Kevin ha mangiato il mio gelato *rocky road* ed ero troppo nervosa per mangiare prima del matrimonio.»

«Allora andremo sicuramente a prenderci un gelato dopo cena. Sei mai stata al Summerdale Sweets?»

«Non ancora. Kayla dice che è un posto divino.»

Levi mi rivolge il suo sorriso che fa apparire le piccole rughe d'espressione agli angoli degli occhi che mi piace sempre di più. È così sincero e caloroso. «Ci vediamo tra un po'.»

«Arrivederci» dico con la voce sospirosa.

Corro in casa, scioccata dal suono della mia stessa voce. Galena 2.0 è piena di sorprese.

Kevin è sul divano in soggiorno, con il suo laptop e sta mangiando una barretta di cereali. «Non sei andata al supermercato oggi?»

Stringo i denti. «No, Kevin. Ero troppo occupata ad andare a un inesistente matrimonio e poi a partire per una inesistente luna di miele.» Mi affretto a salire per togliermi gli indumenti da corsa.

«Ordinerò qualcosa» mi dice. «Vuoi qualcosa?»

«Nessuno fa consegne a domicilio qui!» gli rispondo. A Kevin non piace uscire dopo il lavoro.

«Merda. Quando andrai a fare la spesa?»

«Mai!» grido, chiudendo a chiave la porta della camera per cambiarmi. Giuro che domani metteremo in chiaro un paio di cose. Non esiste più una relazione tra di noi e non sono obbligata a fare niente per lui. Il bambinone piagnucoloso. Sono sempre stata molto generosa e domestica con lui, mi occupavo della spesa e cucinavo. Gli preparavo perfino il pranzo da portare in ufficio tutti i giorni. Basta!

Mi metto una maglietta azzurra, diventata morbidissima. Solo cose delicate per me oggi. Do un'occhiata ai miei jeans comodi con le ginocchia sdrucite. Vanno bene per un primo appuntamento? Scuoto la testa. Non è un appuntamento. Levi è solamente una persona gentile che mi ha invitato a cena. Due persone possono cenare amichevolmente insieme senza che ci sia niente di romantico.

Mi infilo dei jeans nuovi senza buchi e fili in vista. Sono più rigidi ma più presentabili per una cena con il sindaco. Lui conosce tutti e probabilmente stasera mi presenterà ad altra gente. Mi spazzolo i capelli e pulisco gli occhiali. Ecco. Sono pronta. Non m'interessa se sono in anticipo. Meno tempo passo a casa meglio è.

Scendo. «Sto uscendo.»

«Vai al supermercato? Prendi il latte intero questa volta.»

Mi sforzo di rimanere educata. «D'ora in poi dovrai provvedere tu a comprare quello che ti serve. Vado a cena con un amico.»

«Gesù, Galena, non è che non devi mangiare anche tu.»

Espiro bruscamente. «Kevin, è finita. L'hai capito, vero? D'ora in poi ti dovrai arrangiare per il cibo e tutto il resto. Voglio che ti trovi un altro posto dove vivere appena possibile. Domani vedremo di organizzarci. Mi scuserai se non sono disposta a parlare di tutti i particolari proprio il giorno in cui mi hai lasciata all'altare.»

Vado verso la porta.

«Ti ho mandato un messaggio prima che arrivassi all'altare!» grida Kevin.

Gli mostro il dito medio e continuo a camminare. Non è da me fare gesti osceni, ma parliamo di Galena 2.0. Come ho fatto a pensare che Kevin fosse l'uomo dei miei sogni? Solo perché non litigavamo mai? Avrei veramente passato il resto della mia vita con un uomo così emotivamente carente da non capire che piantare la fidanzata il giorno del matrimonio significa la fine della relazione?

Cammino velocemente lungo la strada; voglio mettere più distanza possibile tra di noi e ho voglia di passare più tempo con una *brava* persona. Il tipo che guida una Harley. Forse è sempre stato il mio tipo e c'è voluta l'ascesa di Galena 2.0 perché lo capissi.

Forse leggo troppi fumetti sui supereroi.

Mi viene in mente di colpo che potrei essere io la supereroina della mia vita e il mio passo diventa più elastico. Mi piace.

5

Levi

Arrivo presto per la cena, e Galena è già lì. Non vedeva l'ora anche lei di vedermi oppure è semplicemente una di quelle persone che sono sempre in anticipo? Non importa. È qui, sexy, con i capelli scuri sciolti, una t-shirt aderente e jeans che mettono in evidenza la sua figura a clessidra. Anche i suoi occhiali aggiungono qualcosa all'aspetto carino. La fanno sembrare una scienziata cervellona pronta a lasciarsi andare.

Mi saluta agitando la mano. «Ciao, sono arrivata un po' presto. L'atmosfera a casa è un po' tesa.»

La mia gioia nel vederla si sgonfia al promemoria che sta vivendo con il suo ex. E se tentasse di far funzionare ancora le cose con lui? E se fosse in pericolo?

Mi avvicino. «Che cos'è successo?»

Lei sospira. «Voleva che andassi a fare la spesa per lui. È convinto che potremo semplicemente tornare a essere una coppia che vive insieme.» Scuote la testa. «Mi occupavo di tutta quella roba per lui.»

«Vuoi che gli parli?»

Lei mi studia per un momento, aggrottando le sopracciglia. «No, va bene.»

«Se hai bisogno di un posto dove vivere per un po', io ho

molto spazio.» Galena spalanca gli occhi e mi rendo conto di aver esagerato. «Oppure da Kayla, alla porta accanto. Probabilmente le piacerebbe.»

Galena china la testa. «Posso sempre andare a casa di mia sorella se mi serve una pausa. Comunque grazie.»

Vado dall'addetto alla reception. «Un tavolo per due. Potremmo avere quello d'angolo nella sala davanti?»

L'addetto prende due menu. «Da questa parte.»

La sala anteriore ha un grande camino di pietra e diversi tavoli di legno scuro quadrati per due o quattro persone. C'è anche una sala da pranzo dietro, aggiunta negli anni Settanta e, dall'altra parte, un bar dove la gente del posto si riunisce per guardare la partita in TV dietro al bar, o semplicemente per socializzare.

Seguiamo l'addetto alla reception al nostro tavolo, un posto silenzioso e intimo. Il ragazzo estrae la sedia per Galena, che lo ringrazia calorosamente. Sembra che non sia abituata alle buone maniere. Un altro punto a sfavore del suo ex. L'avrei fatto io se l'addetto alla reception non fosse stato così veloce.

Mi siedo davanti a lei, che si guarda intorno. «Mi sono sempre seduta al bar. È carino qui, con quel grande camino.»

«È quello originale del diciottesimo secolo. Questa era una fermata della diligenza che univa New York a Boston.»

«Bello.»

Guardiamo i menu. Un cameriere appare a prendere l'ordine appena li appoggiamo sul tavolo. Galena ordina un hamburger di manzo Kobe, patatine al tartufo e un frappè al cioccolato. Sono contento che non sia il tipo di donna che mangiucchia un'insalata. Io ordine il pollo alla parmigiana, uno dei miei piatti preferiti di questo menu.

Quando il cameriere se ne va, studio l'espressione di Galena, cercando segni di sofferenza, dopo il modo in cui è stata scaricata il giorno del matrimonio. Mi sembra che stia bene, quindi non glielo ricordo. «Allora, quali parti di Summerdale hai visto finora? Potrei farti fare un giro delle parti migliori. Finiremmo in un'ora.»

Galena si mette a ridere. «Non ho visto molto, in effetti.»

«Bene, sarebbe ora!» esclama una donna anziana proprio sopra la mia spalla.

Lascio uscire bruscamente il fiato quando la signora Joan Ellis si avvicina al nostro tavolo. Ha appena compiuto novant'anni, ha i capelli bianchi ma è acuta come sempre. Era la mia insegnante di terza elementare, una donna rigorosa che non accettava stupidaggini, conosciuta da tutti, in segreto, come il Generale Joan per la sua natura severa. Non ha filtri, dice sempre quello che pensa. Ultimamente, pensa a trovare l'amore per le persone single in città. Si immagina come una specie di Cupido. Se solo sapesse che tutti noi la vediamo come un Generale!

Mi sforzo di guardarla con un'espressione piacevole in volto, anche se dentro di me sto sudando. Questa donna ha deciso che vuole vedermi sposato a qualcuno, chiunque. È imbarazzante il modo in cui canta le mie lodi davanti a donne ignare. E mi chiede sempre se mangio abbastanza nella mia solitaria casa di scapolo. Non mi sento solo. Ho Baxter. E non è che non esca mai con una donna. La gente di qui mi presenta in continuazione le figlie, le nipoti e le cugine. Uno dei vantaggi di lavorare e vivere nella città in cui sono cresciuto è che non è mai difficile conoscere qualcuno. Mi offrono continuamente le donne su un piatto d'argento. Come se tutta la città non vedesse l'ora che il suo sindaco si sposi. Non che finora qualcuno abbia veramente fatto scattare la scintilla, ma *non* mi sento solo.

«Salve signora Ellis. Come sta?» le chiedo.

«Bene, grazie. È bello vederti mangiare un pasto decente invece di riscaldare qualcosa da asporto nella tua solitaria casa da scapolo.» Rivolge il suo sguardo acuto su Galena. «È un ottimo giovanotto, vero?»

Sento il calore che mi sale lungo il collo. Visto?

Anche Galena arrossisce. «Sì, ma questo non è...»

«È una cena» dico.

Il Generale Joan respinge l'affermazione. «La vostra generazione non vuole mai mettere un'etichetta sulle cose. Non cambia i fatti. Non c'è niente di male nel corteggiamento, specialmente con il tuo sindaco. Presentaci, Levi.»

Mi precipito a fare le presentazioni: «Galena, questa è la signora Joan Ellis. Signora Ellis, Galena Torres.»

Il Generale Joan la guarda piegando la tesa di lato. «Torres, interessante. Italiano o spagnolo? La famiglia di mio marito aveva qualche Torres, ascendenza spagnola.»

Non lo sapevo.

Galena giocherella con il suo tovagliolo. «Torres è italiano da parte di mio padre. La famiglia di mia madre viene originariamente dalla spagna, poi dall'Argentina. Lei si era trasferita qui per il college ed è rimasta quando ha conosciuto mio padre.»

Non chiederei mai della famiglia di una persona in un modo così brutale. Comunque è bello saperlo. La pelle olivastra di Galena è luminosa e dimostra la sua buona saluta. Mi chiedo se i suoi colori vengano dalla parte italiana o spagnola. Probabilmente da entrambe.

«Oddio, Levi c'è cascato in pieno» annuncia il Generale Joan.

Qualche coppia nei tavoli vicini ridacchia.

«Siamo solo amici» insiste Galena.

«Sì.» Do un'occhiataccia alle coppie che hanno riso. Non mi preoccupa raccogliere voti tra la gente di qui. Non ho mai avversari. Nessun altro vuole assumersi le responsabilità oppure sono contenti che continui io ad avere la carica. Il sindaco precedente è rimasto in carica fino alla sua morte, a ottantasette anni. Sembra che quella di sindaco di Summerdale sia una condanna a vita. Mi si stringe il petto a quel pensiero.

C'è un altro lavoro che mi piacerebbe fare? Sto sfruttando nel modo miglior il mio tempo su questa terra? È abbastanza significativo? Ultimamente mi sto facendo queste domande, a causa della morte prematura di mio padre, a trentaquattro anni. Mi appassiona essere il sindaco oppure mi sento obbligato a restituire qualcosa alla comunità che mi ha aiutato a superare i momenti più difficili della mia vita?

Il Generale Joan mi dà un colpetto sul braccio, interrompendo la mia crisi esistenziale. «Cascarci con una donna è una cosa buona. Impara il gergo, Levi.» Poi si rivolge a Galena. «Ti piace la sua barba? Temo che stia superando il limite e cominci a sembrare un selvaggio.»

Galena gesticola. «Oh, la barba è carina. Non è troppo selvaggia.»

«Levi è una brava persona» dice il Generale annuendo decisa. «Non potresti trovare un uomo più responsabile. Adesso non guardarmi così, Levi. Responsabile è il nuovo sexy.»

Mi soffoco con una risata mentre il calore dal collo sta salendo alle guance. «È qui da sola?»

Lei ignora la mia domanda, preferendo continuare a torturarmi. «Spero che non continuerai per molto a mangiare da solo nella tua solitaria casa da scapolo. Dove vi siete incontrati voi due?»

Do un'occhiata a Galena, che sembra addolorata e mi rivolgo alla nostra disturbatrice: «Con chi è qui stasera, signora Ellis?».

«Harper e Caroline.» Harper è la nipote che ha allevato. Abbiamo la stessa età. Adesso è un'attrice famosa. Caroline è sua figlia. Credo che abbia due anni. È un po' che non le vedo.

Il Generale continua a rivolgersi a Galena in tono complice. «Levi ha portato mia nipote al ballo della terza media e ho fatto un buon lavoro nel seguire tutte le regole che gli avevo imposto.» Poi si rivolge a me. «Ti avrei scelto per Harper, se non fosse scappata per andare a Hollywood.»

Giusto, com'è sexy quello che rispetta le regole. Grazie signora Ellis.

Galena piega la testa, sembrando pensierosa. Probabilmente si sta chiedendo chi sia Harper, dato che la signora Ellis ha menzionato Hollywood. Prima che possa dirle dove può aver visto Harper, il Generale Joan dice: «Harper è in bagno e sta cercando di far usare il vasino a Caroline. Le ho detto ciò che avevo fatto io con lei da piccola, che avrebbe potuto portare le mutandine carine se avesse usato il vasino. Harper ha imparato in due giorni».

Soffoco una risata. Almeno non sono l'unico del quale racconta episodi imbarazzanti.

Galena le dice: «Le mie nipoti hanno imparato in una setti-mana, usando le M&M's e una tabella di ricompense».

«Spero che non si siano cariati i denti» dice il Generale.

«No. Non credo...»

«Ah! Ecco Harper» esclama il Generale. «Beh, ce l'hai fatta?»

«Sì» dice trionfante Harper mentre si avvicina, tenendo una bambina sul fianco. I capelli castano chiaro di Caroline sono raccolti in codini che si arricciano. Anche Harper ha i riccioli castani. La sua guardia del corpo dall'aspetto feroce, Joe, resta sullo sfondo. Ha la testa rasata, tatuaggi sul collo e grossi muscoli. Una volta Harper non aveva una guardia del corpo quando era qui in città, ma, ora che ha Cartoline, Joe è sempre con lei.

Sorrido a entrambe e rivolgo un cenno a Joe, che reagisce allo stesso modo e ricomincia a ispezionare il locale.

Harper sorride alla figlia. «È una professionista ora che ha sentito di tutte quelle belle mutandine con i fiori rosa.»

Il Generale Joan fa uno dei suoi rari sorrisi. «Visto? I metodi di sua nonna non sono così datati, dopotutto.»

«Bisnonna» la corregge Harper, baciandole la guancia. Caroline allunga le braccia verso la bisnonna e Harper gliela passa.

«Sono una super nonna» dice il Generale, che sembra quasi tenera mentre parla con Caroline. «Come sei diventata grande!»

Caroline appoggia timidamente la testa contro la spalla della sua bisnonna. Ai tavoli vicini, alcuni stanno bisbigliando e sento il nome "Harper". È cresciuta qui, ma ci sono abba-stanza nuovi arrivati sorpresi di vedere una celebrità in persona.

Harper si volta e li saluta con la mano, poi si ferma per un selfie veloce con un gruppo di donne eccitate. Torna al nostro tavolo un momento dopo e mi sorride radiosa. «Ciao, Levi, come stai?»

«Bene. È un po' che non ti vedo. Ti presento...»

«Oh mio Dio, è Harper Ellis!» esclama Galena. «L'ho adorata in *Capital Asset* e *Living Gold* e *Dark Blade*. Era una tale dura in *Dark Blade*. Era meraviglioso e così fedele al fumetto originale. Wow. Non sapevo che vivesse qui. Io mi sono appena trasferita.»

Harper sorride. «È un piacere conoscerti...»

«Galena» dice lei fissando Harper con un'espressione di meraviglia.

«Benvenuta a Summerdale» dice Harper. «Sono solo venuta a trovare mia nonna, mentre mio marito è sul set a Vancouver. Recita nel film in franchising *Journey to the Galaxy*. Sarà epico.»

«Garrett Rourke» dico a Galena, informandola sul marito di Harper.

Galena annuisce entusiasta. «Lo conosco. Beh, non lo *conosco* di persona, ma wow!» Si porta la mano alla guancia, chiaramente sopraffatta.

Caroline allunga le braccia verso Harper e il Generale Joan gliela passa. «Mamma, quando viene a casa papà?» Wow, un discorso molto chiaro per una bambina così piccola.

Harper bacia la guancia rotonda di sua figlia. «Verrà a trovarci il prossimo fine settimana, dovrai dormire solo sette volte, e poi la prossima volta andremo noi a trovarlo.»

Caroline sussurra all'orecchio di sua madre.

Il Generale Joan ci dice: «Sto cercando di convincere Harper a filmare qui il suo nuovo progetto con la società di produzione della sua amica Claire Jordan». Galena resta a bocca aperta al nome della famosa attrice, che invece il Generale ignora, probabilmente abituata a tutto il trambusto che creano gli attori famosi. «La sede è nel Connecticut. Harper ha recitato e fatto da regista qualche volta per loro. A Claire piace assumere registe donne perché hanno così poche chance di dirigere. Quell'industria è ancora molto arretrata.»

«Filmare qui è un'ottima idea» dico, pensando a ciò che il

cast e la troupe porterebbero alla città. Vorranno esplorare un po' e spendere un po' di soldi. Potrebbe significare affari per la locanda e il supermercato, il Summerdale Sweets e l'Horseman Inn. «Abbiamo già lo show TV di Sloane Robinson per il Turbo Channel, che filma qui nel garage di Murray. Sai *The right fix*?»

Harper fa una risata. «Sono io che ho contattato Sloane per quello show. Rende tutto molto più facile il fatto che il garage sia di suo padre, facilita la programmazione.»

«Troveremo i posti per i futuri progetti» dico. «Fammi solo sapere che tipo di luoghi ti servono e farò in modo di farlo funzionare.»

«Grazie, Levi. Sei il migliore.» Harper mi dà una stretta alla spalla. «Sono sempre felice quando ho l'occasione di visitare Summerdale. Magari potremmo far apparire la nonna in un film.»

Il Generale arrossisce (vero!) facendo un gesto indifferente. «Stupidaggini. Non voglio apparire in un film.»

Gli occhi di Galena non lasciano Harper per un attimo mentre ascolta rapita.

«Vuoi una fotografia con Harper?» chiedo a Galena. «Se per te è okay, Harper.»

«Certo» dice Harper appoggiando a terra Caroline. «Non includere Caroline nella fotografia. La stiamo tenendo lontana dalla luce dei riflettori.»

Harper si avvicina alla sedia di Galena, che si alza in fretta, passandomi il suo telefono con la mano tremante.

Vorrei dirle di calmarsi. Harper è un tesoro. Faccio la fotografia e le restituisco il telefono.

«Voglio papà!» esclama Caroline, guardando implorante sua madre. «Di' a papà che adesso sono una bambina grande. Quando viene a casa papà?»

Harper la prende in braccio. «Dovrai dormire sette volte.»

«Il tuo papà sta lavorando» dice severamente il Generale Joan.

«Papà legge la storia» dice Caroline.

Harper si rivolge a noi. «Sarà meglio che andiamo. È quasi

l'ora per lei di andare a letto ed è il momento in cui il suo papà le manca di più. La differenza di fuso orario rende le cose difficili. Sembra che lui sia più bravo a raccontare le storie della buona notte, se riuscite a crederlo.»

Galena scuote solennemente la testa. «Non sa ancora che attrice favolosa è lei.»

«Aww, grazie.» Harper mi dà un colpetto sulla spalla. «È una giusta.»

I tre salutano in fretta e portano fuori Caroline, che diventa sempre più vocale chiedendo del suo papà.

Quando sono usciti, Galena si china verso di me sopra il tavolo. «È stato così eccitante! Non avevo idea che Harper fosse di qui e l'avessi anche portata al ballo di terza media! Com'è stato?»

Faccio spallucce. «Allora non era famosa, quindi è stato un normale appuntamento di terza media nella palestra della scuola. Ci ha accompagnato mia madre in auto. Ho dato a Harper il *corsage* da polso e l'ho riportata a casa alle nove e mezzo. Mezz'ora prima che finisse il ballo, tra parentesi. Una delle tante regole di sua nonna prima che permettesse ad Harper di partecipare. La signora Ellis si era fermata a casa mia il giorno prima del ballo per elencarmi tutte le regole per portar fuori sua nipote e poi aveva elencato nuovamente tutte le regole davanti ad Harper il giorno dopo, quando ero andata a prenderla.» Sorrido scuotendo la testa perché ripensandoci ora sembra buffo. Galena non sorride, ascolta solo rapita.

«Che altro?»

Ripenso alle regole che aveva elencato il Generale. Qualcuna potrebbe far ridere Galena. Erano veramente esagerate. «Ballando il lento dovevamo lasciare abbastanza spazio perché la signora Ellis potesse passare tra di noi, anche se non c'era. Mi aveva detto di avere spie trai i genitori che facevano da chaperon e che le avrebbero riferito tutto e le avevo creduto. Dovevo anche evitare contatti non necessari, mai imprecare e non uscire dalla palestra con lei, dovevo dire ad

Harper che era intelligente e non che era carina, in modo che non facesse dipendere tutto dal suo aspetto.»

«Mi piace.»

«In un certo senso mi si è ritorto contro. Una volta arrivati al ballo, Harper mi chiese come stava e io risposi che sembrava intelligente.»

«Fico.»

«Non credo che sia quello che ha pensato Harper.» *Proba-bilmente spiega perché non abbiamo mai avuto un secondo appun-tamento.*

Galena si mette i capelli dietro le orecchie. «Il mio entu-siasmo per lei è stato un po' esagerato?»

Sì. «No, per niente. Sono sicuro che moltissima gente vorrebbe una fotografia con la sola e unica Harper Ellis.»

«Ha mantenuto il suo cognome per ragioni professionali, proprio come intendevo fare io.»

«Uh-uh.»

«Normalmente non ne parlerei e mi limiterei a pensare com'è stato fico conoscerla, ma sono la nuova Galena, quella che corre dei rischi, che segue l'impulso, che non nasconde nulla.»

«Sembra un gran bel modo di vivere. Perché nascondersi? Prenditi quello che vuoi.»

«Esattamente! Tu sei stato fantastico con sua nonna. Lei continuava a metterti in imbarazzo e tu non hai mai vacillato.»

«Sì, beh» mormoro, ancora più imbarazzato dal fatto che abbia notato che ero imbarazzato. Speravo che la barba coprisse il rossore sulle guance.

«Mi piacerebbe presentarti ai miei nonni.»

«Davvero?»

Che cosa sono diventato? Un cuscinetto per senior scontrosi senza filtri?

«Sì.» Si china sul tavolo per sussurrare: «Ti piacerebbe fare un viaggio a Las Vegas con me, domani?».

Resto a bocca aperta.

6

Galena

Le parole mi escono di bocca quasi da sole. Prima che possa spiegargli come la sua gentilezza e il rispetto dimostrato nei confronti della signora Ellis mi hanno fatto pensare che sarebbe stato perfetto con i miei nonni, che sono attenti alle buone maniere, arriva il cameriere con il cibo.

Ho l'acquolina in bocca vedendo tutto quel cibo e il frappè. Oggi è una giornata da frappè al cioccolato. Non ho mangiato quasi niente perché ero nervosa, era il giorno delle mie nozze. Ora riprenderò il controllo della mia vita a cominciare dal frappè al cioccolato.

Il cameriere chiacchiera con Levi e, anche se so di averlo stupito con il mio invito ad accompagnarmi a Las Vegas, Levi riesce a essere gentile e amichevole. Ci sa fare con la gente. Diversamente da me. Io ci so fare con i numeri, anche se le mie nipotine riescono a far emergere il mio lato giocoso che c'era raramente prima che nascessero.

Bevo un po' di frappè mentre il cameriere racconta a Levi che sua madre è preoccupata perché gli animali selvatici continuano a rovesciare i loro bidoni della spazzatura. Non sanno se si tratta di procioni o gatti randagi. Summerdale non è esattamente un focolaio di attività criminale.

Do un bel morso al mio hamburger e comincio a masticare. Non è così folle invitare Levi a Las Vegas, mi dico. Guardiamo i fatti: ho già prenotato e pagato il volo, l'albergo e l'auto a noleggio e voglio veramente andare a trovare i miei nonni. Perché non andare? Solo perché il mio matrimonio è stato annullato non significa che debba sprecare la luna di miele a Las Vegas. Giusto?

Beh, non esattamente una luna di miele adesso. Un viaggio platonico tra amici? In quel caso avrei potuto chiedere a una delle mie amiche di accompagnarmi, giusto? Okay, Galena, siamo sinceri. Levi è attraente, con la sua barba e i muscoli. Più che attraente. È sexy in un modo che mi fa scaldare tutto il corpo e fa arrivare i fremiti fino a sud, cosa che non è mai capitata con un uomo prima d'ora. La Galena 2.0 è pronta a sperimentare cose nuove. Almeno più del sesso programmato per il sabato alle nove del mattino.

Wow. I miei sabati mattina sono di nuovo liberi. Posso fare un sacco di altre cose adesso. Forse potrei andare a fare una corsa intorno al lago. Sarebbe più gradevole che non usare il tapis roulant alla fine della giornata.

Appena il cameriere se ne va, Levi si china sopra il tavolo. «Sei seria riguardo a Las Vegas?»

L'intensità del suo sguardo e la sua vicinanza mi fanno venire la pelle d'oca. Di colpo mi sembra di averlo invitato per una scappatella sexy. Io! Ah-ah. Beh, forse è così.

La Galena 2.0 lo farebbe. Ciò che succede a Las Vegas resta a Las Vegas...

Prendo il tovagliolo di stoffa e me lo metto in grembo, di colpo nervosa. Non ho mai invitato un uomo a fare una scappatella sexy con me. «Sì, sono seria. È già tutto prenotato e non voglio che vada sprecato.»

«Perché io?»

Arrotolo avanti e indietro l'orlo del tovagliolo. Non posso rivelargli che ho tutti questi pensieri lussuriosi. Sono stupita di me stessa. Non sono mai stata una persona lussuriosa. «La signora Ellis dice che sei un uomo perbene, che segue ottimamente le regole e che sei molto responsabile. Materiale perfetto per i nonni.»

Levi guarda fuori dalla finestra, con le labbra strette. Non so a che cosa stia pensando così intensamente o se si è offeso perché l'ho definito materiale da nonni. Forse ho esagerato cercando di non apparire vogliosa. Dovrei forse aggiungere che è una situazione particolare e che non ci sono condizioni né complicazioni? Ieri stavo per sposare un altro. È ovvio che non sia pronta a lanciarmi in una nuova relazione.

Levi continua a guardare fuori dalla finestra dicendo: «Hai molta fiducia nel giudizio della signora Ellis, visto che l'hai appena conosciuta».

E conosco appena te. Sono pazza o sto finalmente comportandomi da persona sana di mente? Un matrimonio senza passione sarebbe stata una condanna a vita.

Insisto, dato che sono arrivata fino a qui. «La signora Ellis mi sembra una donna che dice quello che pensa e chiaramente adora la sua pronipote. Sembra una brava persona, quindi posso fidarmi del suo giudizio.»

Levi resta in silenzio, quindi tento un approccio più diretto anche se per me è difficile condividere sentimenti mielosi. Sono sempre stata una persona privata e riservata. «E penso che tu sia un grande.» Mi si spezza la voce. Vorrei aggiungere che è anche sexy, ma resto senza fiato quando si volta a guardarmi, con gli occhi castani dolci e un lento sorriso che si forma sul suo bel viso. Sento le farfalle nello stomaco. *È una novità.* Pensavo che questa sensazione succedesse solo nei romanzi che legge mia sorella. Potrei averne letto qualcuno, per pura curiosità.

Ci guardiamo negli occhi per un momento elettrico. Apro le labbra, con il cuore che mi rimbomba nelle orecchie. Non riesco a ricordare se ha accettato di venire a Las Vegas con me. In questo momento non riesco a pensare a molto.

Levi si china sopra il tavolo e mi indica di avvicinarmi. Mi chino anch'io, senza fiato. La sua voce si abbassa, diventa roca e sensuale, mandandomi un brivido caldo lungo la schiena. «Ci sto.»

Mi tiro indietro, allarmata dalle sensazioni che sto provando, farfalle nello stomaco, brividi caldi, formicolio. È come se stessi sperimentando un corpo completamente nuovo, completamente vivo dopo una lunga esistenza di dormiveglia.

Oddio, spero che non lo noti. Chiacchiero a vanvera per distrarlo. «Il fatto è che ho questa luna di miele a Las Vegas già tutta programmata e in parte era per andare a trovare i miei nonni che vivono lì. Parto domani, quindi...»

«Galena, non hai bisogno di convincermi. Ci sto.»

Mi agito sulla sedia, di colpo piena di energia. Sta veramente succedendo. La Galena 2.0 ha assunto il comando. Al diavolo essere una sposa abbandonata. Adesso avrò la mia scappatella sexy e non dovrò deludere i miei nonni non andando a trovarli. Quasi mi sbatto una mano sulla fronte. Non riesco a credere di aver pensato quelle due cose allo stesso tempo. Nonni tradizionalisti e scappatelle sexy non dovrebbero mai stare insieme. Sorrido tra me e me a quei pensieri sciocchi. Ma si aspettano di conoscere Kevin. Non ho ancora detto loro che il matrimonio è stato annullato. Dio, non riesco a ripensare a quell'orribile storia. Ci penserò domani. Lo dirò loro di persona e presenterò Levi come amico. Cosa che è. Non hanno bisogno di conoscere tutti i particolari.

Un'intera settimana a Las Vegas. Adesso mi rendo conto che potrei aver trascurato il potenziale fattore peccaminoso nella città del peccato. Levi l'ha messo in evidenza. Sento una scarica di adrenalina. In questo momento mi sembra di poter andare di corsa fino a Las Vegas. E sono quattromila chilometri. Ho il cuore che batte fortissimo. Devo decisamente calmarmi. Ho veramente intenzione di arrivare fino in fondo?

Stringo il tovagliolo che ho in grembo. «Giusto per essere chiari, non sono pronta a cominciare qualcosa...»

«Assolutamente. Mi serve una pausa e Las Vegas sembra perfetta.»

Ci sorridiamo. Il mio battito rallenta un pochino. Capisce che è una situazione diversa dal solito. Certo che lo capisce.

Sa che sono appena stata lasciata all'altare. *Wow, sto veramente per farlo.*

Levi scuote la testa. «Non era così che mi aspettavo andasse la mia giornata.»

«E che ne dici della mia giornata?»

Ridiamo entrambi e torniamo a mangiare. Sono affamata e finisco in fretta il mio hamburger mentre Levi mangia il suo pollo, interrompendosi ogni tanto perché la gente continua a fermarsi al nostro tavolo per parlare con lui di problemi che riguardano la città. Levi è gentile, ma dice loro di chiamare o mandare un'e-mail durante le ore d'ufficio, perché è fuori servizio. La gente non si arrabbia nemmeno. La maggior parte mi rivolge un sorriso complice. Probabilmente pensano che sia un appuntamento. Prima mi preoccupavo dei pettegolezzi in città, ma ora mi dico che va tutto bene. Non è che Kevin sia sintonizzato con la rete di pettegolezzi di Summerdale. E mi piace troppo stare con Levi per provare rimorso.

Finisco di mangiare e mi guardo attorno. È un posto storico, carino, con quello che sembra un soffitto a travi dell'epoca.

«Ti sono rimaste quattro patatine» mi fa notare Levi. «Non hai intenzione di finirle?»

«Sono sazia. Di solito finisco quando sono al novanta percento.»

«Perché non al cento percento?»

«Perché è quello il momento in cui sono sazia.»

Sul volto gli appare l'accenno di un sorriso prima che torni alla sua cena.

Dopo un momento, sento il dovere di chiarire. «A meno che il ristorante serva porzioni molto grandi, allora ne mangio la metà.»

Levi nasconde un altro sorriso pulendosi la bocca con il tovagliolo. Adesso il suo piatto è vuoto. Immagino che faccia parte del club del piatto pulito. «Interessante. Quindi hai organizzato la tua luna di miele in modo da andare a trovare i tuoi nonni. Sexy.»

Mi sta prendendo in giro e capisco quanto possa sembrare

poco sexy. Peggio ancora, era stata una mia idea. Kevin aveva pensato che avremmo potuto passare un fine settimana senza lavorare e festeggiare in casa il nostro matrimonio, con una maratona di film. Non che mi dispiacciano le maratone di film. Pensavo solo che avremmo dovuto festeggiare l'evento del matrimonio con qualcosa di speciale. E mi mancavano i miei nonni. Non li vedo da un anno.

«In quel momento aveva senso» mormoro.

«Scommetto che era stato il tuo ex che l'aveva fatto sembrare la cosa giusta da fare, dato che è un tipo così domestico e poco stimolante.»

Mi fa sentire molto meglio anche se sono stata io a organizzare l'intero viaggio. Levi vede in me la potenziale Galena 2.0, una donna che aspira alla passione e all'eccitazione. Non solo con un uomo. Sto parlando di una nuova vita, piena di eccitazione. I miei vecchi sistemi non mi hanno portato da nessuna parte, dopotutto.

«Come sono i tuoi nonni?» mi chiede Levi.

Sbatto un paio di volte di occhi, rendendomi conto di colpo che avrò bisogno di una buona storia riguardo a Levi. Non sono stupidi e non ho mai avuto un uomo per amico.

«Sono fantastici» dico. «Un po' tradizionalisti. Non erano contenti che vivessi con Kevin prima del matrimonio, anche se aveva senso condividere le spese.»

«Uh, certo. Si risparmia sull'affitto.»

Sento il sarcasmo nella sua voce e prendo in considerazione di spiegare che comunque passavo quasi sempre la notte a casa di Kevin e quindi era più comodo trasferirsi insieme, ma voglio veramente rivangare con lui la mia fallita relazione? No, quindi continuo a parlare dei miei nonni. «E sono veramente fissati sulle buone maniere. Tra parentesi, le tue sono ottime.» Parlo a vanvera perché più guardo i suoi occhi castani brillanti più mi sento fremere. Non sono mai stata così conscia di che cosa fa il mio corpo.

«Grazie, quindi i tuoi nonni così tradizionalisti hanno scelto Las Vegas per passare la vecchiaia?»

«Solo perché sono tradizionalisti non significa che a loro

non piaccia divertirsi. Al nonno piace il poker. Alla nonna le slot machine, anche se le ho spiegato che le probabilità non sono a suo favore.» Mi vengono in mente i loro sorrisi felici. Erano pronti a dare il benvenuto a braccia aperte a mio marito, anche se non avevano approvato che vivessimo insieme. Mi vogliono bene incondizionatamente. Sorseggio il mio bicchiere d'acqua. «Il fatto è che si aspettano di conoscere mio marito per la prima volta. In pratica ho tenuto Kevin separato dalla mia famiglia, dato che non approvavano che vivessimo insieme e comunque lui non voleva partecipare alle feste di famiglia.» Faccio un respiro profondo. «Ovviamente non ti sto chiedendo di fingere di essere mio marito. Potremmo, uhm, magari dire che sei gay?»

Le sopracciglia di Levi schizzano verso l'alto. «I tuoi nonni tradizionalisti non avrebbero niente contro un gay?»

«Assolutamente. Mio zio, figlio loro, è gay e loro non hanno mai battuto ciglio. Dicono che è così che è venuto al mondo e che sta onorando il suo Creatore essendo sincero con se stesso.»

«Progressisti e tradizionalisti insieme. Non vedo l'ora di conoscerli.»

«Allora, potresti essere il mio amico gay?»

Lui mi dà un'occhiata ironica. «No.»

«Allora che cosa posso dire di te? *Non* dire loro che divideremo una stanza d'albergo. Ci sono due letti matrimoniali, ma comunque... Potrebbero farsi l'idea sbagliata.» *L'idea della scappatella sexy. Quella sporcacciona di Galena che convive di nuovo con un uomo prima del matrimonio.* Mi viene in mente che potrei dire che Levi ha prenotato una stanza per sé, ma detesto mentire.

Levi allunga la mano sul tavolo e prende la mia. Così calda e fremente. «Galena 2.0.» Mi lascia andare la mano e mi sorride. «Abbiamo appena infranto la regola della signora Ellis sui contatti non necessari.» Si guarda intorno. «Meno male che non ci sono le sue spie qui intorno.»

Mi fa ridere. È formidabile quando si tratta di mantenere

l'atmosfera leggera e rilassata. «Pagherò io il tuo biglietto. Magari riusciremo a farti avere lo stesso volo.»

«Ci penso io. Stavo comunque risparmiando per la mia prossima avventura. Se non riuscirò a prendere lo stesso volo ci incontreremo da qualche parte. Va tutto bene.»

Ci sorridiamo e sento un calore nel petto e fremiti dovunque. Di colpo sono sicura di aver fatto la cosa giusta invitandolo ad accompagnarmi. Non credo di avere mai avuto tanti alti e bassi in una sola giornata.

La Galena 2.0 approva.

∼

Levi

Prendo un volo dopo quello di Galena. Lei aveva il primo volo del mattino, quindi arriverò tre ore dopo di lei, che verrà a prendermi all'aeroporto. Mi chiedo che cosa faremo come prima cosa. Andare in un casinò? Uno di quei posti con il buffet a volontà o forse prima ci sistemeremo in albergo? Mentirei se dicessi che non vedo il potenziale. È Las Vegas. Le cose succedono, specialmente con l'attrazione che proviamo. La provo io e so che la prova anche lei. Lo vedo nei suoi occhi, quando arrossisce, il suono sexy e sensuale della sua voce.

Ovviamente non posso dimenticare il suo ex che l'aspetta a casa. Per me questa cosa con Galena non è da avventuretta sexy. È la prima donna che mi eccita da tanto tempo. L'ultima cosa che voglio è essere il suo ripiego. Era successo con la mia ex, Alissa, senza sapere che mi stava usando per superare la perdita di un altro, finché tutto era finito di colpo ed ero rimasto con il cuore a pezzi, mentre lei se ne andava allegramente con il nuovo uomo che le piaceva veramente.

Sto andando troppo oltre. Il fatto è che a Galena sono piaciuto abbastanza da invitarmi a passare una settimana con lei. E lei piace anche a Baxter. Non abbaia né le volta la testa, come fa con me quando è arrabbiato, come quando lo porto dal veterinario o al canile. Fortunatamente per Baxter, ci penseranno Adam e Kayla a fare da dog-sitter per una settimana. Sono sicuro che si divertirà un mondo con Tank e Simba. In fondo scappa sempre per andare da loro.

Vedo Galena al ritiro bagagli, dove eravamo d'accordo di incontrarci. Ha raccolto i capelli scuri in una bassa coda di cavallo che evidenzia le sue guance rotonde e le labbra piene. Carina e sexy. Il mio sguardo scende lentamente lungo la fila di bottoni sul davanti del vestito azzurro con un disegno di roselline. Mi immagino mentre slaccio quel vestito, mettendo lentamente in mostra più pelle... Troppo presto.

Fatti guidare da lei. Potrebbe sentirsi malissimo dentro a causa del suo ex, anche se esteriormente sembra meravigliosa e sexy.

Alzo una mano verso di lei. «Galena!»

Lei sorride e rimbalza sulle punte dei piedi. «Ce l'hai fatta!»

Mi avvicino, tentato di abbracciarla e farla roteare. Invece le bacio la guancia, attento a non urtare i suoi grandi occhiali dalla montatura nera. «È bello vederti.»

Lei si spinge gli occhiali sul naso, con le guance un po' rosate. «Bello vedere anche te. Che cos'è stata, un'intera giornata?»

«È sembrata una settimana.»

Lei ridacchia e le mie speranze volano. È felice di vedermi. «Hai del bagaglio da ritirare?»

«No, solo il bagaglio a mano.»

«Perfetto, andiamo. Ho già ritirato l'auto a noleggio e fatto il check-in all'albergo.»

Il caldo mi colpisce come un pugno appena usciamo. Ci devono essere quaranta gradi. Le palme ondeggiano contro un cielo blu senza una nuvola. Non ho mai visto palme dal vero. In effetti, non mi sono mai allontanato dal nord-est. Perché non ho viaggiato di più? Sembrava che ci fosse sempre più lavoro da fare. Perfino quando insegnavo Storia prima di diventare sindaco, d'estate lavoravo per una casa storica vicina ed ero un volontario in diversi comitati in città. Il mio senso di responsabilità nei confronti di Summerdale mi ha tenuto legato lì, con solo qualche breve viaggio ogni tanto.

Non riesco ancora a credere di essermene andato per una settimana. Ho detto all'impiegato del comune che mi sarei occupato di ogni problema non emergenziale al mio ritorno. Spero che non ci siano emergenze. L'ultima era stata un uragano che aveva tolto l'energia elettrica per una settimana. Le previsioni del tempo erano buone, quando ho controllato.

Galena mi chiede del volo mentre andiamo al parcheggio per soste brevi.

«Se si considera che era il mio primo volo, sono contento che siamo atterrati sani e salvi.»

Galena mi afferra il braccio. «Oh mio Dio! Non avevi mai volato prima? Ed eri da solo! Durante il mio primo volo ho tenuto stretta la mano di mia nonna al decollo e all'atterraggio. Stai bene?»

Rido. «Sì, va tutto bene. È stato fantastico. Voglio vivere al massimo ogni momento, pronto per le nuove esperienze.»

«Sì, ma non fare niente di troppo pericoloso, tipo saltare da un aereo.»

«No, ci sono troppe persone che dipendono da me per correre un rischio simile.»

Poco dopo si ferma accanto a una Jeep Wrangler bianca e apre lo sportellone per le mie borse. «Non avevo mai guidato una Jeep e ho pensato che sarebbe stato divertente.»

«Fico!» deposito il mio borsone e lo zaino nella Jeep, chiudo il portellone e salgo sul sedile del passeggero.

Galena mette in moto e partiamo. Guardo fuori dal finestrino e mi ritrovo a sorridere al panorama così estraneo per me. Tutte quelle aiuole spartitraffico di sabbia e gli edifici beige. Una tavolozza di colori del deserto. E non siamo ancora nemmeno arrivati alla Strip. Ieri sera, dopo aver prenotato il volo e aver preso accordi per il lavoro e per Baxter, avevo cominciato a fare ricerche su Las Vegas. Sono entusiasta di essere qui e voglio sperimentare tutto il possibile.

«In che albergo siamo?» le chiedo.

«Il Venetian Resort.»

«È quello con i canali e il ponte, giusto? Come una mini-Venezia.»

«Sì, ma l'avevo prenotato perché era classificato come l'albergo più romantico a Las Vegas. Ho fatto le mie ricerche.»

Non sembra per niente entusiasta per quella roba romantica. Immagino che male non possa fare. «Per me va bene.»

«Sei stanco?»

«No, in questo momento sono solo eccitato di essere qui.»

«Bene. Sarebbe utile se potessi dirmi qualcosa di te, in modo da non sembrare che ci siamo appena conosciuti davanti ai miei nonni.»

Mi guardo intorno e mi rendo conto che ci stiamo dirigendo verso una zona periferica. «Andiamo subito a trovare i tuoi nonni?»

«Sì, non vedono l'ora di vedere me e il mio, ehm... amico.»

«Non hai detto loro che ero il tuo amico gay, vero?» Potrebbe essere un grosso problema in futuro. Vediamo di cominciare con il piede giusto.

Galena svolta a destra. «Questa auto è divertente da guidare.»

«Che cosa hai raccontato loro di me?»

Galena abbassa l'aletta parasole, si sistema gli occhiali e mi dà un'occhiata prima di concentrarsi di nuovo sulla strada. «Non molto. Ecco perché ho bisogno di sapere qualcosa di te.»

«Definisci "non molto".»

«Non ho detto che sei gay.»

«Okay, quindi, che cosa vuoi sapere?»

«Dove sei cresciuto, un po' della tua famiglia, il college, la carriera. Solo le cose principali.»

Decido di essere più aperto sulla mia vita di quanto lo sia di solito perché sono qui per correre dei rischi, anche del tipo che richiedono il coraggio di essere vulnerabile. Magari arrivare a trent'anni ha dato vita a Levi 2.0. Ah! «Sono cresciuto a Summerdale. Papà è morto quando avevo sette anni e mia sorella, Avery, ne aveva cinque. A Summerdale, tutti hanno aiutato la mia famiglia, portando da mangiare o occupandosi di me e Avery quando la mamma doveva lavorare. È stato un bel posto dove crescere e sono lieto di poter restituire qualcosa, come sindaco.»

«Mi dispiace per la tua perdita.»

Ingoio il groppo che ho in gola. Non so perché, non diventa mai più facile parlarne. «Grazie. Mio padre aveva trentaquattro anni, solo quattro più di me adesso. Aveva un'anomalia al cuore di cui nessuno sapeva niente. Mi ha veramente fatto pensare alla vita e a come sto vivendo la mia. Ecco perché sono aperto a nuove esperienze, come prendere una Harley e partire per Las Vegas senza preavviso. Sto afferrando la vita con entrambe le mani. Non sai mai quanto tempo ti resta.»

«Stai esplorando il tuo lato selvaggio.»

«C'è sempre stato.»

Galena mi guarda con la preoccupazione negli occhi. «Sembra che tu stia pensando che capiterà a te ciò che è successo a tuo padre. Hai visto un medico?»

«Sì. Sto bene. Ma una parte di me non riesce a non pensare che l'orologio sta ticchettando.»

«Non è così per tutti?»

Mi blocco per un attimo quando le sue parole mi penetrano in testa. «Uh. Immagino sia vero.» Il mio senso di sventura imminente si attenua. Non è una cosa di cui parlo, ma ha guidato la maggior parte delle mie decisioni da quando ho compiuto trent'anni. Vivere la vita al massimo è quello che dovremmo fare tutti, non solo io.

«La tua famiglia vive ancora a Summerdale?» mi chiede Galena.

«La mamma adesso vive in Georgia e Avery è in Germania con suo marito che è nell'Aeronautica. Non hanno ancora avuto bambini.»

«Quindi abbiamo entrambi una sorella. La mia è più grande, la tua più piccola. Hai detto di avere trent'anni. Io ne ho ventisei. Oh, e mia sorella si chiama Izzy. Le mie nipoti...»

«Amelia e Grace.»

Galena mi guarda con gli occhi che si illuminano. «Te lo sei ricordato.»

«Me lo hai detto solo ieri.»

«Giusto. È successo tanto in così poco tempo. Okay. Abbiamo cominciato alla grande. Che cosa facevano di lavoro i tuoi genitori?»

«La mamma insegnava Inglese alle superiori prima di andare in pensione. Sognava di scrivere un romanzo, ma non aveva mai tempo. Papà era il vicepreside di una scuola superiore in un altro distretto e sognava un giorno di trasferirsi in Costa Rica e gestire un resort ecologico. Era cresciuto a Summerdale.»

La mamma non ha ancora mai scritto quel romanzo e il sogno di papà si è interrotto presto. Non mi meraviglia avere il forte desiderio di fare qualcosa di speciale prima che finisca il mio tempo. Se solo sapessi che cos'è quella cosa speciale. Tutto ciò che so è che ho bisogno di fare nuove esperienze per scoprirla.

«Tua madre scrive libri adesso che è in pensione?» mi chiede Galena.

«No, per niente. Gioca a mahjong e frequenta un club del libro. Ecco tutto.»

«Immagino che possa essere piacevole. Io sono cresciuta nel Bronx, New York, in un appartamento molto affollato, con miei genitori, mia sorella e i nonni. Izzy e io dividevamo un divano letto in soggiorno. La mamma dirige una società noprofit dedicata alle arti e papà era un postino prima di andare in pensione. Io ho frequentato una scuola superiore a indirizzo matematico-scientifico, poi sono andata al college e mi sono laureata in Statistica, ho frequentato un master e adesso sono una biostatistica. Mi piace il mio lavoro. A te piace il tuo?»

Ci penso. «Mi piace, ma non mi appassiona.»

«Beh, va bene se ti piace. Nessuno si appassiona al proprio lavoro. Il mio per caso è perfettamente adatto a ciò che mi piace fare. Posso giocare con i fogli di calcolo e modelli matematici tutto il giorno. E so che il mio lavoro aiuta un mucchio di gente. Do o rifiuto la mia approvazione a trattamenti medici a seconda di quanto sia significativa la loro efficacia.»

«È una cosa eccezionale. C'è qualcos'altro che vuoi sapere di me?»

«In che cosa ti sei laureato al college?»

«Storia.»

«Interessante. E come usi la laurea?

«Sono stato un insegnante di Storia in una scuola privata per qualche anno, ma poi si è liberato il posto di sindaco e ho scelto quello. Sinceramente non mi piaceva insegnare.»

«Ma sei una persona così socievole!»

«Non avevo molta pazienza con gli adolescenti a cui non importava niente della Storia e che erano più interessanti ai loro telefoni. Il loro atteggiamento mi infastidiva. Forse era solo quella scuola, ma ero pronto a tornare a Summerdale. E la mamma era pronta ad andare in pensione e trasferirsi in un clima più caldo, quindi era il momento perfetto per me per comprare da lei la casa di famiglia.»

«Wow, hai chiuso il cerchio. Io non ho mai voluto trasferirmi nel vecchio appartamento. Non che avrei potuto. Anche i miei si sono trasferiti al sud per avere un clima migliore. Florida.»

Galena svolta in un quartiere di case beige a un piano con un cartellone che dice: Sunny Horizons. «È una comunità per gente dai cinquantacinque in su, solo adulti. Hanno una piscina, campo da tennis, da golf e un centro benessere. Il motivo principale per cui l'hanno scelto i miei nonni è perché è vicino ai casinò. C'è anche un bus navetta. Vogliono poterci andare di frequente senza doversi preoccupare per il parcheggio.» Mi lancia un'occhiata. «Forse dovrei dirti che non ho esattamente detto ai miei nonni che ci saresti stato tu.»

«No? Pensavo lo sapessero dato che ci siamo scambiati le informazioni perché coincidessero.»

«Beh, lo sapranno quando ti presenterò, quindi è un bene che conosciamo la nostra storia.»

«Quindi si aspettano Kevin e io incontrerò due nonni indignati tra circa due minuti.»

«Come potrebbero indignarsi con una persona come te, socievole come sei?»

Apro la bocca per riaffermare che avrebbe dovuto avvertirli, ma lei continua.

«Ti presenterò come il mio amico Levi e poi dirò loro che Kevin non fa più parte della mia vita. In quel modo non faranno troppe domande. Non mi farebbero mai un mucchio di domande davanti ad altri. Semplicemente, non ho voglia di rivangarlo. Voglio godermi questo viaggio e ci penserò quando tornerò a casa.»

Sospiro. *Che scelta ho?* «Okay. Sai tu che cos'è meglio.»

Galena svolta a sinistra e rallenta per far passare un golf cart con un gruppo di donne anziane che indossano visori coloratissimi. «Non sei arrabbiato?»

«È la tua famiglia. Io ti ho solo accompagnato. Possiamo andare in un casinò dopo questa visita?»

«Spero veramente che tu non sia uno di quelli che giocano alle slot machine. Matematicamente...»

«Questo viaggio è dedicato al divertimento, anche se non è matematicamente ragionevole. Hai preso in affitto una Jeep per guidare divertendoti.»

Sembra imbarazzata. «In effetti ha cambiato modello quando sono arrivata. Avevo prenotato una ragionevole Toyota Camry.»

«Perché ti senti in colpa?»

«La Jeep costava di più e mi è sembrato un piacere proibito guidare un'auto divertente anziché una ragionevole. Non ho nemmeno chiesto quanto consuma.»

«Orrore!»

Galena scoppia a ridere. «Lo so!»

«Niente rimpianti in questo viaggio. Solo piaceri.» Ho la voce roca, un po' sensuale, un accenno di potenziale.

La sento inspirare bruscamente mentre stringe le mani sul volante, con le nocche che diventano bianche. Svolta nel vialetto dei suoi nonni e spegne il motore, fissando diritta davanti a sé. «Giusto, viaggio di piacere. È quello che dovrebbe essere una luna... Una vacanza.» Si volta a guardarmi. «Non una luna di miele, solo una vacanza.»

«Ti ha mai detto nessuno che sei veramente adorabile?» le chiedo sorridendo.

Lei apre le labbra. «No. Ti ha mai detto nessuno che sei l'uomo più sexy che hanno conosciuto?» Poi si sbatte una mano sulla bocca.

Sarà interessante.

7

Galena

Entro nella casa dei miei nonni e vorrei immediatamente uscire di corsa. Il soggiorno è pieno di ospiti anziani che non ho mai incontrato, per una festa in mio onore. Ci sono palloncini d'argento e rosa, insieme a un grande striscione con scritto "Congratulazioni!". Nella sala da pranzo alla mia destra vedo un tavolo coperto di cibo, con una torta nuziale a tre strati in mezzo.

Probabilmente avrei dovuto dar loro la brutta notizia prima di partire. *Eufemismo del secolo*. Non avevo idea che avrebbero organizzato una festa. Immagino che la mia famiglia sia contenta, una volta che c'è un anello al dito.

«Congratulazioni!» esclama la nonna, abbracciandomi stretta.

Respiro il suo familiare profumo floreale, pensando furiosamente. Mi tiro indietro e guardo il suo volto gentile, con le rughe d'espressione accanto agli occhi castani. Porta gli occhiali a occhi di gatto e i capelli grigi le arrivano alle spalle. «Nonna, chi è questa gente?»

Lei li indica, sorridendo. «I nostri vicini. Siamo stati così fortunati con la gente nel nostro cul-de-sac. So che non hai avuto un ricevimento, di matrimonio, quindi volevamo dare una piccola festa. Sei sorpresa?»

«Molto.»

Il nonno mi sorride. È attraente, con una camicia bianca a maniche corte, i capelli grigi lisciati col gel e la riga da una parte. «La mia ragazza.» Mi stringe in un abbraccio feroce. Non è un uomo imponente, ma ha un grande cuore e braccia forti. «Congratulazioni! Ci è dispiaciuto mancare alla cerimonia, ma adesso siamo qui pronti a festeggiare con te.»

«Non dovevate...»

I suoi occhi scuri scintillano di allegria. «Certo che dovevamo!»

Si volta verso Levi, che gli tende la mano da stringere. Il nonno gli spinge via la mano. «Benvenuto in famiglia!» Abbraccia anche lui, dandogli grandi pacche sulla schiena.

«Uh...» fa per dire Levi, ma la nonna lo sta abbracciando e dandogli anche lei il benvenuto in famiglia.

La nonna gli rivolge un grande sorriso. «Sono Betsy e questo è mio marito, Nick.»

Il nonno borbotta: «Puoi chiamarmi signor Torres».

«È bello conoscervi entrambi» dice Levi.

«Uh...» faccio per dire, ma la nonna mi interrompe.

«Ti abbiamo preso una torta nuziale e la nostra amica Brenda è un'ottima fotografa. Ha promesso di fare le foto tradizionali che ti sei persa. Devi essere affamata. Vado a prendere le lasagne che ho lasciato in forno.»

Si affretta ad andare in cucina e il nonno comincia immediatamente a presentarci parecchie coppie di settuagenari, pieni di energia come i miei nonni. Seguono congratulazioni di cuore e poi la signora Nuckowski, una donna piccolina con i capelli neri come la pece e una striscia bianca che parte dalla fronte e percorre tutta la loro lunghezza, ci indica un tavolo in fondo, con un assortimento di buste e grandi regali incartati. Non l'avevo ancora vista, con tutti gli ospiti. Sento lo stomaco che si ribalta lentamente.

La signora Nuckowski indica il tavolo dei regali. «Solo alcune cose che potrebbero servirvi per la vostra casa insieme.

Posso farli spedire se non vuoi portarli in aereo. Ho lo sconto perché l'impresa di trasporti è di mio figlio.»

«È troppo» sussurro, fissando i regali. Immagino che le scatole grandi siano elettrodomestici o piatti. Roba per la casa. Kevin e io avevamo già comprato quella roba anche se, ora che ci stiamo separando, sarà un bene averli.

Mi sento male dentro e do un'occhiata a Levi, che mi sorride. Gli mando un messaggio telepatico. *Non possiamo accettare regali di nozze con l'inganno.*

Lui mi prende la mano e la stringe. Sento un'ondata di calore che mi risale lungo il braccio. Anche quando sono sconvolta, il mio corpo reagisce a lui con sensazioni tutte nuove.

La signora Nuckowski sorride gentilmente. «Sappiamo com'è quando si è appena sposati e si comincia. Congratulazione a voi due!»

«Grazie» risponde Levi per me.

Sono senza parole, riesco solo a salutarla con la mano mentre si allontana, mischiandosi agli altri invitati.

Fisso l'assortimento di regali.

Levi mi dà di gomito. «Sembra che avresti dovuto dir loro la verità prima di partire da New York.»

Mi volto a guardarlo. «Non avevo idea che avrebbero fatto una cosa simile.»

«Adesso è troppo tardi. Segui l'onda.» Si china verso il mio orecchio. «Li rende felici.»

Ci voltiamo e parte un flash. Una donna con i capelli tinti di rosso con una tuta che lascia libere le spalle ci ha appena fatto una fotografia. Agita le dita, salutandoci. «Sono Brenda. I tuoi nonni mi hanno chiesto di fare le fotografie. Non fate caso a me. Divertitevi.»

La nonna ci chiama. «Venite a mangiare. Dovete essere affamati dopo quel lungo viaggio.»

Levi mi prende per mano, mandando una scarica di energia nel braccio e mi accompagna nella sala da pranzo.

La nonna mi porge un piatto. «Ho preparato tutti i tuoi piatti preferiti.»

Prendo il piatto e, per la prima volta, do una bella occhiata a quello che ha preparato: lasagne, maccheroni al formaggio, fagiolini con le mandorle a scaglie, gelatina rossa con la macedonia di frutta e perfino sedano ripieno di formaggio ai peperoncini dolci. Tutti i piatti che preferivo da bambina. Mi salgono le lacrime agli occhi. La nonna ha preparato tutto proprio per me.

«È un periodo pieno di emozioni. Goditelo» mi sussurra.

Dopo aver riempito il mio piatto, raggiungo Levi in soggiorno. È seduto su una delle due poltrone con rivestimenti blu a fiori messe l'una vicina all'altra.

Mi volto verso di lui e parte di nuovo il flash.

«Niente anelli?» chiede Brenda, la fotografa.

«Li stanno incidendo» dice tranquillo Levi.

Volto di colpo la testa verso di lui. Quando finiremo di mentire? Lui spalanca gli occhi. Si sta divertendo troppo.

«C'è qualcuno che può prestare le fedi agli sposi?» chiede Brenda. «Solo per le fotografie. Stanno incidendo le loro.»

Tutti, letteralmente tutti, incluso i miei nonni, vogliono aiutarci. Poi cominciano a discutere su quali anelli potremmo usare.

«È mia nipote!» dice la nonna, togliendosi la fede e ficcandomela in mano.

Il nonno fa lo stesso con Levi. L'anello non entra. «Harry, vieni qua» grida il nonno. «Ci serve qualcuno con le mani grandi.» Sorride a Levi. «Io ho le mani da pianista.»

«Vero.»

E con quello, il nonno va alla sua tastiera elettronica dall'altra parte della stanza e comincia a suonare *At last*, di Etta James. Uno dei vicini si avvicina alla tastiera e comincia a cantare piuttosto bene.

Levi ha l'anello al dito e si volta verso Brenda. Io mi appiccico un sorriso sul volto mentre ci fa la fotografia.

«Più vicino» ci invita Brenda. «Fingete di piacervi.»

Levi ride e mi mette intorno un braccio. Io gli metto il braccio intorno alla vita, anche se non sono abituata a mostrare affetto in pubblico. Ho le guance in fiamme, con tutti quegli occhi puntati addosso.

Brenda fa un mucchio di fotografie. «Okay, potete tornare a mangiare. Poi riprenderò il taglio della torta.»

Torno a mangiare e lo fa anche Levi. La gente continua a venire a congratularsi con noi e ci chiede della nostra vita a Summerdale. È il campo di Levi e tiene banco raccontando a tutti della gente curiosa in città: il postino che consegna tamales, il proprietario del supermercato che assomiglia a Babbo Natale e la signora Ellis, che tutti segretamente chiamano Il Generale, ma che si ritiene un Cupido. Rido anch'io. L'ho veramente conosciuta.

Poi comincia a parlare di tutte le fiere e le feste per ogni stagione, di tutte le occasioni speciali in cui la gente si riunisce e mi trovo incantata da una città che ho a malapena cominciato a esplorare. Ero tutta lavoro e niente divertimento.

«Dovremo andare a trovare questi due!» dice Brenda alla nonna.

«Più saremo meglio sarà» dichiara la nonna. «Sono così felice che Galena abbia trovato una persona speciale. Sua sorella non è stata così fortunata» aggiunge stringendo le labbra.

Il nonno stringe i denti. «Non parliamo di lui. Non ne vale la pena.»

Quel traditore del marito di mia sorella ha continuato a negare finché lei lo aveva colto sul fatto nell'auto parcheggiata su una strada laterale vicino al loro appartamento. Proprio un uomo di classe.

Il nonno fa un cenno a Levi. «Parliamo per un minuto nel patio.»

Mi sento stringere lo stomaco. Ecco il discorso da uomo a uomo, su come mi dovrà trattare bene, un discorso che Levi non dovrebbe sopportare. «Aspettatemi.»

«Resta qui, tesoro» dice il nonno.

«Ma...»

«Va tutto bene, comunque avevo finito di mangiare» dice Levi.

Esce dalla porta sul retro con mio nonno. Il mio appetito sparisce.

La nonna si precipita a prendere il piatto vuoto di Levi.

Io mi alzo con il mio. «Ti aiuto con i piatti.»

«Non hai finito i tuoi maccheroni al formaggio. Ti hanno riempito di cibo in aereo? Ho sentito che non danno granché da mangiare alla gente di questi giorni. Quando siamo venuti qua, ci hanno dato solo pretzel.»

«Mi sono saziata con le tue deliziose lasagne.»

La seguo in cucina. Lei risciacqua il piatto di Levi. Vedo mio nonno e Levi attraverso la finestra della cucina. Sono all'ombra del tetto del patio. È il nonno che parla, con un'espressione severa sul volto mentre Levi ascolta attentamente. Immagino che, come sindaco, riceva lamentele e prediche da un mucchio di gente. Questa molto probabilmente riguarda la fedeltà, e proprio non se la merita. Il mio povero finto marito.

La nonna mi toglie di mano il piatto. «Rilassati, Kevin piace a entrambi. È così caloroso e amichevole. Siamo stati piacevolmente sorpresi, visto che tua sorella ci aveva detto che non le piaceva.»

Vorrei sputare il rospo, ma non riesco a staccare gli occhi dal nonno e Levi. Dovrei andare a salvarlo.

Levi annuisce, dice qualcosa e stringe la mano al nonno. Alza gli occhi, mi vede e a me manca il fiato. È un uomo favoloso. Il tipo di persona che piace davvero alla famiglia. Ha la stoffa per diventare un marito? Ho la pelle d'oca. Riesco solo a immaginare come avrebbe reagito Kevin a questo ricevimento. Probabilmente avrebbe passato la maggior parte del tempo guardando il telefono, senza praticamente ascoltare la gente intorno a lui. Devo smettere di confrontarli. Levi non assomiglia in niente a Kevin.

Non assomiglia a nessun uomo che abbia mai conosciuto.

Levi tiene aperta la porta per il nonno che entra in cucina e dichiara: «Bella chiacchierata».

«È ora della torta» dice Brenda, apparendo in cucina.

«Andiamo» dice la nonna, spingendoci fuori.

Levi mi prende la mano e viene con me in soggiorno. Sto morendo dalla voglia di chiedergli che cosa gli ha detto il nonno. Sorprendentemente, Levi non sembra per niente turbato. Forse erano solo un paio di domande innocenti. No. Qui si tratta del nonno. Lo stesso che ha rintracciato quel traditore del marito di Izzy e l'ha affrontato a muso duro. L'ho sentito dai vicini. Comunque... Dopo tutta questa storia avrò un debito enorme nei confronti di Levi.

Ci fanno andare da un lato del tavolo, accanto alla torta, mentre gli ospiti si radunano dall'altro lato e ci guardano. La nonna mi porge il coltello.

«Tenetelo insieme» dice Brenda, pronta con la macchina fotografica.

La mano grande di Levi copre la mia. Sento il calore in tutto il corpo. È vicino, siamo praticamente guancia a guancia.

«Pronta?» mi chiede.

E di colpo mi sembra che mi stia chiedendo se sono pronta a qualcosa di più con lui. Sento una scarica di adrenalina. «Pronta.»

Tagliamo insieme lo strato inferiore. Lo aiuto a mettere la fetta su un piattino, con la mano che trema.

«Imboccatevi a vicenda» dice la nonna.

«Spiaccicatela in faccia!» urla qualcuno.

«Oh, non sarà necessario» dico, sentendomi la più grande impostora al mondo. Che cosa sto facendo, affettando una torta nuziale con Levi? Non stiamo nemmeno insieme.

Davanti alla mia bocca appare una forchettata di torta. Levi mi guarda con gli occhi dolci. «È la tradizione.»

Apro la bocca e lui mi imbocca dolcemente. È torta alla vaniglia con una glassa al burro. Deliziosa. Gli devo moltissimo per avermi fatto fare bella figura.

Prendo una forchettata e la tendo verso di lui, sussurrando: «Dopo questo, possiamo fare tutto quello che vuoi».

«Qualsiasi cosa?»

Sento il cuore che accelera al suo tono sensuale, una pressione al basso ventre che mi fa capire che cosa mi sta chiedendo. Gli do da mangiare la torta invece di rispondere. Levi mi guarda fisso negli occhi. Partono i flash e me ne accorgo appena, colta nel calore intenso che sta crescendo tra di noi.

«Bacia la sposa» grida Brenda.

Tutti applaudono e cominciano a ripetere: «Bacia la sposa, bacia la sposa».

Levi mi guarda per chiedere il permesso, sorridendo. La pressione che mi stanno facendo mi sta uccidendo. I fremiti e la pressione che provo al basso ventre mi stanno uccidendo. Ecco. *Dobbiamo* baciarci.

Levi si china lentamente verso di me e gli do una beccatina sulle labbra, prima di voltarmi verso la folla e sorridere, anche se le labbra formicolano anche solo dopo quel velocissimo bacio.

Brenda sembra delusa. «Non sono riuscita a ottenere una bella immagine. Rifatelo, più a lungo questa volta.»

Guardo nervosamente Levi.

Gli ospiti ricominciano: «Bacio, bacio, bacio».

Faccio un respiro profondo e mi volto verso di loro, sul punto di confessare tutto, quando Levi mi mette la mano sulla guancia e mi volta verso di lui. Mi abbassa di colpo sul suo braccio e le sue labbra coprono le mie. Sono così sbalordita da quella mossa coreografica che non emetto un suono. Le sue labbra sono calde e decise, si muovono sulle mie con perizia. Il mio corpo prende fuoco, le sensazioni invadono tutto il corpo. Mi accorgo appena dell'applauso.

Levi mi rimette diritta. Lo fisso, scossa da tutto quello che provo. Lui si liscia i capelli, sorridendo, ma anche un po' scioccato. Non sapevo che un bacio potesse essere così. Come se avessi perso la bussola, aggrappata al corpo di un uomo come se fosse l'unica cosa che mi teneva legata alla terra. Al corpo di *questo* uomo.

La nonna comincia ad affettare la torta. «Voi due potrete andarvene e divertirvi dopo la torta. Sono sicura che vorrete restare un po' da soli.»

Levi mi sorride. «Hai detto che potevo fare qualunque cosa volessi.»

Resto a bocca aperta. Non avrà intenzione di dire qualcosa di sconcio davanti ai miei nonni e ai loro amici, vero?

La nonna fa una risatina ma non commenta, andando a servire la torta ai suoi amici.

«Uhm» riesco a dire, fissando la torta che ho davanti, ancora scossa per quell'incredibile bacio.

«Andiamo al casinò e giochiamo alle slot machine» dice Levi.

Volto di colpo la testa verso di lui. «Ti devo spiegare le probabilità a favore della casa.»

«Hai detto *qualunque cosa.*» Chiama mia nonna. «Betsy, ho sentito che sei una maga alle slot machine. Perché lei e il signor Torres non venite con noi? C'è posto nella Jeep.»

La nonna grida felice. «Nick, andiamo alle slot con Kevin e Galena dopo la torta! Ehi, venite tutti con noi.»

Ho *veramente* bisogno di dire loro la verità. Giuro che lo farò appena resteremo da soli.

«Siete tutti i benvenuti. Offro io i drink!» dice Levi, allargando le braccia.

Il mio cuore accelera ancora un po'. Penso di essere quasi innamorata.

La festa è finita e Levi e io andiamo verso la Jeep. I nonni stanno raccogliendo le loro cose per la gita al casinò. A quando pare hanno le loro cose fortunate: una camicia il nonno e un cappello fortunato la nonna. Volevano anche raccogliere tutti i quarti di dollaro che c'erano in casa, per giocare alle slot. I loro amici si stanno dirigendo tutti alle loro auto.

«Dirò loro la verità in auto» dico, salutando con la mano una coppia gentile di cui ho dimenticato i nomi.

«Meglio che durante il ricevimento di nozze» risponde Levi facendomi l'occhiolino.

«Non è divertente.»

«In un certo senso sì. Comunque è stato divertente fingere. Non sono mai stato uno sposo.»

Vorrei chiedergli se quel bacio è stata una finta. Non sono mai stata baciata in quel modo, un bacio non mi ha mai provocato un desiderio così forte e immediato. «Quale parte dell'essere uno sposo ti è piaciuta di più?»

Levi curva le labbra in un sorriso sexy che mi fa battere più forte il cuore.

«Siamo pronti, piccioncini!» esclama la nonna.

Si affrettano a venire da noi, indossando camicie hawaiane rosse coordinate. La nonna ha un cappello da pescatore leopardato e un grande borsellino, presumo pieno di quarti di dollaro. Immagino che non sarà difficile individuarli al casinò.

«Bell'auto» dice il nonno apprezzando la mia scelta.

Alzo le mani. «Aspettate. Prima di andare devo dirvi qualcosa.»

«Che cosa, tesoro?» mi chiede la nonna.

«Kevin e io ci siamo lasciati.»

Lei dà un'occhiata a Levi, in piedi accanto a me e sussurra forte: «Allora che ci fa lui qui?».

Lo indico. «Questo è Levi. Mi dispiace di non avervelo spiegato prima. Sono rimasta sorpresa dal ricevimento e a quel punto la cosa mi è sfuggita di mano.»

Il nonno esamina Levi. «Sai, me lo sono chiesto quando sei entrato. Non sei il solito tipo nerd di Galena.»

I nonni si scambiato un'occhiata divertita.

«In effetti, non sono per niente un nerd, o uno scienziato» dice Levi. «Mi sono laureato in Storia, ho insegnato in una scuola superiore per qualche anno e adesso sono al secondo mandato come sindaco di Summerdale, dove si è trasferita di recente Galena.»

«E quando vi siete conosciuti?» chiede la nonna.

«Due mesi fa» risponde Levi.

I nonni si scambiato un'occhiata significativa.

«Galena, la settimana scorsa, quando hai chiamato, eri sul punto di sposare Kevin, ma ti vedevi anche con Levi da due mesi e ora hai deciso di stare con lui. Giusto?»

Agito le mani di fronte a me. «No, no, no. Non ho tradito Kevin. Sai che non è da me.»

«Scusa» dice la nonna. «Sono solo confusa, non capisco

perché Levi è qui. Voi due sembrate così felici insieme e quel bacio al ricevimento sembrava un vero bacio d'amore.»

Il nonno annuisce.

Ho il volto in fiamme e tiro fuori tutto il resto: «Stavo solo con Kevin. Avevo in programma di sposare lui finché non mi ha scaricata con un messaggio praticamente sull'altare». La mia voce si spezza.

«Oh, tesoro.» La nonna mi abbraccia. «Che mossa da codardo!»

«Tua sorella aveva ragione» annuncia cupo il nonno. «Riconosce un ratto quando ne sente l'odore.»

La nonna si stacca e mi accarezza il braccio. «Spero che Kevin si butti da una rupe. Ti ha rubato due anni in cui saresti potuta uscire e trovare l'uomo giusto. Uno che ci avrebbe dato che nipotini. Ooh, se lo vedessi gliene direi quattro.»

Il nonno mi abbraccia e mi bacia la testa.

Indico la Jeep. «Andiamo al casinò adesso?»

«Sì, andiamo» risponde la nonna.

Apro la Jeep e Levi apre la portiera per la nonna che gli sorride. «Grazie.»

Viene per aprire la mia portiera ma ho già fatto. Invece torna dall'altra parte dell'auto con il nonno, che gli sta parlando a bassa voce. E adesso che predica gli starà facendo?

Quando saliamo in auto, il nonno mi indirizza verso il loro casinò preferito. Resta in silenzio per qualche minuto seduto sul sedile posteriore. Sto aspettando le domande su Levi. Invece la nonna comincia a preoccuparsi per me, parlando con il nonno.

«Non è da lei precipitarsi in una relazione con un uomo» dice la nonna. «È sempre stata molto attenta ad analizzare tutti i pro e i contro. Allora, che cosa ci fa lui qui?»

«Ammetto che non è da lei, ma chi può predire l'amore? Ricordi il giorno in cui ci siamo conosciuti?»

«Oh, Nick, certo che lo ricordo.»

C'è un fruscio di vestiti quando si avvicinano e si baciano. Do un'occhiata a Levi, che si sta trattenendo a fatica dal ridere.

«Qual è il tuo cognome, Levi?» chiede la nonna quando riemerge per respirare.

«Appleton.»

«Appleton è un buon cognome» dice il nonno. «Solido.»

Scommetto che la nonna lo cercherò su Google quando rientrerà a casa. È abile con il computer.

«Dove alloggi, Levi?» gli chiede la nonna.

Levi mi dà un'occhiata prima di dire: «Al Venetian».

«È dove sta Galena» dice la nonna. «Galena, capisco l'amore al primo sguardo, è esattamente ciò che è successo a me col nonno, ma spero veramente che tu non stia già con un altro uomo. Non hai imparato la lezione la prima volta?»

Digrigno i denti. "Stare" è il suo modo di dire per "mettersi nuda" con un altro uomo. Può andare dal sesso occasionale al vivere insieme. È tutta la stessa cosa per lei.

Il nonno inserisce la sua opinione. «Tua nonna e io siamo usciti per sei settimana prima di sposarci.»

«Una storia travolgente, ma nell'ordine giusto» dice la nonna. «Niente intrallazzi.»

Vorrei proprio sbuffare. Non è difficile aspettare per fare sesso quando si esce insieme per sole sei settimane.

«E siamo sposati da più di cinquant'anni adesso» aggiunge il nonno.

«Congratulazioni!» dice Levi. «È bello vedere due persone ancora così innamorate dopo tutti quegli anni.»

Segue un silenzio imbarazzato. Ho tutti i muscoli tesi perché sono intrappolata in auto per quella che promette di essere una lunga, penosa predica. Sono sicura che abbiano altro da dire.

Il nonno si schiarisce la voce. «Levi, vorrei sapere che intenzioni hai riguardo a Galena.»

Io fisso diritto davanti a me anche se ho le guance in fiamme. Scommetto che Levi rimpiange di aver invitato i miei nonni a unirsi a noi per andare al casinò.

«Intenzioni onorevoli, signore» dice Levi. «Oggi è il primo giorno di un nuovo rapporto per noi.»

Resto a bocca aperta. Non riesco a credere che l'abbia

detto. Ci crede veramente? Pensavo che fossimo d'accordo che questa sarebbe stata una settimana di divertimento, senza complicazioni. Afferro più stretto il volante.

I miei nonni restano in silenzio per un momento.

Io svolto nella superstrada e schiaccio l'acceleratore.

«Sono come noi, Nick» sussurra la nonna al nonno, abbastanza forte da farsi sentire.

«Mmm-mmm.»

«Allora, Levi, che ne pensi dei bambini?» chiede la nonna.

«Nonna!»

«Che c'è? Kevin non voleva figli, quindi niente figli. Adesso stai cominciando una cosa nuova e, anche se capisco che è successo in fretta, so che l'amore a volte capita proprio così. Adesso voglio sapere se avrò altri pronipotini.»

Do un'occhiata a Levi, completamente imbarazzata. «Non sei tenuto a rispondere.» Do un'occhiata al sedile posteriore. «Questa conversazione è assolutamente inappropriata.»

«Levi, perché non vieni a stare da noi? Abbiamo un divano letto.»

«Lui resterà in albergo con me» dico.

Levi si volta verso il sedile posteriore. «Sono contento di avere la possibilità di conoscere meglio la vostra meravigliosa, bella e intelligente nipote.»

Mi si stringe la gola. Lo pensa davvero o sta solo cercando di placare i miei nonni? Mi hanno definita parecchie volte intelligente, ma mai meravigliosa o bella.

«L'hai sentito, Galena?» chiede la nonna.

Reprimo un gemito. «Sì, certo che l'ho sentito. È seduto di fianco a me.»

«Allora, che cosa hai intenzione di fare?»

Presumo che "scappatella sexy" non sia la risposta giusta.

«Questo è speciale.» Il sussurro che la nonna rivolge al nonno è sempre più forte.

«Abbiamo fatto una bella chiacchierata quando eravamo nel patio. È uno giusto» le sussurra di rimando il nonno.

«Sei molto silenziosa, Galena» dice la nonna.

Forse è meglio lasciar loro credere che sia una travolgente

storia d'amore. Purché Levi capisca che non sono pronta per niente di serio, non faremo del male a nessuno.

«È stata una cosa improvvisa.»

Levi sorride.

«Non fare niente di precipitoso però» dice il nonno.

«Sì, niente fretta» dice la nonna. «Sono andata troppo avanti. Galena, avrai bisogno di tempo per riprenderti dopo essere stata lasciata all'altare. Vogliamo che Levi non sia solo una specie di ripicca, o un ripiego.»

«Forse lui è un ripiego» dice sottovoce il nonno.

«Spero di no» risponde sussurrando la nonna.

Levi guarda fuori dal finestrino, con le labbra strette.

«Galena, che intenzioni hai nei riguardi di Levi?» chiede il nonno.

«Levi ci piace» dice la nonna. «È un sindaco, gli piacciono i bambini e rispetta gli anziani.»

«Ed è fedele» aggiunge il nonno. «Giusto Levi?»

«Giusto» dice Levi, senza espressione. I miei nonni lo hanno finalmente infastidito?

Non so che cosa dire. Sembra che i miei nonni siano contenti di Levi come mio futuro marito e padre dei miei figli. Il primo giorno. Non posso fare a meno di chiedermi come avrebbero reagito incontrando Kevin per la prima volta. Avremmo avuto la stessa conversazione? Ne dubito.

«Ovviamente avrete bisogno di camere separate, per un corteggiamento corretto» dice la nonna. «Andare piano, in modo che Galena possa dimenticare il suo ex.»

Levi continua a fissare diritto davanti a sé. A quanto pare ne ha avuto abbastanza di questa conversazione.

«Non preoccuparti, nonna» dico. «So esattamente che cosa fare.»

Farmi il sindaco sexy di Summerdale.

Ovviamente una volta chiarita la faccenda della relazione. Levi non può pensare che l'abbia portato per una settimana a Las Vegas per dare inizio a una cosa importante come una relazione. Deve averlo detto solo a beneficio dei nonni, in modo che ci lasciassero in pace.

La nonna mi dà un colpetto sulla spalla. «Brava ragazza. Sono sicura che fare le cose nell'ordine giusto avrà un risultato migliore con questo. È uno giusto.»

Ah. L'ordine giusto è già volato fuori dalla finestra. Immagino che siamo condannati a fare sesso selvaggio e a dirci addio per sempre, portando con noi solo ricordi felici. Mi si stringe il petto. Non mi sembra così gradevole come pensavo.

8

Galena

Appena torniamo nella nostra stanza d'albergo mi lascio
cadere a pancia in giù sul letto, con la testa sul morbido
cuscino setoso. Sono esausta, dopo ore al casinò. La nonna,
Levi e gli amici si sono divertiti moltissimo alle slot machine.
Io ho perso venti dollari e mi sono trasferita al tavolo da
poker con il nonno.

Il materasso dall'altra parte scricchiola quando Levi si
mette comodo sull'altro letto matrimoniale. Apro appena
un occhio. È seduto, appoggiato alla testiera, senza scarpe
e sembra rilassato. Io ho superato la fase della rilassa-
tezza dopo tutte quelle luci forti e il rumore costante
delle monete che sbattevano sui vassoi di metallo, il bip
delle slot e gli urli di gioia. Ho bisogno di silenzio
assoluto.

Sento Levi. «Ho sentito che c'è lo spettacolo di un circo
molto fico in città. Sai, con tutte quelle mosse acrobatiche.
Non li ho mai visti. Che ne dici di una cena e uno spettacolo
stasera?»

Volto la testa per guardarlo. «Sono in sovraccarico sensoriale. Non credo che riuscirei a sopportare uno spettacolo.
Non sono molto certa nemmeno riguardo alla cena.»

Lui mette le gambe sul pavimento e mi guarda. «Ne hai passate tante negli ultimi giorni.»

«Sì, è stato un turbine.»

Le sue labbra si curvano in un sorriso irresistibile. Sento il cuore che accelera e pensavo che la stanchezza lo avrebbe impedito. È la mia reazione a Levi. «I tuoi nonni avevano la loro opinione al riguardo. Sembra che fossero entusiasti della loro travolgente storia d'amore.»

Mi metto seduta, sistemando i cuscini contro la testiera. «Quello che hai detto prima, in auto con loro, lo stavi dicendo solo per toglierceli di dosso, vero?

«No, penso veramente che tu sia bella, intelligente e meravigliosa.»

Sento i campanelli d'allarme. Pensa veramente che sia il primo giorno di una relazione? La mia scappatella sexy si sgonfierà prima ancora di cominciare? Non che sappia veramente come dare inizio a una scappatella sexy. «Pensavo ne avessimo parlato quando eravamo a cena all'Horseman Inn. Ho detto che non ero pronta a cominciare niente e tu hai risposto: "Assolutamente".»

«E che cosa pensavi che volessi dire?»

«*Tu* che cosa pensavi?»

Levi mi fissa negli occhi. «Che per te era troppo presto per cominciare una relazione seria.»

Sospiro di sollievo. «Esattamente. Ho appena posto fine a una relazione di lunga durata con l'uomo che ho quasi sposato. Bene. Allora la pensiamo allo stesso modo. Questo non è il primo giorno di una nuova relazione per noi.»

Lui si china in avanti, appoggiando i gomiti alle ginocchia. «Quindi sono la tua ripicca nei confronti di Kevin?»

«No, non esattamente. Non ti sto usando per vendicarmi o dimenticarlo.» Allungo la mano per stringergli la sua ma è troppo lontano e lui non mi viene incontro a metà. Lascio cadere la mano, con il morale a terra. «Spero che non creda che ti sto usando. Avevo solo pensato che potremmo, sai, divertirci insieme.»

«Definisci "divertirci".»

Oddio, è molto più difficile di quanto pensassi. Eccoci qui, due persone single in una stanza d'albergo e non so come far succedere qualcosa. Sembra così lontano, seduto sull'altro letto. Dovrei andare da lui? Dovrei semplicemente togliermi i vestiti? Non sono mai stata una seduttrice. Non so nemmeno come flirtare. Con Kevin la relazione era di testa. *Non pensare a lui.*

«Ci sono tantissime attività divertenti da fare a Las Vegas» dico stupidamente.

Lui incarca le sopracciglia, guardandomi interessato. Non sembra il tipo da saltare addosso a una donna senza prima avere fatto chiarezza riguardo ai parametri. Forse ha una mente più scientifica di quanto pensassi. Spiegherebbe la mia attrazione istantanea e le reazioni folli del mio corpo ogni volta che è vicino.

Faccio un respiro profondo. «Come rilassarsi accanto alla piscina con un buon libro.»

«Per quello non hai bisogno di me.»

Mi lecco le labbra. *Ha veramente intenzione di farmelo dire?* «Fare un giro in gondola per i canali dell'albergo. Quella non è una cosa che non vorrei fare da sola.»

«Uh-uh. Qualcos'altro?»

Faccio una smorfia. «Dirlo a voce alta sembra brutto, come se ti vedessi adatto a una cosa sola, ma non è vero. Assolutamente. So benissimo che sei una brava persona e potresti diventare un amico.»

«Amico» ripete Levi come se fosse una parolaccia. «Ho molti amici, Galena.» C'è un tocco di sensualità nella sua voce che mi fa pensare che sappia quello che intendevo dire. Ha solo bisogno di dirlo.

Guardo il soffitto e poi torno a fissarlo. «Sembri aver accettato il tuo lato selvaggio e io voglio scoprire il mio. Per esempio, sulla tua Harley e...» tossicchio «...nuda.»

Levi mi guarda piegando la testa di lato. «Quindi tutto quello che vuoi è sesso, senza complicazioni.»

«Sì!» Sono così contenta che lo capisca. Non sapevo come dirlo gentilmente.

Levi si raddrizza. «Grazie per averlo chiarito.»

Quest'uomo è fantastico. Mi ha capita e mi ha perfino ringraziata per aver fatto lo sforzo di comunicarglielo chiaramente. Sorrido. «Sei meraviglioso con le persone anziane. Sei piaciuto moltissimo ai miei nonni.»

Levi fa una smorfia e scende dal letto, facendo un giro del salotto invece di venire da me. Pensavo che sarebbe stato l'inizio del divertimento. Nascondo la mia delusione e mi sdraio. Tanto vale. Sono veramente esausta.

«Questa è la stanza d'albergo più grande in cui sia mai stato» mi dice. Siamo nella suite luna di miele. C'è un salotto, incassato nel pavimento, con un divano, una TV e un paio di comode poltrone.

«Settantacinque metri quadri.» Che vi posso dire, me la cavo bene con i numeri e ricordo questo particolare da quando l'avevo prenotata un paio di mesi fa.

Levi sale i due gradini per tornare in camera e va verso il bagno. Fa un fischio e torna in camera. «Marmo dappertutto, una vasca da bagno per due e un grande box doccia con due soffioni. Sembra offra un mucchio di opportunità per le attività di una luna di miele.» Agita suggestivamente le sopracciglia e la mia pressione sanguigna va alle stelle. Non ho mai fatto niente in una vasca o nella doccia. Sempre e solo il letto per le attività che si fanno nudi.

Levi sogghigna e torna sul letto guardandomi in faccia. «Ci sono anche articoli da toilette di lusso. Mia sorella spende una fortuna per quella roba.»

Rotolo sul fianco. «Non saprei.» Faccio un respiro profondo, sul punto di chiedergli se vuole che ci mettiamo nudi. No, aspettate, prima devo riscaldarlo un po'. Gli chiederò di fare un giro in gondola con me, come preliminare. Dovrebbe essere romantico, creare l'atmosfera. Non so perché, ma non riesco a dirlo. Mi rotolo sulla schiena e fisso il soffitto. «Che cosa ti ha detto il nonno quando ti ha portato nel patio?»

«Mi ha chiesto se ti sarei stato fedele e ho risposto di sì.»

Mi rotolo sul fianco. «Qualcos'altro?»

«Mi ha anche chiesto se ero sempre stato monogamo o se per me era una novità.» Fa una pausa, con un sorriso sulle labbra. «Gli ho detto che sarebbe stato troppo faticoso far felici contemporaneamente più donne e si è messo a ridere.»

Stringo le labbra. «Non è difficile far felice una donna. Almeno non nel mio caso.»

«Già, che cosa ti rende felice?»

«Purché non litighiamo, allora va bene.»

«È tutto? Non litigare? E che ne dici del litigare e poi fare pace? Non potrebbe andar bene?»

«Kevin e io non litigavamo mai. L'atmosfera era serena.»

«Il risultato parla da solo. Comunque tuo nonno ha un gran senso dell'umorismo. Ha detto che era contento che avessi intenzione di far felice una donna sola; altrimenti avrebbe dovuto spezzarmi le gambe.»

Faccio una smorfia. Il nonno non arriverebbe a tanto, ma si sarebbe sicuramente fatto sentire da un uomo che si fosse comportato male con sua nipote.

Levi spalanca gli occhi. «Stava scherzando, vero?»

«Oh sì. Certamente.»

«Mi ha anche chiesto se avrei sempre cercato di renderti felice, nel bene e nel male e gli ho risposto che avrei fatto del mio meglio.»

Sospiro. «Sei troppo buono. I miei nonni finiranno per ritenermi orribile per averti scaricato.»

Levi torna serio. «Allora non scaricarmi.»

«Pensavo fossimo d'accordo per una settimana di divertimento.»

Levi alza le mani. «Dopo il ricevimento di nozze che abbiamo avuto, sembra che siamo già sposati per finta. Sfruttiamolo fino in fondo. Scommetto che le coppie in luna di miele qui godono di un sacco di vantaggi.»

«Cosa!? È una follia.»

«Più folle di fingere di essere sposati per un ricevimento?»

«Non avevo idea che avrebbero organizzato una cosa simile.»

Levi inarca le sopracciglia. «Siamo passati davanti a un po' di cappelle nuziali mentre venivamo qui. Tanto per dire.»

«Non è divertente.»

Levi sorride, guardandomi con calore. «Guarda, il nostro primo litigio. E siamo sposati per finta da un solo giorno.»

Torno con la mente al ricevimento, quando Levi ha baciato la sposa con un gesto melodrammatico, piegandomi sul braccio. «Hai intenzione di baciare di nuovo la sposa?»

Sento una vampata di calore in tutto il corpo. Sì! Sento la bocca asciutta. «Penso di sì, certo.»

«Lo *pensi*? Aspetterò finché sarai sicura. Che ne dici, ti bacerò solo quando qualcuno dirà "bacia la sposa". Che probabilità ci sono che succeda di nuovo?»

Penso ai due addii al nubilato e ai due appena sposati che portavano, rispettivamente, un velo nuziale e un cappello a cilindro, che ho visto prima nel casinò, tra le tante altre coppie. «Basandomi sul piccolo campione di oggi, senza contare le coppie quasi sposate, direi che le probabilità sono una su dieci.»

Levi sorride. «Ecco. Nove volte su dieci non dovrò baciarti.»

Dovrà? Sono già un po' seccata che non gli sia piaciuto quanto pensavo. Sembra che anche se ha capito che *io* volevo sesso senza complicazioni, quello che vuole lui sia solo una gita a Las Vegas. Devo aver immaginato il tono sensuale. Come ho fatto a sbagliarmi tanto? Grazie al cielo non mi sono messa nuda per fargli arrivare il messaggio. Probabilmente mi avrebbe porto i vestiti chiedendomi di rivestirmi.

«Ha un senso, matematicamente?»

«Sì, ovviamente.»

«Lieto di aver chiarito. Allora, sarai pronta tra un'ora per la cena e lo spettacolo?»

Rotolo sulla schiena. «Sono ancora in sovraccarico sensoriale.»

Levi si alza e si stiracchia. «Mi sembra di capire che sei un'introversa.»

Mi appoggio sul gomito e lo guardo. «E tu sei un estroverso.»

«Aiuta, quando si è il sindaco, sentirsi più energico più si parla con la gente. Sono quasi sempre in mezzo a una folla. Che ne dici se mischiamo un po' le cose? Stasera farò una cosa da introverso per te e domani cena e spettacolo.»

Come può sapere che cos'è una cosa da introverso? Adesso capisco che non saremmo compatibili. Siamo completamente opposti: estroverso e introversa. E non pensa che litigare sia una cosa così grave. Io valuto troppo la pace e la tranquillità per lasciarmi impegolare in discussioni emotive con un uomo. Ne ho avuto a sufficienza con mia madre e mia sorella che si scontravano continuamente mentre crescevo. Le discussioni diventavano insopportabili nel nostro piccolo appartamento.

«Beh?» mi chiede.

«Che tipo di cosa da introversi?»

«Quando sei a Venezia...»

«Non è quando sei a Roma?»

«Dammi corda questa volta.»

Levi

Galena sospira piano mentre galleggiamo in gondola in uno dei canali del grande resort. La lunga barca nera dal fondo piatto è più comoda di quanto pensassi. Siamo seduti su un cuscino di pelle rossa e guardiamo il gondoliere, un giovanotto con una maglia a righe blu e bianche, un foulard rosso al collo, una fascia rossa in vita e un cappello di paglia. A me sembra autentico.

Non mi aspettavo che questa gita a Las Vegas significasse proprio tutto, ma pensavo che fosse l'inizio di *qualcosa*. A Galena interessa solo il sesso. Non dico che lo rifiuterei, ma speravo nel sesso e qualcosa di più. Mi piace tantissimo ed ero finalmente contento di avere una possibilità con lei dopo due mesi in cui la vedevo in giro per la città e desideravo che non stesse con un tizio che non la meritava.

Non sto cercando di permettere alle mie ottimistiche aspettative di rovinare il tempo che passeremo insieme. Chissà, magari dopo questa settimana cambierà idea. Purché sia qualcosa di reale, non sono il tipo che si sceglie per ripicca. Sarebbe la cosa peggiore.

«È tranquillo qui, vero?» le chiedo.

Galena annuisce, con un sorriso sereno sul suo bel viso. Il mio cuore batte più forte, il desiderio aumenta. Questa donna riesce a eccitarmi solo con un sorriso.

Passiamo davanti a una replica di Piazza San Marco, come dice il cartello. C'è un ponte più avanti e alla mia sinistra una piazza con negozi e ristoranti. Hanno perfino dei lampioni vecchio stile, di ferro battuto, ciascuno con più luci accese.

E poi il gondoliere ci sorprende cantando in italiano!

Galena ha gli occhi sgranati mentre mi guarda con un enorme sorriso sul volto.

Non riesco a resistere e le stringo la mano. «Ho sempre desiderato andare in Italia» sussurro.

«A me non era mai venuto in mente fino a questo momento» sussurra lei di rimando.

Dopo tre canzoni, torniamo a un confortevole silenzio.

«È così fico!» sussurra Galena. «Posso solo immaginare come sarebbe la cosa vera. Magica.»

Tengo la voce bassa e mi chino verso il suo orecchio. «Possiamo cenare in uno dei ristoranti italiani. Chiederò un tavolo tranquillo in fondo.»

«Come fai a essere così bravo nelle cose da introverso?»

«Mia madre e mia sorella sono introverse. Veri topi di biblioteca. Papà e io eravamo quelli più socievoli. Alla fine ci compensavamo.»

Scendiamo dalla gondola vicino a uno dei ristoranti che ci ha raccomandato il gondoliere. Non è ancora l'ora di punta, quindi non credo che sarà difficile ottenere un tavolo.

Il ristorante italiano ha gli affreschi alle pareti, in toni dorati, parecchi tavoli davanti e una sala più privata dietro.

Tovaglie bianche, tovaglioli di stoffa, bicchieri di cristallo. Il gondoliere ha scelto bene. Ci sono alcune coppie, non è ancora affollato. Vado alla reception e chiedo un tavolo tranquillo nella sala posteriore.

«Mi lasci controllare» mi dice.

Galena si liscia il vestito a fiori e si guarda le sneakers. «Pensi che avrei dovuto cambiarmi? Non credo di essere vestita per questo posto.»

«Siamo a Las Vegas. Sono abituati alla gente che entra con qualunque tipo di vestito, direttamente dal casinò. Non ci butteranno fuori. Io ho i pantaloni corti.»

«Ma tu indossi eleganti scarpe da barca in pelle. Io ho le sneakers.»

«Il tuo vestito è fantastico.»

«Fantastico, eh?» dice Galena ridendo.

«Tutti quei bottoni e le rose. Attira veramente l'attenzione.»

Galena mi guarda fisso, cercando di decidere se sono sincero. È quasi imbarazzante quanto ho pensato a quei bottoni. Come slacciarli, a uno a uno, centimetro dopo centimetro.

«Grazie» dice Galena con calore, decidendo che sono sincero. «Tu fai sembrare belli anche i pantaloni corti. E anche le magliette di cotone. Attiri veramente l'attenzione.» Mi fissa la spalla, poi lo sguardo scende al torace. Mi alleno e sono contento che lo apprezzi. Sapete una cosa: il sesso è un grande inizio.

Abbasso la voce a un tono sensuale. «Grazie.»

Galena arrossisce e distoglie timidamente lo sguardo. Deve esserci voluto tutto il suo coraggio per dirmi che vuole esplorare il suo lato selvaggio con me. Sembra un po' timida quando si tratta di sesso.

L'addetto alla reception torna con i menu. «Non avevamo ancora aperto la sala di dietro, ma adesso è pronta. Sarete i primi a sedervi lì.»

«Perfetto. Grazie» dico.

Metto una mano sulla schiena di Galena, guidandola. Lei arrossisce e alza gli occhi.

«Siete qui per lavoro o per piacere?» ci chiede il giovanotto mentre andiamo verso la sala posteriore. È un ragazzo giovane, dai capelli rossi corti.

«Per piacere» dice Galena. «Il mio lavoro è lontano da qui.»

È adorabilmente concreta riguardo a tutto. Mi aveva dato gli esatti metri quadrati della nostra stanza. L'avevo controllato ed erano esatti.

«Ci siamo appena sposati» dico, mentendo.

Galena inarca le sopracciglia, dandomi un'occhiataccia.

«Meraviglioso» dice l'addetto alla reception. «Congratulazioni!» estrae la sedia per Galena e le porge un menu.

Mi siedo e ne dà uno anche a me.

«Gradireste un bicchiere omaggio di champagne?» ci chiede.

«Oh, sì, grazie» dico.

Appena se ne va, Galena sussurra ferocemente: «Non possiamo mentire».

«Nessuno andrà a controllare. Gli sposini hanno un sacco di privilegi. Non sei obbligata a fare nient'altro che goderti lo champagne, un trattamento speciale e magari un dessert gratis. Te lo meriti. Dopotutto questa è la tua luna di miele.»

Galena si toglie gli occhiali e li pulisce con il tovagliolo. «Non ricordarmelo.»

«Scusa. Spero che con me la tua esperienza sia molto migliore.»

Galena sbatte gli occhi guardandomi, prima di rimettersi gli occhiali. «Che ne dici se domani restiamo seduti a bordo piscina a leggere un libro?»

«Mi sembra un ottimo modo di passare un pomeriggio. Ho sentito che hanno delle cabine con il servizio bar e il cibo fornito da un ristorante gourmet.»

Mi sorride, con un'espressione dolce. «Sei così amabile. All'inizio pensavo che avremmo discusso su che cosa fare, ma sembri contento di fare quello che voglio io.»

«Andremo comunque fuori a cena e a vedere uno spettacolo, che è quello che volevo io.»

Lei annuisce. «È giusto fare a turno, facendo ciò che piace a ciascuno di noi.»

«Su che cosa pensi che litigheremmo, se dovessimo litigare?»

Galena piega la testa, fissandomi. «Non ne ho idea. Sembri un negoziatore di livello mondiale. Sembra che tutto il tempo passato a fare il sindaco ti sia veramente servito. Hai avuto tante relazioni di successo?»

Sono sorpreso che lo stia chiedendo. Mi sta considerando come un potenziale candidato per una relazione? I segnali che ricevo sono contrastanti. Forse una parte di lei vorrebbe stare con me, ma non è pronta. È comprensibile dato che è stata lasciata all'altare solo ieri. È *stato* un turbine.

D'altro canto, la mia esperienza non è granché e detesto dirlo perché mi fa sembrare incapace di impegnarmi quando sono sicuro che potrei farlo, con la donna giusta. Per un po' avevo pensato che quella donna potesse essere Alissa. Voglio qualcuno con cui dividere la vita.

«Rendiamo le cose facili» mi dice. «Rispondi solo sì o no sul fatto di aver avuto un mucchio di relazioni di successo.»

«No.»

«Mmm...»

Cerco di trovare una spiegazione che mi faccia apparire al meglio. Sembra stupido dire che mi annoiavo o che semplicemente non funzionavano. Grazie al cielo subentra lei. «Kevin è stato la mia unica e sola relazione seria. Sai com'è finita.»

Mi viene in mente che abbia parlato di relazioni per farmi sapere che è stata solo con un uomo. Scelgo con cura le parole. «Quindi sei uscita con altri ma non è mai successo niente?»

«Vediamo.» Guarda il soffitto, poi torna a guardare me. «Due anni e due mesi con Kevin, è la mia relazione più lunga, e andava tutto bene, finché è finita. Immagino che non possa più definirla una relazione di successo. All'università sono stata per un mese con un altro studente di Statistica. Prima di quello niente che durasse più di due appuntamenti. Perdevo interesse, o lo perdevano loro.» Quell'ultima parte è borbottata.

«Suonerebbe brutto se dicessi che io non ho mai avuto niente che durasse più di un mese?»

«Suonerebbe brutto se dicessi che sono stata con un solo uomo?»

«Intendi dire che...»

Lei batte la mano sul tavolo. «Sì.»

Se ha fatto sesso con un solo uomo, la sua dichiarazione che vuole fare sesso con me, senza legami o complicazioni, non suona molto giusta. Sembra che non l'abbia mai fatto prima, quindi perché dovrebbe dirlo a meno che stia prendendo in considerazione il potenziale per qualcosa di più? Dev'essere così. È nervosa dopo il mancato matrimonio, ecco tutto. Mi rilasso un po'. Non sono un ripiego. Sono l'uomo con cui vuole veramente stare. Deve solo imparare a fidarsi di me.

Il cameriere arriva in quel momento con due calici di champagne e un piattino di qualcosa avvolto nel prosciutto.

«Congratulazioni» dice il cameriere mentre ci serve. «Questi sono fichi avvolti nel prosciutto, omaggio dello chef.»

«Grazie» dico io.

«Grazie» ripete Galena che sembra sentirsi in colpa per gli omaggi alla coppia in luna di miele.

Appena il cameriere se ne va le dico: «Rilassati. Sono qui apposta. Sono sicuro che abbiano litri di champagne e mucchi di fichi avvolti nel prosciutto per tutti gli sposini che vengono qua». Alzo il calice per fare un brindisi.

Lei alza il suo. «Non mi piace mentire. Prima abbiamo lasciato credere ai miei nonni che fossi mio marito e adesso siamo una finta coppia in luna di miele in un ristorante. Ci sta sfuggendo di mano.»

«Al divertimento fuori controllo» dico, facendo tintinnare i nostri bicchieri. Bevo un sorso di champagne. È buono.

Galena espira bruscamente. «Mi ero ripromessa di divertirmi di più e non pensare tanto alle probabilità di successo.»

Beve cautamente un sorso di champagne. «Mmm, è veramente buono.» Beve un altro sorso e poi assaggia uno dei fichi.

Ne assaggio uno anch'io. Il prosciutto saporito va perfettamente d'accordo con il fico dolce.

Quando finiamo lo champagne, Galena è visibilmente più rilassata. Sospira e si appoggia allo schienale. «Adesso che sono a tavola e nessuno può vedere le mie sneakers mi sembra di essere vestita in modo più consono. Ahhh. Questa è vita.»

«Sono d'accordo.»

Il cameriere torna per prendere l'ordine. Io prendo una bistecca alla fiorentina e Galena chiede il pollo in fricassea.

Si china verso di me sopra il tavolo. «Allora, sei un tipo che ha paura d'impegnarsi? Sono solo curiosa.»

Mi siedo più diritto. Mi sta decisamente prendendo in considerazione come potenziale candidato per una relazione. «Sono disposto ad avere una relazione seria con la donna *giusta.*»

Galena arrossisce e si porta i capelli dietro le orecchie, distogliendo lo sguardo.

Un'altra coppia entra nella sala.

«Accidenti» sussurra Galena.

Sono seduti al tavolo d'angolo, dietro di noi. «Siamo in luna di miele» dice la donna al receptionist.

«Meraviglioso! Congratulazioni!» L'addetto alla reception ripete quello che ha detto a noi. «Gradireste un calice di champagne in omaggio?»

Inarco le sopracciglia guardando Galena che riesce a fatica a reprimere una risata.

L'addetto alla reception se ne va.

Galena si china più vicino per sussurrare: «Avevi ragione e non vedo fedi nuziali nemmeno alle loro dita».

Mi chino anch'io. Abbastanza vicino da sentire quella scarica elettrica che c'è ogni volta che siamo vicini. «Non tutti portano la fede.»

«Bacia la sposa» dice la donna all'uomo con cui è. Marito? Fidanzato?

«Sai che cosa significa» dico a Galena, un po' scherzando e un po' no. Avevo detto che l'avrei baciata solo se qualcuno avesse detto "bacia la sposa".

«Sì, lo so» sussurra lei e chiude gli occhi.

Le metto la mano sulla guancia e le do un bacio tenero che mi invia una scossa in tutto il corpo. Mi tiro indietro per guardare la sua reazione e lei mi afferra la testa, baciandomi sul serio. Sento il desiderio che esplode.

«Woohoo!» esclama la donna al tavolo vicino. «Sembra che abbiamo altri sposini!»

Galena si stacca di colpo, guardando la donna che la saluta agitando le dita e sorridendo. Galena agita appena la mano e si volta verso di me sussurrando: «Scusami, non so che cosa mi ha preso». Fissa il tavolo. «Non sono mai stata un tipo da dimostrazioni pubbliche.»

Le alzo il mento. «Mi è piaciuto.»

Galena si guarda intorno. «Credo che ci serva altro champagne.»

9

Galena

Lo champagne, unito al tumulto degli ultimi due giorni, mi stende. Ho appena l'energia per mettermi una canottiera e un paio di pantaloni e lavarmi i denti prima di crollare sul letto. Sono anche così conscia di Levi che si muove per la stanza prima di mettersi nel letto accanto al mio. Non cerca nemmeno di fare una mossa. Sono un pochino delusa, ed è ridicolo. In questo momento non sono assolutamente in grado di cominciare qualcosa.

Poi è mattino. C'è ancora poca luce nella stanza, solo un po' che filtra dalle tende. Controllo l'ora sulla sveglia che c'è sul comodino. Le sei meno un quarto. Beh, sono andata a letto alle nove. Guardo Levi. Ha un braccio nudo e muscoloso sopra le coperte mentre dorme serenamente sul fianco, rivolto verso di me. C'è giusto abbastanza spazio per me lì. Mi piacerebbero davvero un po' di coccole. O qualcosa di più. Potrebbe essere il modo migliore di sedurlo. Mi chiedo se sia il caso di togliermi la canottiera e i pantaloni e decido in fretta che sarebbe un po' troppo sfacciato. Lasciamo che mi venga incontro a metà strada.

Mi metto a letto con lui, sul fianco, con la schiena appoggiata al suo petto, come due cucchiai, e tiro il suo braccio intorno alla mia vita. È fantastico. Come stare nel morbido abbraccio di un orsacchiotto. Levi mi piace davvero. Mi fa sentire al sicuro ed eccitata allo stesso tempo. Non sapevo che fosse possibile. Mi rilasso completamente al calore del suo corpo. È passato parecchio tempo da quando qualcuno mi ha tenuta abbracciata. Kevin veniva a letto tardi e io mi alzavo presto. Non che fosse mai stato un tipo da coccole.

Non voglio pensare al passato o preoccuparmi per il futuro. Voglio solo godermi questo momento, avvolta in un bozzolo di delizioso calore.

Non che Levi se lo stia godendo. Lo sto obbligando a coccolarmi. È troppo bello per sentirmi in colpa. Mi vengono in mente i suoi dolci occhi castani, le piccole rughe agli angoli quando sorride. Scommetto che se fosse sveglio e gli chiedessi di coccolarmi, alzerebbe le coperte e direbbe: «Certo, perché no?». Mi si chiudono gli occhi.

Mi sveglio in una stanza piena di luce. Merda. Non avevo intenzione di addormentarmi. Qualcosa di duro mi preme sul fianco e sento una fitta di eccitazione. Mi desidera? Non ha esattamente detto che era d'accordo con la scappatella sexy quando ne ho parlato. Potrebbe essere erezione mattutina. Kevin mi ha detto che non significa che un uomo è interessato, è solo una cosa biologica che succede mentre dorme. Molto comune.

Sbircio da sopra la spalla.

Sta ancora dormendo. Era solo la biologia che mi premeva sul fianco. Accidenti, non dovrei nemmeno essere qui, a farmi coccolare da un uomo ignaro.

Scendo dal letto, sentendomi orribilmente in colpa. È l'ultima volta, lo giuro.

∼

Levi

Galena si è accoccolata contro di me stamattina. Non so da quanto fosse qui. Mi sono svegliato sognando di averla tra le braccia e c'era. Aveva un profumo dolce, un leggero profumo fruttato, forse il suo shampoo; la sua pelle è così morbida, il corpo dalle belle curve perfetto contro il mio. Mi chiedo se domani tornerà di nuovo nel mio letto. Lo spero. Ho pensato di fare una mossa, poi ho deciso che era troppo presto. Voglio che sappia che si può fidare di me non solo col suo corpo. Non sarò più l'uomo che si sceglie per ripicca.

Arriva il servizio in camera e li faccio entrare. Ho ordinato la colazione per noi due. Galena è ancora in bagno a prepararsi.

Do la mancia al cameriere, mi siedo al tavolo del salottino incassato, con una t-shirt e un paio di pantaloni corti, e aggiungo la panna al caffè. Ne bevo un sorso fortificante. Aspetterò che mi raggiunga per passare al cibo.

Qualche minuto dopo, Galena esce dalla stanza da bagno piena di vapore, completamente vestita con un copricostume bianco aperto davanti e un costume completamente coprente, composto da una maglietta da bagno blu, a maniche corte e una minigonna in tinta. Almeno sono aderenti al suo corpo sexy. O è modesta oppure è attenta al sole. Ha i capelli bagnati, raccolti in cima alla testa in un nodo disordinato, ha gli occhiali e le guance arrossate dal calore della doccia.

«Buongiorno» dico.

«Ciao!» risponde lei con la voce un po' acuta. «Hai dormito bene?»

«Perfettamente. E tu?»

«Ho dormito moltissimo. Ooh, pensavo di aver sentito la porta. Mi piace il servizio in camera.»

«È quello che pensavo. Il sogno di un'introversa.»

Ride mentre si avvicina. «È bello che tu capisca la nostra specie.» Si siede accanto a me sul divano e alza la campana sopra il vassoio della colazione. «Adoro i toast alla francese! Ma tu che cosa mangerai?»

Le do di gomito. «Non possiamo condividerli?»

«Oh sì, certo.» Sembra incredibilmente delusa.

«Sto scherzando. Io mangerò la frutta.»

Galena dà un'occhiata alla mia piccola macedonia di frutta

prima di buttarsi sul toast alla francese. Sopra c'è la panna montata e fettine di fragole. Mastica a occhi chiusi, sul volto un'espressione di puro piacere. Sento l'eccitazione che monta.

Galena beve un sorso d'acqua. «È strano, ma mi sembra che ci conosciamo già così bene.»

«Lo confesso. Tua nonna mi ha detto che ti piacciono i toast alla francese. Abbiamo parlato un bel po' di te mentre giocavano insieme alle slot machine, quando tu sei scappata per visitare pascoli matematicamente più accettabili.»

Mangia un'altra forchettata di toast. «Ti adorano già. Non mi meraviglia che sia un sindaco così popolare.»

«Come fai a sapere che sono popolare?»

«Kayla mi ha detto che ti adorano tutti. Pensava in segreto che avresti dovuto provarci con la sua amica Audrey che, a quanto pare, ha una cotta mostruosa per un tizio che non è per niente interessato. Ma Audrey ti vede solo come amico perché siete cresciuti insieme.»

«Sì, già. È quello che succede quando vivi nella tua città natale. Ci sono un mucchio di donne che conosco dalle elementari.»

Sulle labbra le aleggia un sorriso. «Non me.»

Lotto contro il desiderio di baciarla. «Non te.»

Tolgo il coperchio alla mia macedonia di frutta e mangio la mia colazione mentre lei finisce la sua.

Appena finito, Galena di lascia andare sul divano. «Sto passando dei momenti meravigliosi in questa vacanza e non mi aspettavo...» Smette di parlare e mi guarda. «Tu ti stai divertendo?»

«Sì, ho preso i biglietti per lo show del circo stasera e ho prenotato la cena lì vicino.»

«Non dimenticare il pomeriggio a leggere accanto alla piscina. Ho già il costume.»

La guardo con più attenzione. «Non ho mai visto un costume come quello. Assomiglia a un vestito.»

«Cancro della pelle.»

«L'hai avuto?»

«No e non voglio prenderlo. Le statistiche sono spaventose. Sopra il costume ho un copricostume ad alto fattore di protezione. Inoltre ho messo la crema solare, occhiali polarizzati e un cappello a tesa larga.»

«Non avrai caldo?»

«In effetti ho caldo adesso. Posso sempre fare un bagno per rinfrescarmi.» Si alza e si toglie il copricostume.

Bevo il caffè fingendo di non notare quando si toglie anche la maglietta da bagno. Sotto ha una canottiera, non molto rivelatrice, ma che enfatizza le sue curve in un modo che fa svegliare ogni parte di me.

Appoggio la tazza di caffè. «Vado a fare una doccia.» Mi precipito in bagno prima che possa notare quanto la desidero.

«Ma non hai finito la colazione!» mi dice. «È il pasto più importante della giornata.»

Ficco la testa fuori dal bagno. «Lascio il posto per una cena fantastica questa sera.»

Le si illuminano gli occhi. «Ooh!»

Mi piace che apprezzi il cibo. Alcune delle donne che ho frequentato seguivano delle diete che le lasciavano irascibili e figuratevi se avessi osato mangiare davanti a loro cose che ritenevano non avrei dovuto.

Una volta nella doccia, cerco un sollievo molto necessario alla mia erezione. Ho la testa piena di pensieri su Galena, sul suo corpo curvo contro il mio stamattina, il piacere sul suo volto mentre faceva colazione, quelle labbra meravigliose. Quello inferiore più pieno di quello superiore. Oddio.

Sento bussare alla porta del bagno.

Mi fermo, sull'orlo del baratro. «Solo un minuto!»

«Ho una confessione» dice attraverso la porta.

Sono incuriosito, ma ho una cosa urgente tra le mani e se apre la porta mi vedrà attraverso il vetro del box doccia, completamente eretto e pronto a esplodere. «Puoi aspettare qualche minuto?»

La porta si apre. «Cosa?»

«Ho detto... Non importa.»

Chiudo l'acqua, afferro un asciugamano e me lo avvolgo intorno.

«Non preoccuparti, terrò gli occhi chiusi» mi dice.

Tolgo un po' di condensa dal vetro per vederla più chiaramente. Ha gli occhiali e gli occhi chiusi stretti. «Ti ho rubato un po' di coccole mentre dormivi. Il senso di colpa mi stava uccidendo. Mi dispiace averlo fatto senza chiedertelo.»

Mi chiedo quale sia la cosa giusta da dire. Dovrei dirle che può venire nel mio letto quando vuole oppure dovrei semplicemente dire che non ci sono problemi? Vorrei incoraggiarla a condividere il letto con me senza spaventarla.

Lei si avvicina. «Hai sentito quello che ho detto?»

«Ti sei sentita così in colpa da interrompere la mia doccia?»

Apre gli occhi e spalanca la bocca vedendomi attraverso la parete di vetro, ancora bagnato fradicio. «Scusa!» Chiude di nuovo gli occhi. «Scusa due volte. Era il senso di colpa. Oddio, ho peggiorato le cose.» Si volta e sbatte contro il lavandino. «Ahi!» Poi deve avere aperto gli occhi perché riesce ad arrivare alla porta senza ulteriori incidenti.

Sono diviso tra la voglia di ridere e il desiderio di trascinare quel sexy disastro nella doccia con me. Rimetto l'asciugamano sul gancio e riapro l'acqua. Non ho ancora avuto il tempo di lavarmi. Comunque, devo per forza fare la mia mossa con lei. Così è una tortura.

Galena si ferma sulla soglia e dice, rivolta al soffitto: «Mi perdoni?».

«Sì.»

Borbotta qualcosa che non riesco a capire e finalmente esce. Mi lavo, pensando al suo senso di colpa e al desiderio di confessare tutto. Poi penso a quanto sia stata aperta con me. Ha ammesso la sua vita sessuale a dir poco mediocre con il suo ex, mi ha detto che è l'unico uomo con cui è stata e ha confermato che voleva una settimana di sesso senza complicazioni. Due cose sono diventate chiarissime in quel momento: Galena è una donna schietta e sincera e mi desidera. Che cosa sto aspettando? Il sesso può essere un buon inizio per una relazione, mi dico. Non c'è bisogno di andare insopportabilmente piano.

Un uomo può sopportare solo fino a un certo punto.

Finisco in fretta la doccia e torno nella stanza, con l'asciugamano avvolto intorno ai fianchi. Galena è davanti alla grande finestra e guarda il panorama di Las Vegas. C'è qualcosa di diverso in lei. Ah, sì è tolta gli occhiali.

La raggiungo e lei mi guarda negli occhi per un attimo, poi fissa il mio petto e giù lungo gli addominali e all'asciugamano lento intorno ai fianchi. «Bel panorama» dico.

«Sì» risponde lei con la voce un po' roca.

Mi fa sorridere. Intende me. «Niente occhiali oggi?»

«Ho pensato di mettere gli occhiali da sole graduati in piscina. Sono miope.»

«Quindi da vicino riesci a vedermi chiaramente.»

«Oh, sì.» Ne sembra felice.

Sto morendo dalla voglia di toccarla ma mi trattengo. Deve fare lei la prima mossa in modo da essere sicuro che sia pronta. Ha messo fine a un fidanzamento solo pochi giorni fa.

«Levi?»

«Sì?» Anche la mia voce sembra roca.

«Mentre mi facevo coccolare, sembrava che forse tu...» Alza una mano. «No, non importa. Biologia.»

«Biologia?»

Lei espira bruscamente e mi dà un'occhiata schietta. «So delle erezioni mattutine.»

Trattengo a fatica un sorriso. «Sai che cosa succede a un uomo quando sente una donna sexy premuta contro di lui?»

Spalanca gli occhi. «Pensi che sia sexy? Aspetta, eri sveglio?»

«Sì a entrambe le domande. Mi sono svegliato qualche minuto prima che scendessi dal letto.»

Galena si tocca la fronte. «E io che mi sentivo così in colpa da interrompere la tua doccia per confessare.»

«Mi piaceva averti nel letto con me.»

Le si illuminano gli occhi. «A me è piaciuto restarci. È stato meraviglioso. Tu sei meraviglioso.»

Pensa che io sia meraviglioso. Significa che mi vede più che una scappatella occasionale.

Galena alza una mano verso la mia spalla e io mi immobilizzo, lasciando che faccia la sua mossa. Poi la lascia cadere di colpo. «Non posso dire ai miei nonni che siamo insieme nella suite luna di miele. Probabilmente li rivedremo questa settimana, quindi sarebbe meglio se dicessimo che siamo in due stanze diverse.»

«A me sta bene.»

Lei guarda fisso davanti a sé. «La mia famiglia pensa che sia un po' troppo facile con gli uomini, anche se sono stata con un solo uomo.»

«Se sei stata con un solo uomo, perché la tua famiglia pensa che sei troppo facile?»

«Niente sesso prima del matrimonio per loro. Non sono stati contenti quando sono andata a vivere con Kevin. Hanno finto che lui non esistesse. In effetti, non hanno mai voluto conoscerlo ed è il motivo per cui i miei nonni hanno pensato che tu fossi lui, dato che non lo avevano mai incontrato prima. Comunque l'avevano finalmente accettato quando ho detto loro che l'avremmo reso ufficiale.»

«Okay» dico lentamente. Riesco solo a immaginare quanto possa essere difficile vivere secondo gli standard della sua famiglia. Si sente troppo in colpa. Anche se suppongo che sia un bene sapere che vuole sempre essere sincera. Sembra che sia ancora indecisa sul fatto di fare sesso con me, puramente per via del senso di colpa.

Penso alle nostre alternative. «Quindi o siamo sposati e facciamo sesso con la loro approvazione, oppure non siamo sposati e niente sesso. Quale preferisci?»

Galena fissa la mia bocca e si lecca le labbra. Sa che cosa mi fa?

Mi avvicino un po'. «Galena?»

«Non mi piace nessuna delle due alternative, ma mi piace veramente il modo in cui dici "sesso".»

Tutto in me presta attenzione. Chi sapeva che la sincerità potesse essere così sexy? Galena mi fissa negli occhi e a me il sangue scorre più forte nelle vene.

Chiudo le tende di scatto.

«Bacia la sposa» mi dice.

Non ho bisogno di altri incoraggiamenti. Ha fatto lei la prima mossa. Le metto la mano sulla nuca, la tiro vicina e la bacio.

Galena

Non so che cosa mi ha preso. Un attimo prima ricevo un messaggio idiota di Kevin che mi chiede dove sono e il momento dopo c'è Levi, vicinissimo, con solo un asciugamano intorno ai fianchi e lo sto baciando come fossi una donna senza freni inibitori.

Le mie mani hanno una vita tutta loro, vagano e stringono tutti quei muscoli duri e sexy. Sono travolta dalla passione. Sono stordita dal desiderio. Levi è così follemente sexy.

Levi interrompe il bacio, si strofina sul mio collo, mandando piccole scosse elettriche dovunque mi tocchi. Sto morendo dalla voglia di avvicinarmi di più. Gli tolgo l'asciugamano. Lui mi guarda con gli occhi ardenti.

Abbasso lo sguardo sulla sua magnifica erezione. Sono stata io. È l'uomo più sexy che abbia mai visto e vuole me. Cerco di togliermi il costume da bagno, quel coso si è appiccicato. È nuovo, comprato per questo viaggio, il tessuto è aderente e non perdona. «Toglimi questo coso.»

Levi allontana le mie mani e me lo toglie facilmente. L'aria fresca mi colpisce la pelle e sospiro. Non è il momento di essere imbarazzata per questa nuova passione che ho scoperto. Gli metto le braccia intorno al collo, appiccicando il corpo al suo mentre lo bacio famelica, con le lingue che si accarezzano.

Levi mi fa arretrare e poi mi solleva. Gli avvolgo le gambe intorno mentre sale i due gradini verso la camera da letto.

Mi appoggia dolcemente sul letto, le coperte sono ancora scostate e atterro sulle lenzuola fresche. Mi copre con il suo corpo, baciandomi. L'insolito strofinio della barba contro di me, il suo profumo fresco, il calore del suo corpo muscoloso. Tutto si combina in una nebbia di sensazioni.

Interrompo il bacio, ansimando. «Ti desidero tanto.»

Lui mi mordicchia il labbro inferiore e poi succhia. «Mi piace la tua sincerità.»

Okay. «C'è un preservativo nella mia borsa.»

«Anche nella mia. Sembra che fossimo entrambi pronti per ogni eventualità.»

«Mi piace il fatto che fossi preparato. Essere responsabili è sexy.»

Lui ridacchia e poi mi bacia lungo la clavicola, accarezzandomi il seno. Oddio. Non mi sono mai sentita così prima d'ora. I suoi pollici vanno avanti e indietro sui miei capezzoli e la sensazione si estende in tutto il corpo.

«Oh mio Dio. È così bello.»

Lui si ferma e mi guarda negli occhi. «È una novità per te?»

«Sì.»

«Ti sei risparmiata per il matrimonio, anche se vivevi con il tuo ex?»

Arrossisco. «No, ma, uhm, sono stata solo con Kevin e lui era per l'efficienza. Solo le parti rilevanti. Sai che cosa intendo dire?»

«Ci sono molte parti rilevanti.»

Prima di potergli spiegare che cosa intendo, Levi chiude la bocca sul mio capezzolo e succhia. Una forte pressione nel basso ventre e poi un pulsare ancora più in basso mi sbalordiscono. Gli infilo le dita nei capelli, tenendolo lì, immersa nel piacere.

Lui si sposta all'altro seno, scendendo con la mano lungo il corpo, all'interno della coscia. Trattengo il fiato, aspettando, con i fianchi che si sollevano per andargli incontro.

«Ho bisogno... Oddio, ho bisogno...»

Levi solleva la testa. «Provare quella sensazione va bene. Resta così per un po'.»

Un po'?

E poi lascia una scia di baci diritto verso il punto dove lo volevo e grido, il piacere è così intenso che riesco a malapena a comprenderlo. Poi le sue grandi mani mi allargano le gambe e se le mette sulle spalle.

Lo guardo in mezzo alle mie gambe ed emetto un lungo gemito di cui non mi credevo capace. Provo un'ondata di piacere dopo l'altra, volo sempre più in alto, con la pressione che continua a salire. Non ho mai provato tanto, troppo. Gli tiro i capelli, staccandolo da me.

Lui mi guarda con una domanda negli occhi.

«È un po' intenso per me. Non sono abituata...»

Lui si tuffa di nuovo e sono lì, ancora sul bordo del piacere, contorcendomi, mentre lui mi tiene ferma. Dalla mia gola emergono suoni primordiali, il mio corpo si inarca e poi esplodo in un orgasmo che mi travolge, scuotendomi fino all'anima. Ondulo impotente sotto di lui che spreme ogni goccia di piacere, finché crollo, esausta.

Lui continua a baciarmi mentre risale lungo il mio corpo. «Mi piace essere il primo per alcune cose.»

«È stato il mio primo orgasmo con un uomo.»

Lui chiude gli occhi, sembra quasi addolorato. Voglio dirgli che va bene, perché so come procurarmeli da sola, ma l'intensità di quello che mi ha dato lui è dieci volte quello che producono i miei sforzi. Non è giusto che fossi pronta ad accettare di meno. Adesso lo capisco. Sento un'ondata di affetto e lo abbraccio stretto. «Grazie. Sei meraviglioso.» Lo bacio. «Impressionante. Sono così fortunata. Oh, hai il mio sapore... Immagino.»

Levi mi mette la mano sulla guancia. «Sei così sexy, così dolce. Sono io quello fortunato.»

In tutta risposta, gli avvolgo le gambe intorno alla vita.

Lui mi guarda negli occhi e finalmente ci uniamo. Il piacere aumenta a ogni spinta. Alzo i fianchi e lui si muove più in fretta, portandomi a livelli sconosciuti di piacere. E poi colpisce proprio il punto giusto e sono travolta da un orgasmo, con la sensazione che si diffonde come un'esplosione solare in tutto il corpo.

Levi grugnisce, con il piacere evidente sul suo bel volto

quando si lascia finalmente andare, tenendomi stretta a lui. Ogni movimento porta più piacere. Alla fine resta immobile.

Sbatto un paio di volte gli occhi quando mi rendo conto di una cosa. «Abbiamo dimenticato il preservativo, vero?»

Lui impreca.

«Non preoccuparti, prendo la pillola. Dato che il mio ex non voleva figli, usavamo una doppia protezione. Pillola e preservativo.»

«Bene.» Solleva la testa. «Potremmo magari non parlare del tuo ex mentre siamo nudi?»

Gli do una pacca sulla spalla. «Certo. Non c'è confronto, sinceramente. Io...»

Levi mi bacia, interrompendomi. Mi perdo nel suo bacio, intrisa di piacere e così profondamente soddisfatta. Quando finalmente mi lascia emergere per respirare dice: «Un giorno ti sposerò».

Sorrido perché so che cosa intende dire veramente. «È il sesso che parla. Dev'esserti veramente piaciuto. Anche a me, nel caso in cui non l'avessi capito.»

Levi mi strofina il pollice sul labbro inferiore. «L'ho capito e non è il sesso che parla. Sono io.»

Gli do una spinta sul petto, nel panico. Sta pensando al matrimonio. Ho appena rotto con un uomo che ho quasi sposato! «È troppo presto!»

Levi mi mette la mano sulla guancia, i suoi occhi caldi sono come una carezza. La sua voce è come seta. «Non preoccuparti. E niente senso di colpa. Solo piacere.» E poi mi bacia di nuovo e la mia mente si svuota. Come faccio a discutere quando sembra tutto così giusto?

10

Levi

Tutta questa settimana è stata un turbine. È il nostro ultimo giorno di vacanza e stiamo viaggiando con i nonni di Galena sul sedile posteriore, diretti al Grand Canyon. Sta guidando Galena, quindi io posso rilassarmi. Abbiamo esplorato tutto ciò che può offrire Las Vegas, con pause da introversi accanto alla piscina e ogni tanto il servizio in camera. Oltre allo spettacolo del circo siano andati in parecchi casinò, abbiamo visto uno spettacolo comico, un concerto, siamo saliti su un'enorme ruota panoramica e visitato il museo dei flipper. A casa ho un flipper d'annata, quindi la visita era obbligatoria per me, ma è piaciuto moltissimo anche a Galena.

Non l'ho spinta oltre a ciò che è disposta a dare, subito dopo la rottura, ma viene nel mio letto tutte le sere. Un giorno la sposerò. L'ho detto nella foga del momento, ma ero sincero. Non so se sia la sua sincerità, la sua mente inquisitiva e brillante o il suo aspetto sexy. Probabilmente tutto insieme e anche qualcosa di più. Capisce il mio senso dell'umorismo. Ridiamo tantissimo insieme.

Mi appoggio alla testiera e chiudo gli occhi. L'unico problema è che tornerà in una casa dove vive il suo ex, che le manda messaggi e la chiama tutti i giorni. Non va. Da quanto ne so, Galena non ha risposto alle sue chiamate anche se gli ha scritto che è venuta a trovare i suoi nonni. Non voleva che denunciasse la sua scomparsa.

Le ho detto di bloccare il suo numero, ma non ha voluto farlo. Per me è un segnale d'allarme, significa che le cose con lui non sono completamente finite. Non mi posso permettere di pensarci, altrimenti questa meravigliosa esperienza ne resterà sminuita.

«Sei sveglio?» chiede Betsy dal sedile posteriore, toccandomi la spalla. Mi piace la nonna di Galena. Sa come divertirsi, pur essendo così tradizionalista.

«Sono sveglio.»

«Vi ringrazio per aver accettato di partire presto questa mattina, in modo da non tornare troppo tardi. Il signor Torres dorme già alle nove di ogni sera.»

«Posso restare sveglio anche più tardi, se voglio» dice indignato il signor Torres.

«Hai tentato di farlo a Capodanno e ti sei addormentato sulla poltrona reclinabile alle otto e mezzo.»

«È perché avevo bevuto due birre. Farebbero addormentare chiunque, giusto Levi?»

Due birre lo fanno addormentare? «Giusto.»

«Visto, Levi sa come funziona» dice il nonno di Galena. «È bello avere un altro uomo in famiglia. Sono in minoranza da troppo tempo.»

«Ehm» dice Betsy.

«Ed è una cosa che mi fa sentire fortunato» aggiunge il signor Torres.

«Pesciolini gommosi?» chiede Betsy tendendomi il sacchetto.

Certo. Ne prendo qualcuno e offro il sacchetto a Galena.

«Non voglio avere le dita appiccicose mentre guido. Puoi mettermelo in bocca?»

La mia mente sconcia la immagina mentre lo dice in una situazione diversa e comincio a scaldarmi. Mi rimangio quello che vorrei dire (*Lieto di mettertelo in bocca, quando vuoi*) e le do il pesciolino gommoso.

Lei mastica felice, ignara della vibrazione sexy che proviene da me. Di notte la soddisfo completamente, a volte anche al mattino. La lista delle cose che non ha mai provato a fare a letto è sorprendentemente lunga, se si considera che ha avuto una relazione fissa per due anni. Il suo ex pensava solo a sé e tutta la faccenda al massimo durava cinque minuti. Sì, mi ha raccontato tutti i particolari, nel suo solito modo schietto. Non mi è dispiaciuto ascoltarla perché ogni parola che le usciva di bocca confermava solo che Kevin non la meritava.

Non riesco a pensare a un mondo dove vorrebbe tornare a quel tipo di vita sessuale. Comunque non si sa mai quando si tratta del cuore. Forse Kevin ha qualcos'altro che la tiene legata a lui. Galena non ha intenzione di tagliare i ponti e mi infastidisce più di quanto dovrebbe, visto che sto con lei da una sola settimana.

«Bibita?» chiede Betsy. «Ho anche l'acqua frizzante e il tè freddo.»

«Nonna, non era necessario portare tanta roba. Ci sono i ristoranti al Grand Canyon.»

«È meglio avere sempre tanto da bere e da mangiare quando si attraversa il deserto del Mojave. La gente viene impreparata, le auto si fermano e...» abbassa la voce a un pianissimo sussurro «... la gente muore.»

«Tocchiamo legno» dice scaramantico il signor Torres, dandomi un colpetto sulla testa.

«Nonno!» esclama Galena. «Non picchiarlo sulla testa.»

«Sto bene» dico ridendo.

Galena mi strofina la testa con una mano, senza mai togliere gli occhi dalla strada. «La tua famiglia è così?»

«Devo dire di no. Probabilmente io sono il più socievole. La mamma e Avery sono tipi tranquilli, come te.»

«Galena non è un tipo tranquillo» dice Betsy, sbalordita. «Dovresti sentirla a casa. Canta nella doccia, comanda a bacchetta sua sorella, risponde male a sua madre.»

Galena sbuffa.

«E sbuffa!» dice Betsy indicandola. «Visto? Questa ragazza è piena di spirito. È sempre stata così.»

«Mi piace il suo spirito» dico.

«Sono cresciuta» dice Galena. «Non rispondo male a nessuno. Gesù!»

«Mi hai risposto male!» dice Betsy.

«Hai risposto male» aggiunge il signor Torres.

«Uffa!» esclama Galena.

«Qualcuno vuole della liquirizia?» chiede la signora Torres.

«Non hai portato niente di salutare?» chiede Galena. «Se continueremo a mangiare schifezze per tutto il viaggio di quattro ore, finiremo per vomitare quando arriviamo e poi come faremo ad ammirare il Grand Canyon?»

«Oh, e non stai parlando in modo educato» dice Betsy. «Noi non diciamo vomitare. Non è signorile.»

«No» aggiunge il signor Torres. «Non è così che ti abbiamo educata.»

Galena stringe il volante e serra le labbra. Immagino che sia questo il significato di "tradizionalisti" riferito ai suoi nonni.

«Spero che non parli a Levi in quel modo volgare» dice Betsy.

«A me sta bene.»

«C'è comunque un modo appropriato e uno inappropriato» dice Betsy.

«A me piacciono le cose inappropriate» dico e Galena scoppia a ridere.

Mi si gonfia il petto per l'orgoglio. Non ci sono dubbi che siamo fatti per stare insieme.

So come farla ridere, come farla sentire bene e penso che potrei renderla felice. A lungo termine. Devo solo riuscire a togliere di mezzo il suo ex.

～

Galena

Dopo un viaggio straziante di quattro ore con i miei nonni (avevo dimenticato come stare troppo a lungo vicini rende le cose difficili tra di noi) siamo finalmente nei grandi spazi aperti del Grand Canyon. La temperatura è gradevole, sui venticinque gradi, non come a Las Vegas dove ieri si sono raggiunti i quaranta gradi.

Percorriamo il sentiero South Rim, che dovrebbe essere facile. Pavimentato e in piano con il panorama del Grand Canyon e del fiume Colorado. I miei nonni camminano parecchi passi dietro a noi, tenendosi per mano. È strano, ma non mi sembrava giusto tenere la mano di Levi in pubblico, anche se passiamo tutte le notti insieme. Quella parte è come il nostro bozzolo privato al buio. Ammetto che ho ancora in mente il mio ex. È difficile voltare completamente pagina dopo più di due anni. Kevin continua a mandarmi ogni giorno messaggi di scusa sempre più accorati, dicendo che gli manco sempre di più. Non sa che sono qui con Levi, perché gli ho detto che sono venuta a trovare i miei nonni. Una bugia per omissione. Il senso di colpa mi sta uccidendo anche se una parte di me dice che Kevin non dovrebbe più contare. Mi ha piantata in asso lui il giorno in cui avremmo dovuto sposarci.

Vorrei che questa vacanza durasse per sempre. So che cambierà tutto quando tornerò a casa, quando dovrò affrontare il mio ex e tutti i miei sentimenti feriti riguardo al mancato matrimonio, riavere la mia casa e fare in modo che Kevin se ne vada. Ho veramente bisogno di una pausa in cui non devo pensare a niente di tutto quello. E che posto ha Levi nella mia vita reale? Non sono sicura di poter rischiare nuovamente il mio cuore. Temo di essere già rimasta troppo coinvolta.

Levi e io ci fermiamo a un belvedere ad ammirare il panorama, in un angolo accanto alla ringhiera, lontani dagli altri turisti.

«Vi faccio una foto» dice il nonno.

Ci voltiamo a guardarlo e Levi mi mette un braccio intorno alla vita. Arrossisco e poi provo un enorme imbarazzo perché il mio desiderio è così evidente. I miei nonni pensano che Levi sia il colpo di fulmine che hanno avuto loro, con un giusto periodo di corteggiamento e campane nuziali nel nostro futuro.

La nonna ci sorride.

«Galena, sorridi!» ordina il nonno.

«Sto sorridendo» dico a denti stretti.

«Un vero sorriso» mi risponde.

Levi mi guarda preoccupato e sento gli occhi che si scaldano per le lacrime imminenti. Mi bacia la tempia. «Va tutto bene, non siamo obbligati a farlo.»

«No, fai la fotografia.» Mi obbligo a pensare a Levi e me al concerto l'altra sera che guardavamo un imitatore di Elvis, ci dividevamo i popcorn e poi ballavamo seduti. Un momento felice e spensierato. Devo smettere di preoccuparmi per il futuro. Ci penserò domani a rientrare nella vita reale.

«Ecco» dice il nonno scattando la fotografia.

«Levi, fai una foto a noi» dice la nonna.

Ci scambiamo di posto e Levi scatta un mucchio di fotografie ai nonni e poi alcune anche con me.

Appena ci spostiamo verso la parte seguente del sentiero, la nonna cammina di fianco a me. «Hai qualcosa che ti turba?»

Do un'occhiava a Levi, che fa un piccolo cenno affermativo con la testa e resta indietro per camminare accanto al nonno, che si è fermato per leggere un cartello.

«No» rispondo, mentendo. Ho talmente tanto in testa riguardo a casa e riprendere i pezzi della mia vita che non so da dove cominciare.

La nonna mi abbraccia. «So che c'è qualcosa che ti preoccupa. Dev'essere un momento difficile per te, anche se riesco a vedere che Levi è una nota positiva.»

Camminiamo fianco a fianco lungo il sentiero. «Tutto quello che pensavo avesse un senso nel mondo non ce l'ha più. Come con Kevin.»

«Che cosa significa?»

«Avevamo gli stessi programmi, entrambi dedicati al nostro lavoro. E non abbiamo mai avuto una discussione. Sposarci sembrava il logico passo seguente dopo aver comprato una casa insieme. Mi sbagliavo così tanto.»

La nonna mi mette un braccio sulle spalle e stringe. «Oh, Galena. Al cuore non interessa la logica. Sono contenta che sia finita se era questo l'amore che avevi. Tua sorella non era mai riuscita a capire esattamente perché non gli piaceva. Forse aveva visto che non c'era un vero amore tra voi due.»

«Izzy diceva che era egoista.»

«È così?»

Ripenso a come voleva che mi occupassi dei suoi bisogni il giorno stesso in cui mi aveva lasciato all'altare, a come non si fosse mai occupato di me quando ero malata, anche se io curavo sempre lui, il suo egoismo a letto, di cui non mi ero accorta fino a Levi. Ero così inesperta che pensavo fosse normale. È un po' imbarazzante ammettere che il primo orgasmo avuto con un partner sia stato con Levi. Quando finiva, Kevin mi chiedeva se fossi a posto e io rispondevo sempre di sì. Perché non avevo mai chiesto di più? Ero solo contenta che fosse finito e che avrei potuto passare alla voce seguente della mia lista di cose da fare. Ripensandoci sembra orribile.

Stringo le labbra. «Sì, Kevin è molto egoista.»

«È difficile amare qualcuno che non ti ama allo stesso modo.»

«Pensavo di amarlo, ma adesso comincio ad avere dubbi su tutto.»

La nonna sorride. «Per via di Levi.»

«Sono così confusa in questo momento.»

«Sei felice quando sei con Levi. Ti si legge in faccia e ridete insieme. È il tipo migliore di matrimonio. Come il nonno e me.»

«Oh, non ci sposeremo.»

La nonna mi dà una pacca sul braccio. «Ti auguro di essere veramente eccitata e felice nella tua prossima relazione.

Quando aspetti di vederlo con il cuore in gola e ti manca quando non siete insieme. Voglio che sia un amore dell'anima e non solo delle teste e dei corpi.»

Mi sento arrossire. Immagino che Kevin e io fossimo solo una questione di testa. Con Levi è più una cosa fisica. Spero che non si veda perché so che i miei nonni non approverebbero.

«Levi mi piace davvero» dice la nonna.

«Piace anche a me» ammetto.

Do un'occhiata al nonno e a Levi che stanno conversando. Levi sembra terribilmente serio. Di che cosa stanno parlando?

«Ovviamente sei tu quella che deve trovare il coraggio di aprire nuovamente il cuore» dice la nonna. «Prenditi del tempo, ma non troppo. Immagino che Levi piaccia a tutti, incluse le donne single» aggiunge inarcando le sopracciglia quando le do un'occhiataccia.

«Venite, c'è altro da vedere» dico a Levi e al nonno.

Levi mi guarda negli occhi. C'è qualcosa in ballo. Spero che il nonno non abbia detto la cosa sbagliata.

Levi

Raggiungo Galena e le prendo la mano. Lei strattona via la sua e mi sento stringere lo stomaco. È come ha detto suo nonno, non è pronta per me.

«Mi sento strana se ti tocco davanti a loro» mi dice.

Lo stomaco continua a stringersi. «Tuo nonno dice che non fai mai niente d'impulso.» *E che sono l'uomo che hai scelto come ripicca nei confronti di Kevin. È più di quello, vero?*

Il mio stomaco dice *no* mentre continua a stringersi.

«È vero» dice. «Esamino sempre la situazione da tutte le angolazioni e calcolo le probabilità di successo. Ma non voglio più essere quella persona. Voglio seguire il mio istinto. Devo ascoltare il mio istinto, ma sono un po' fuori allenamento, non so come fare.»

Sento un briciolo di speranza proprio mentre la brezza comincia a soffiare, buttandole i capelli sulla faccia. Li scosto e poi non resisto alla tentazione di accarezzare la sua guancia rotonda.

Galena apre le labbra, guardandomi negli occhi. «Ciao.»

Io sorrido. «Ciao.»

È come un nuovo inizio, uno vero per noi due. Vuole seguire i suoi istinti e significa che ho una possibilità. Stiamo bene insieme. Vorrei tanto baciarla, ma i suoi nonni sono proprio dietro di noi.

«Chi ha fame?» chiede Betsy. «Io avrei voglia di pranzare.»

Galena ride quando i suoi nonni ci raggiungono. «Non ti sei saziata di pesciolini gommosi e liquirizia?»

«Oh, non mangio mai dolci. Sono solo per voi ragazzi.»

Galena mi rivolge un sorriso divertito. «Pensa che siamo ragazzi.»

«E io che pensavo che i trenta fossero la fine» dico, scherzando solo a metà. C'è una parte di me che crede che non supererò l'età che aveva mio padre quando è morto. Tale padre tale figlio, in tanti modi.

«Ah!» dice il signor Torres. «A trent'anni si è giovani. Non hai ancora raggiunto l'apice della forma.»

«Quando arriva?» Mi sembra che abbiano superato i settanta.

«Penso che siano i cinquanta.»

«Penso che siano i sessanta» dice Betsy.

«Settanta per te, amore mio» dice il signor Torres. «Non sei mai stata più bella.»

Lei gli accarezza il petto. «Nick.»

«Più si invecchia, più si sposta il limite per la vecchiaia» dice Galena. «A ottant'anni, penserai che i novanta non significhino essere così vecchi, dopotutto. È una questione di prospettiva.»

Betsy abbraccia Galena. «Tu sarai sempre la mia piccola Lena saputella.»

«Lena?»

«Il mio nomignolo, quand'ero piccola» dice Galena.

«Adesso uso il nome completo perché ha un significato. È un antico nome greco che significa calma, mite. La mamma l'ha scelto da un libro di nomi per bambini, sperando che sarei stata una bambina tranquilla, dopo mia sorella, tutta energia. Comunque è così che mi piacerebbe che fosse la mia vita.»

«Allora che ci fai a Las Vegas?» chiede Betsy. «A questa città piace movimentare un po' le cose.»

E che cosa ci fai con me? La vita come sindaco di Summerdale è tutt'altro che tranquilla. Devo continuamente gestire emergenze, redigere bilanci con troppe parti interessate, essere presente a ogni accidente di evento in città. Non ci sono soste.

Cominciano a parlare di dove andare a pranzo, ma tutto ciò che sento è ciò che mi aveva detto prima suo nonno: «Mi dispiace dirtelo, ma sei un ripiego per aiutarla a superare la delusione di Kevin».

Come faccio a diventare più di un ripiego?

11

Galena

È la nostra ultima notte a Las Vegas e mi sembra che dovrei sfruttarla al massimo. Dopo aver lasciato i miei nonni a casa loro, torniamo in albergo. Levi è piuttosto silenzioso.

Gli do un'occhiata. «Sono solo le sei, il resto della serata è nostro.»

«Sì. Che cosa vuoi fare?»

«Tutto.»

«È una lista lunga.» Sento il sorriso nella sua voce. È pronto a tutto.

«Ci sono le montagne russe all'albergo New York-New York, con i vagoni a forma di taxi.»

«Avevi detto che non saresti mai salita su una montagna russa con i giri della morte.»

Gli sorrido. «Galena 2.0. È aperta alle nuove esperienze. Voglio provare tutto, anche se mi spaventa.»

«Provare paura e farlo comunque, eh?»

Ci penso. «Sì, funziona. Anche se non voglio passare tutta la serata a fare cose che mi spaventano. Solo una.»

«Galena, quando torneremo a casa...»

«Non parliamo di casa. Concentriamoci su questo momento. Per favore, Levi, voglio divertirmi.»

Lui resta in silenzio.

«Okay?» insisto.

«Okay. Stasera sarà dedicata tutta al divertimento. Posso controllare alcune cose che non abbiamo ancora provato.»

«Sì!»

«Meno male che abbiamo lasciato i tuoi nonni a casa loro, altrimenti saremmo stati obbligati a giocare alle slot machine e poi diritti a letto.»

«No, tu saresti bloccato alle slot con la nonna e io sarei al tavolo da poker con il nonno.»

Levi tamburella le dita sul cruscotto. «È brava gente. E si amano ancora tanto.»

«Sì. Tra poco ci sarà il loro cinquantacinquesimo anniversario.»

«Wow.»

«Ho gli occhi aperti adesso, Levi. Prima non avevo quel tipo di relazione ed è quello che voglio.»

«Anch'io.»

Lo guardo, di colpo nervosa. Stiamo per tuffarci troppo presto in una relazione seria? Una settimana dopo la mia rottura?

Mi schiarisco la voce. «Non adesso, un giorno. Un po' più avanti.»

«Certo.» Sembra indifferente, ma sento un accenno di tristezza.

«Comunque...» Guardo la scena quando arriviamo sulla Strip. «Eccolo! Oh, guarda! C'è la Statua della Libertà al New York-New York. Meno male che non abbiamo ancora cenato. Andiamo a vedere quella per prima.»

«Ci sto. Ho in mente un locale carino dove finire la serata, molto tranquillo e fanno musica dal vivo.»

«Perfetto. E andiamo in uno di quei "mangia tutto quello che vuoi".»

«Non riuscirai mai a ripagarti di quello che spendi. Mangi solo il novanta percento del cibo.»

«Ti ho detto che è il momento in cui sono sazia.»

Levi sorride, con gli occhi che scintillano in un modo che

ho cominciato ad amare. «Hai tante stranezze originali che mi piacerebbe conoscere, Galena Torres.»

«Io non sono originale.»

«Oh, no, per niente. *Signorina seduta accanto alla piscina con un cappello dalla tesa larga e completamente coperta.*»

Mi fa ridere. «Proteggo solo la pelle.»

«Perché restare seduta accanto alla piscina se sei completamente coperta?»

«Perché è rilassante.»

«E poi hai caldo, completamente coperta con quella maglietta e tutto il resto.»

Reprimo una risata. «Ecco perché ho il mio sistema di costume da bagno in due parti per quando voglio rinfrescarmi in piscina.»

«Ma non ti bagni i capelli.»

«Fidati, non ne vale la pena se devo cercare di districarli, dopo il cloro e il sole.»

«Okay, mi correggo. Non sei originale, sei solo deliziosamente ragionevole.»

Sorrido. «Mi capisci veramente.»

«Sì» dice, con la voce così calda e sensuale che mi scaldo tutta. E quello mi ricorda di quanto ci sa fare a letto. Quell'uomo sembra anticipare i miei bisogni, i miei desideri, sa come portarmi sull'orlo dell'orgasmo e tenermi lì finché finalmente esplodo. È stato fenomenale e di colpo voglio di più. Subito, diciamo.

«Levi?»

«Sì, Galena?» Sembra che lo capisca. Sento un brivido lungo la schiena.

«Possiamo fermarci prima nella nostra stanza?»

Levi mi passa la mano all'interno della coscia. «Mi piacerebbe.»

～

Levi

Non riesco a tenere a posto le mani. Appena arriviamo in garage mi butto su di lei. Riesco a malapena a scendere dall'auto e adesso siamo in ascensore. Giuro che se non ci fosse un'altra coppia con noi, la prenderei proprio qui contro la parete.

Galena mi guarda da sotto le ciglia mentre siamo lì, accanto all'altra coppia. Le prendo la mano e la stringo. Non la tira via. Mi ha quasi ucciso quando l'ha tirata via, durante la gita al grand Canyon. Probabilmente è solo il desiderio che la tiene vicina a me, ma userò quello che ho.

Arriviamo al foyer e prendiamo un altro ascensore per andare in camera. Appena le porte si aprono al nostro piano, le afferro la mano e praticamente corro verso la stanza.

«Rallenta!» mi dice ridendo. «Non vado da nessuna parte.»

Apro la porta e la inchiodo contro la porta, sollevandole la maglietta e passando le mani sulla sua pelle morbida. Ci baciamo appassionatamente. Le ho accarezzato il seno solo per un momento quando Galena interrompe il bacio e mi toglie la maglietta.

«Oddio, ti desidero tanto» dice. «È passato così tanto.»

Mi fa sorridere. «Era solo la notte scorsa.»

Le abbasso gli shorts insieme alle mutandine poi mi metto sulle ginocchia per baciare dove non l'ha baciata nessun uomo, tranne *me*. Dopo poco Galena comincia a spingere i fianchi contro di me, gemendo forte e non posso fare a meno di pensare: *mia*. Di nessun altro. *Mia, mia, mia.*

Ha un sapore così buono, dolce. Le infilo dentro le dita, muovendole nel modo che so che la farà esplodere e mantengo il ritmo, adorando ogni lieve gemito che le esce dalla bocca. Qualche momento dopo Galena mi afferra la testa, stringendo le dita nei capelli. Il respiro diventa corto e poi i suoi fianchi si muovono a scatti mentre viene, e il suo ansimare mi sprona. Si spinge contro di me due volte ancora prima di crollare, molle, contro la porta.

La spoglio mentre mi guarda con le palpebre a mezz'asta. È così sexy. Le prendo il volto tra le mani, inondato da tante emozioni che quasi ammetto ciò che provo. Che è mia. Che sono mezzo innamorato di lei. Che voglio che stia con me e solo con me.

«Levi, scopami» dice, accarezzandomi e facendomi chiudere gli occhi per il piacere.

La sollevo e mi spingo dentro di lei in un sol colpo, facendola ansimare.

Premo la fronte contro la sua. «Tieniti forte.»

Lei mi avvolge le braccia e le gambe intorno. «Non l'abbiamo mai fatto in piedi.»

«Non riuscivo ad aspettare. Vuoi il letto?»

«No, voglio solo te.»

Provo contemporaneamente un desiderio folle e un'ondata di emozioni. Continuo a spingermi dentro di lei, che mi accetta fino in fondo e affonda le unghie nelle mie spalle emettendo piccoli suoni sexy.

«Oh, mio Dio» dice. «È così bello!»

Le bacio il collo e infilo la mano tra di noi, accarezzandola mentre continuo a muovermi lentamente. Lei ansima, con gli occhi spalancati, fissi nei miei.

«Levi, sto per... Non riesco... Oh Dio.»

«Sì che puoi.»

Sta imparando a cavalcare l'onda dell'orgasmo. Con me. Le ho mostrato che cosa può fare il suo corpo. *Mia, mia, mia.*

Mi allontana le spalle, spingendomi. «È troppo.»

La bacio lungo il collo e poi mordo il tendine.

Lei mi afferra strette le spalle. «Sono troppo... Ahh!»

La guardo mente ansima e geme e poi trema. Mi chino sopra il suo orecchio. «Lasciati andare, vieni per me.»

Lei sgroppa selvaggiamente e poi urla il mio nome. *Il mio nome.* Mi sento invadere da un'ondata di orgoglio. Sbatto forte dentro di lei, con il mio stesso bisogno che mi artiglia, mentre lei viene, ondata dopo ondata, gemendo forte a ognuna.

L'orgasmo mi colpisce forte, un'estasi intensa da fondere

le ossa. Crollo contro di lei, che si aggrappa a me mentre riprendiamo fiato.

Non voglio lasciarla andare. Mai più.

Galena

Montagne russe? Fatto!

Provare ogni gioco con probabilità ragionevoli al casinò? Fatto!

Sesso fantastico? *Ding! Ding! Ding!*

Ora siamo in un bar che serve champagne, dove si deve solo spingere un bottone per avere altro champagne. Bevo un sorso del mio secondo calice di deliziose bollicine e mi chino di lato, appoggiandomi a Levi seduto di fianco a me. «Sto vivendo dei momenti fantastici. Che fantastico ultimo giorno di vacanza.»

Lui mi alza il mento e mi bacia. «Pensi che andrai ancora su una montagna russa con il giro della morte?»

«Forse tra dieci anni, quando le mie nipotine avranno bisogno della zia che le tenga per mano per andare su una di quelle.»

Levi scoppia a ridere. «Mi hai quasi rotto il timpano con tutto quell'urlare.»

«Ti ho detto che urlavo di divertimento. Sai, urla da adrenalina.»

«Sembravi terrorizzata.»

«Sì, ma in modo divertente.»

Levi mi bacia di nuovo e gli avvolgo le braccia intorno al collo, baciandolo anch'io appassionatamente. Levi bacia da Dio.

Interrompo il bacio, un po' senza fiato. «Penso che dovremmo tornare nella nostra stanza.»

Lui mi prende la mano e bacia il dorso, fissandomi negli occhi. «Penso che dovresti trasferirti da me.»

Piego di lato la testa, non sono sicura di aver sentito bene. «Scusa, cosa?»

«Ho una villetta. Non volevi più vivere in un appartamento, quindi perché non casa mia?»

Aggrotto la fronte, confusa. «Ho una casa.»

«No. Hai mezza casa che dividi con un uomo con cui non stai più.»

«Ma è mia per metà. Se non torno, penserà che ci abbia rinunciato. Un tribunale potrebbe dire che lui ha più diritto di me ad averla. Quindi non me ne posso andare. Comunque ti ringrazio.» Prendo il mio calice di champagne, pronta per un altro delizioso sorso.

«Al diavolo il tribunale» sbotta Levi.

Sobbalzo e quasi verso lo champagne. Durante tutto questo tempo Levi non ha mai pronunciato una parola dura. «Che cosa c'è che non va?»

«Quello che non va è che voglio stare con te e non voglio che tu viva con il tuo ex.»

Cerco di distrarlo con il desiderio. «Baciami.»

«Sono serio.»

Sospiro. «Non puoi ordinarmi di lasciare la mia stessa casa. Non ha funzionato con Kevin e non funzionerà con te. Ci conosciamo da una sola settimana.»

«Una settimana intensa nella quale abbiamo fatto tutto insieme, incluso vivere insieme nella tua stanza d'albergo.»

«Una settimana. Sette giorni.» Finisco il calice e premo il bottone per avere altro champagne. «Albergo significa vacanza.»

«Galena.»

Lo bacio. «Levi.»

Il cameriere ci porta il mio terzo calice di champagne e gli sorrido. «Grazie!»

«Ammetti che provi qualcosa per me» mi ordina Levi.

«Ti ho già detto che sei meraviglioso e fantastico.» Butto giù lo champagne. «Smettila di darmi ordini, per favore.»

«È lui o me.»

«È ridicolo. Non sto nemmeno più con lui.»

Levi mi accarezza la spina dorsale, facendomi rabbrividire. La sua mano si ferma sulla nuca e la stringe. Mi rilasso ancora di più a quel contatto. «Non voglio litigare con te il nostro ultimo giorno.»

«Nemmeno io. Sono al terzo calice di champagne e vorrei veramente godermi questa sensazione di spumeggiante felicità.»

Levi borbotta qualcosa che non riesco a sentire e poi mi bacia la guancia. «Okay.»

Gli accarezzo il petto, godendo del calore e dei muscoli duri sotto la mia mano. «Mi porti a letto? Ho di nuovo bisogno di te.»

«Shh» mi sussurra all'orecchio.

«Scusa» gli sussurro anch'io. «Allora lo farai?»

Levi si avvolge i miei capelli sulla mano e tira. Mi toglie il fiato. La sua voce mi romba nell'orecchio. «Mi vuoi nel tuo letto ma non nella tua vita?»

«Bacia la sposa» gli ordino.

«Galena.»

Gli sorrido. «Levi.»

La sua bocca si ferma sopra la mia. «Mi vuoi nel tuo letto ma non nella tua vita?»

Non lo so! Sono confusa e arrapata e vulnerabile. Smettila di farmi domande così difficili!

«Mi piace averti nel mio letto» rispondo con sincerità. «Non ho mai provato niente di simile. Per favore, Levi, è la nostra ultima notte di vacanza.»

Levi mi bacia, a lungo e con passione e la tensione tra di noi svanisce in un'ondata di eccitazione. Non mi importa nemmeno delle altre persone nel bar. Non importa niente, tranne la tremenda attrazione che non ho mai provato in vita mia. È un costante, straziante desiderio di avere di più. Levi ha risvegliato in me un bisogno primordiale che non sapevo di avere.

Levi interrompe il bacio e fa un cenno per avere il conto.

Sorseggio le champagne mentre paga il conto. Non riesco a smettere di sorridere tra un sorso e l'altro, ebbra per lo champagne e perché so che avrò un'altra notte fantastica a letto con solo il secondo uomo con cui sia stata a letto. Sono lieta che Levi cerchi la bellezza interiore. La maggior parte degli uomini non vede oltre i miei occhiali. Scusatemi se non voglio portare le lenti a contatto giorno dopo giorno.

È vero che non sono una tipa alla moda, ma i miei vestiti sono puliti e abbastanza larghi da essere comodi. Mi piace concentrarmi sul mio lavoro e gli abiti troppo stretti sono una distrazione. Ho le guance rotonde come mele, ma è normale visti i miei geni. Anche la mamma ha le stesse guance. Alcuni le hanno definite guance da criceto, motivo per cui non sono mai andata a letto con loro. *Peggio per loro.*

«Tu mi vedi dentro, giusto, Levi. La mia mente e la faccenda della bellezza interiore.»

Levi mi prende il bicchiere vuoto e lo appoggia sul tavolo. Poi mi prende il volto tra le mani. «Vedo tutto di te. Una persona bella, intelligente e gentile.»

«Aww, anche tu. Grazie!»

«Mi sembri un po' sbronza.»

«Già.»

«Facciamo una passeggiata lungo la Strip prima di andare in camera. Voglio vederla un'ultima volta tutta illuminata.»

«Okay, ma allora voglio provare un'altra volta quella cosa che mi hai insegnato mentre ho la bocca tutta bella rilassata. Questa volta potrei fare meglio. Oh!»

Levi mi solleva dallo sgabello e mi prende in braccio.

Gli do una pacca sul bicipite. «Sei un uomo molto forte.»

Il resto è un'immagine sfuocata mentre ci affrettiamo ad attraversare il casinò e poi mi rimette a terra e camminiamo in fretta verso il nostro albergo. Non è lontano.

Appena entriamo nella nostra stanza, lo spoglio, lo spingo sul letto e mi precipito su di lui. È un po' grande e provo angolazioni diverse finché lo sento gemere a lungo. Sapevo che con un po' di pratica sarei diventata più brava con questa faccenda della fellatio. È fantastico avere un uomo grande e forte alla mia mercè.

Le sue dita si infilano tra i miei capelli e poi tira, sollevandomi. «Devi fermarti. Non riuscirò a durare.»

Sbuffo. «Ma stavo andando alla grande e sai che ho bisogno di fare pratica.» Torno dov'ero, facendo del mio meglio per dargli il piacere che ha dato a me. Tutto un nuovo mondo di piacere.

Levi ansima. «Galena!»

Alzo gli occhi. La sua espressione è quasi di dolore. Stavo sbagliando qualcosa? Mi siedo sui talloni. «Va tutto bene?»

Lui allunga le braccia. «Tocca a me essere al comando.»

«Ma non ho finito» protesto, mentre mi sposta in posizione. Mi volta sulla pancia, con la faccia sul cuscino e poi mi solleva i fianchi.

«Voglio finire dentro di te» dice.

Non riesco a nascondere la delusione nella voce. «Come faccio a migliorare...» Poi ansimo quando mi penetra.

«Appoggiati sui gomiti» dice grugnendo.

Appena lo faccio, Levi si spinge forte dentro di me e resta lì mentre le sue dita si infilano tra le mie gambe, strofinando rapidamente. Inarco la schiena, sono in fiamme. Le sensazioni che mi invadono mi riportano direttamente sul bordo del baratro. *Oh mio Dio.* Sono sopraffatta, bloccata sotto di lui. Una pressione immensa, un'esplosione di sensazioni, che continuano. Gemo in modo incoerente mentre Levi mi porta abilmente verso il bordo e poi rallenta finché sono fuori di testa per il bisogno di venire.

Mi spingo contro di lui, pregandolo in silenzio di continuare. Gemo piano mentre mi riempie fino in fondo.

Mi copre, sussurrandomi all'orecchio: «Sei mia e ho bisogno di sentirtelo dire».

«Levi» è tutto quello che riesco a dire.

Le sue dita sono diaboliche, spingendomi verso la fine mentre si spinge instancabile dentro di me. La voce è dura accanto al mio orecchio mentre a ogni spinta ripete: «Di' che sei mia».

Non riesco a parlare, ansimo mentre il mio corpo corre

verso l'orgasmo. Sono bollente, la pressione è incredibile e tremo sul punto di venire.

Si ferma e protesto. «Per favore! Sono così vicina.»

Le sue dita mi stuzzicano, girando tutto intorno, senza mai toccarmi dove ho bisogno di lui.

«Ho bisogno di sentirtelo dire, Galena.»

«Sono tua» dico ansimando e lui mi spinge proprio sul punto di venire con le dita abili e le spinte forti.

La stanza va fuori fuoco per un momento e poi l'orgasmo mi travolge. Rabbrividisco sotto di lui, cercando di respirare mentre vengo travolta da un'ondata dopo l'altra. Levi mi afferra i fianchi e si spinge forte, e sento l'orgasmo che ricomincia. Oddio.

Lui impreca, tenendo la mano sopra il mio sesso mentre continua a spingere. Si lascia andare con un ruggito mentre io esplodo, con il corpo che si contrae intorno a lui. Crollerei se non mi tenesse così forte. Adoro tutto di questo momento. La profonda soddisfazione, l'odore muschiato del sesso, il sudore sui nostri corpi.

Levi si tira fuori e io crollo sul letto, con lui accanto a me.

Lunghi momenti dopo mi tira accanto a sé. Più che altro mi trascina. Sono senz'ossa. Mi sposta finché sono davanti a lui con la testa appoggiata al suo petto. È così caldo che potrei addormentarmi proprio così.

Levi mi bacia la tempia. «Questa non è solo una vacanza a Las Vegas. Non per me.»

Chiudo gli occhi, quasi addormentata. «Okay, ti amo, buonanotte.»

«Che cosa hai detto?»

Il sonno mi attira a sé. Di colpo ho una luce forte negli occhi. Li stringo e mi volto sull'altro fianco.

Levi si appoggia al gomito e si china verso di me. «Che cosa hai appena detto?»

La mia mente si schiarisce un po' quando ricordo che cosa ho detto. «Non lo so. Tu che cosa hai sentito?»

«Che tu mi ami.»

«Mi è scappato.»

Levi mi fa rotolare sulla schiena. «Ti amo anch'io.»

«Non va bene» dico senza pensare e rotolo via da lui. Poi mi sposto lentamente, con fare indifferente, sempre più vicino al bordo del letto. Non avrei dovuto dire parole che non ho intenzione di mantenere.

Levi mi afferra per i fianchi e mi tira indietro. Che cosa dice di me il fatto che sono eccitata? Tutto questo sesso mi ha incasinato la testa.

Mi siedo nel letto e lo guardo. «Non ci riesco. Mi dispiace.»

Levi mi mette una ciocca di capelli dietro l'orecchio. «Non è il momento più giusto, ma è reale.»

«Ho della roba di cui occuparmi. Non credo di essere pronta. Puoi darmi un po' di tempo?»

«No.»

«Perché no?» chiedo, sorpresa.

«Perché non ho mai provato niente di simile e adesso che ti ho trovata non voglio perderti.»

Sento un brivido. Di colpo è troppo. Solo una settimana fa pensavo che avrei passato tutta la mia vita con Kevin. «È una conversazione veramente profonda per, oh, l'una di notte.»

«Il tuo posto è con me.»

«Forse dovrei dormire nel mio letto.»

Mi precipito giù dal letto prima che possa prendermi, ma poi devo girare intorno al suo letto per arrivare al mio e sento i suoi occhi puntati su di me.

Levi va in bagno, camminando rigido.

Io mi rannicchio sul fianco nel letto, con le lacrime che mi pungono gli occhi. Non avevo intenzione di ferirlo. Sto solo provando troppo e troppo presto. Spengo la luce e mi infilo sotto le coperte. Questa volta il sonno non viene. Continuo a pensare a Levi e a che cosa avrei dovuto dirgli. E quanto vorrei che la nostra ultima notte di vacanza fosse finita su una nota positiva anziché una amara. Mi giro e mi rigiro, non riesco a stare comoda.

E poi le coperte si alzano e Levi si sdraia dietro di me, abbracciandomi. Mi rilasso immediatamente. In una sola settimana mi sono abituata a dormire tra le braccia di Levi. Kevin e io dormivano ai lati opposti del letto, dandoci la schiena. Di coccole non si parlava. Devo smettere di paragonarli. Dimostra solo che è successo tutto troppo in fretta. Dovrei essere in grado di pensare solo a Levi quando sono con lui. Invece il pensiero di Kevin mi tormenta.

Sono così combattuta. Questo è un eccitante nuovo inizio con Levi, oppure tutto cambierà quando torneremo alle nostre vite, a casa? Come faccio a sapere se è reale? Las Vegas sembra un mondo completamente diverso e io qui sono una persona diversa.

Levi mi accarezza i capelli. «Mi dispiace di averti fatto pressioni. Ti darò il tempo che ti serve.»

«Grazie» riesco a dire, nonostante il groppo che ho in gola. Ma non sono così sicura che ciò che avevamo qui durerà nella vita reale.

Forse Las Vegas è solo un mondo di fantasia.

12

Levi

Le vacanze sono finite e voglio credere che non sia la fine, anche se non sembra promettente. Quando ci siamo divisi all'aeroporto di Las Vegas, Galena sembrava già distante. Abbiamo preso due voli diversi per tornare a New York. Adesso lei è a casa e so che è presto, ma sono appena arrivato in città e devo vederla.

Busso alla porta e sento gridare all'interno. Galena e il suo ex. La voce di Kevin è quella più forte. «Era solo quello! Perché non puoi perdonarmi?»

Busso più forte. Stanno litigando. «Tu non mi stai ascoltando!» esclama Galena.

Altre grida e accuse, più che altro da parte di Kevin.

Batto forte sulla porta e questa volta mi sentono. Restano in silenzio e poi la porta si apre. Kevin, un uomo che ho visto per un breve momento alla locanda prima che se ne andasse piantandola all'altare, mi fissa. È un uomo alto e magro con corti capelli biondi. Fisicamente non è una minaccia per me, l'unica minaccia è la sua presenza nella vita di Galena.

«Chi sei?» mi chiede.

«Non mi ricordi dal mancato matrimonio? Sono Levi, l'officiante. Ah, giusto, non sei rimasto abbastanza a lungo da ricordare molto.»

Galena si avvicina. «Levi, non è un buon momento. Kevin è appena tornato dal lavoro.»

«Di domenica?»

«Sono vicino a una svolta nella mia ricerca che potrebbe cambiare il mondo» dice Kevin in tono altezzoso. «Perché sei qui?»

Guardo Galena che scuote la testa. Non gli ha parlato di me. Lui non ha idea che ho preso il suo posto per la luna di miele a Las Vegas. «Volevo assicurarmi che le cose andassero bene per Galena a casa. Ho immaginato che la situazione avrebbe potuto essere tesa, visto che deve condividere una casa con una persona con cui non sta più.»

«Stiamo ancora insieme» dice lui. «Solo non da sposati.»

«Kevin e io abbiamo parecchio di cui parlare» dice Galena, dandomi un'occhiata significativa. «In privato.»

«Ti ha lasciata all'altare» dico, sentendomi disperato.

«È stato solo nervosismo, per via della gente della rivista» protesta Kevin. «Un matrimonio che doveva essere intimo, con una rivista a tiratura nazionale che lo documenta. Chiunque si sarebbe innervosito.»

«Non Galena» dico. «E non puoi dire che non sapessi che ci sarebbero stati.»

Si volta verso Galena. «Mi dispiace. Non intendevo lasciarti da sola a trattare con loro.»

«Non era da sola. Aveva me.»

Kevin volta di colpo la testa, stringendo gli occhi mentre si avvicina. «Che cosa intendi dire che aveva te?»

Galena si mette tra noi due. «Mi ha accompagnata a casa. Levi, dovresti andare. Sto bene. Grazie per aver controllato.»

Kevin le mette un braccio sulle spalle e l'allontana dalla porta, chiudendomela poi in faccia con un calcio. Le loro voci sono basse adesso, e mi sento stringere il petto. È così allora? Non ha più bisogno di me?

Mi tornano in mente le parole di suo nonno. *Galena non è*

un tipo precipitoso. Mi dispiace dirtelo, ma sei un ripiego per aiutarla a superare la delusione con Kevin.

Non volevo crederlo. La sensazione devastante che sto provando dice il contrario. È finita.

Galena

Questa settimana è stata più che infernale. Mettermi in pari con il lavoro, sentire la mancanza di Levi, cercare di girare alla larga di Kevin, che non vuole trasferirsi. Devo trovare un avvocato per capire come fare a tenermi la casa. È la prima che ho ed ero così fiera di potermela permettere. Ho pagato una percentuale maggiore dell'acconto. Guadagno più di Kevin perché lavoro per un'industria privata mentre lui lavora per un laboratorio universitario.

Ero anche disposta a venderla e dividere il ricavato con lui, anche se mi piace davvero vivere qui a Summerdale. Ma si è rifiutato. Crede fermamente che col tempo torneremo insieme e le cose torneranno com'erano prima: vivere insieme come coppia senza essere sposati. Ha accettato di dormire nella stanza degli ospiti in fondo al corridoio. Non gli ho parlato di Levi. Ora che siamo a casa mi sento in colpa per essere stata con Levi perché non sembra una bella cosa che sia stata con qualcun altro così presto dopo la fine della mia relazione con Kevin.

È il motivo per cui ho finalmente accettato l'invito di Kayla per la Serata delle Donne all'Horseman Inn, giovedì sera. Vuole aiutarmi a distrarmi e presentarmi alle sue amiche. Entro con lei e oltrepassiamo la sala da pranzo anteriore, andando verso l'area del bar sul fondo.

«Kayla!» esclamano le donne all'unisono.

Lei ride. «Salve ragazze! Scusate se sono in ritardo.»

Sono nervosa mentre guardo il gruppo di donne felici. Sarà stancante, cercare di conversare con gente che non conosco.

«Ti adoreranno» mi sussurra Kayla mentre ci avviciniamo. «Inoltre sanno già delle tua situazione matrimoniale, quindi non hai bisogno di spiegare niente.»

«Perfetto» borbotto.

«Lo sa tutta la città. Le voci si diffondono in fretta.»

Kayla e io prendiamo due sedie in fondo. Due delle donne sono palesemente incinte e bevono acqua frizzante. Aww, c'è una donna dai capelli color Tiziano con un bambino in una fascia porta bebè.

Giro intorno alle altre per vedere la bambina. «Ciao. E questa chi è?»

La donna allarga la fascia e mi mostra una bambina dai capelli castano chiaro che sembra contenta, si succhia il pollice e mi guarda con grandi occhi marrone. «Questa è Quinn.»

«Ciao Quinn!» Le tocco la mano e lei mi afferra il dito. «Ooh, è forte. Quanti mesi ha?»

«Quattro. Sono Sydney, la proprietaria di questo vecchio posto.»

Kayla compare accanto a me. «Questa è la mia nipotina. Sydney ha sposato Wyatt, mio fratello maggiore.»

Esamino da vicino Quinn. «Sai una cosa? Vedo la somiglianza. I suoi occhi hanno la stessa forma e sono dello stesso colore dei tuoi, Kayla.»

«Sono i geni dei Winters che prevalgono» dice Kayla.

«Ma ha il fuoco dei Robinson» dice orgogliosamente Sydney.

Gioco a cucù con la piccola Quinn, che ride divertita. La terza volta che lo faccio mi afferra la mano e me la toglie dalla faccia.

«Le piaci» dice Sydney. «Vuoi tenerla in braccio?»

«Mi piacerebbe.»

Sydney sfila la bambina dalla fascia e me la porge. La tengo diritta contro il mio petto, lasciando che si chini sopra la mia spalla. È calda, dopo essere stata nella fascia, e indossa una deliziosa tutina con orsacchiotti sorridenti. Avevo anch'io i pigiamini con i piedi quando ero piccola. Quinn non riposa a lungo sulla mia spalla. Si tira indietro e mi tocca i capelli. La tensione che è stata una mia costante compagna durante la settimana svanisce. Non c'è niente come tenere in braccio un bambino per rammentarti di tutto ciò che c'è di bello al mondo. Ha un profumo così dolce e fresco.

«Odiamo Kevin per te» dice Sydney.

«Sono d'accordo» aggiunge Paige. È la locandiera e aveva coordinato il matrimonio. Sa tutto.

Proprio accanto a Paige c'è una donna bionda e snella che sembra incinta più o meno come Paige. Circa sei mesi, credo mi abbia detto.

«Avete trovato qualcuno per l'articolo della rivista?» chiedo a Paige.

«Sì, una coppia fidanzata da poco. Non avevano ancora la licenza, quindi per loro è stata più che altro una prova generale. Vogliono una cerimonia importante, all'aperto accanto al lago il prossimo mese di giugno, invitando tutta la città. Tra te e me, penso che lo sposo preferirebbe un matrimonio intimo. Praticamente sarà la versione lui e lei del matrimonio.»

«Erano Skylar e Gage» mi informa Kayla. «Hai conosciuto Skylar quando ti sei fermata la prima volta alla locanda.»

La mia mente corre all'uomo che aveva catturato tutta la mia attenzione durante quella prima visita. Ricordo tutti i fantastici momenti passati nuda con lui. Rivedo mentalmente questo filmato sensuale ogni notte. Vorrei poter smettere. Come evocato dai miei pensieri, di colpo Levi è qui e sta venendo verso di me. Non riesco a distogliere lo sguardo e sento il cuore che batte contro le costole.

Smack!

Ahi! Quinn ha appena dato una manata agli occhiali, mandandoli di traverso.

«No Quinn! Non si picchia» dice Sydney, prendendomi la bambina dalle braccia. «Scusami, non è abituata agli occhiali.»

Li raddrizzo. «Non è un problema.» Mi fa male il naso, ma è il pericolo che si corre tenendo in braccio un bambino. C'è un pericolo molto più grosso che viene verso di me con un'espressione decisa.

Levi si unisce al gruppo, continuando a fissarmi negli occhi. Le donne sembrano conoscerlo tutte e allungano la mano per battergli sulla spalla o sul braccio mentre lo salutano. Lui dà loro una veloce occhiata e le saluta ancora più brevemente prima di riportare l'attenzione su di me.

Ho la bocca secca. «Ciao.»

«So che non ho il diritto di fare domande, ma pensavo che quella tra di noi non fosse solo un'avventuretta.»

Resto di sasso.

Le donne si zittiscono immediatamente, tanto che riesco a sentire la barista che sta mandando un messaggio sul telefono.

«Potremmo parlare più in privato?» gli chiedo.

Lui indica la sala da pranzo posteriore, dove ci sono parecchi tavoli vuoti.

«Scegliete quello che volete» dice Sydney.

Mentre ci allontaniamo, riesco a sentire le donne che sussurrano dietro di noi, probabilmente chiedendosi di me e Levi. Sono divisa tra il desiderio di gettarmi tra le sue braccia e scappare lontano, molto lontano. Non ho mai provato tante emozioni conflittuali. La vita era semplice una volta: prevedibile e facile. Finché non lo è più stata.

Mi siedo, desiderando di colpo di avere un bicchiere di qualcosa, solo per tenere le mani occupate. Incrocio le braccia, mettendomi le mani sotto le ascelle. «Levi, la mia vita in questo momento è complicata.»

Lui si siede sulla sedia adiacente alla mia. «Allora sei tornata con Kevin?»

«Siamo come coinquilini.»

«Che cosa significa?»

«Stanze separate. Stessa casa. Siamo comproprietari. Lui non vuole vendere e io mi rifiuto di cedere. Questo fine settimana cercherò un avvocato.»

«Trasferisciti da me.»

«No, assolutamente.»

«Perché no?»

«Primo perché è troppo presto per vivere insieme.

Secondo, tanto varrebbe dire che rinuncio alla casa. Lui non sa che ero con te in quella che doveva essere la nostra luna di miele. Come sembrerebbe a un avvocato? Darebbe a Kevin più munizioni per dichiarare che è lui la parte lesa.»

Levi stringe i denti. «Ti ha scaricata il giorno del vostro matrimonio. Se c'è una parte lesa qui, sei tu.»

«È una questione di apparenze.»

Levi mi dà una lunga occhiata. Mi torna in mente il tempo passato a Las Vegas, non solo lampi di ricordi sexy di quando eravamo a letto, ma com'era semplice quando eravamo insieme, le risate, com'era stato meraviglioso con i miei nonni.

«Ricordi quello che ti ho detto la nostra ultima notte a Las Vegas?» mi chiede.

Il tuo posto è con me. Quelle parole mi hanno tormentata perché non sono pronta per un impegno serio.

Levi si china verso di me. «Ho detto che ti amavo. E tu l'avevi detto per prima. Significa qualcosa.» Mi prende la mano. «Togliti dalla situazione tossica in cui sei e trasferisciti da me.»

«Non posso.»

«Allora convinciamolo a vendere in modo che entrambi possiate essere liberi.»

«Ho tentato. Tenterò di nuovo, okay?»

Lui mi guarda negli occhi e mi toglie dolcemente gli occhiali, pulendoli con la sua maglietta. Me li rimette in faccia e il mondo è improvvisamente chiaro come il cristallo. «Non voglio farti troppe pressioni, ma mi manchi.»

Sento il cuore in gola. «Mi manchi anche tu.»

E poi Levi mi bacia e ricordo quanto adoro stare con questo uomo. La tenerezza e la passione mi invadono i sensi.

Sento degli applausi. Mi volto e vedo Kayla e le sue amiche che battono le mani per noi. Le guardo con il volto in fiamme.

Levi sorride. «Sono contente per noi. Andiamo.»

Mi prende la mano e di colpo sembra che siamo una coppia. E so che non dovrebbe importarmi avere la loro approvazione, ma mi sembra maledettamente bello, visto che nessuno era granché contento che stessi con Kevin.

Levi

Okay, non ho ricavato tutto quello che speravo da questa conversazione, ma sembra che Galena sia aperta all'idea di stare con me, anche se è presto dopo la sua rottura. Sta sorridendo quando ci uniamo alle donne al bar. Sono cresciuto con la maggior parte di loro, tre erano nel mio stesso anno.

«Senti qui» dice Jenna, prendendomi la mano e ponendola sul pancione. Jenna è una bionda snella che, ironicamente, possiede la pasticceria in città, Summerdale Sweets, è sempre stata in grado di mangiare tutto quello che voleva. Il pancione è l'unica cosa in lei che non sia magro. Qualcosa che sporge mi spinge contro la mano. Gomito? Ginocchio?

«È pazzesco» dico. «Ti piace essere incinta?»

Lei si massaggia la pancia, facendo una smorfia quando qualcosa sporge ancora. «Una volta superata la prima fase mi è piaciuto. Dicono che diventerà più difficile quando il bambino peserà sulla vescica. Per ora c'è spazio per tutti e due.»

Galena fissa il movimento sotto la sottile maglia bianca di Jenna. «È pazzesco. Riesco a vederlo muoversi attraverso la maglia.»

Jenna si fissa la pancia. «Lui, o lei, diventano più attivi appena mi siedo o mi sdraio. Non è facile addormentarmi.»

Galena continua a fissare e Jenna le prende anche la sua mano e la mette sulla pancia. Galena resta a bocca aperta, con gli occhi pieni di meraviglia. È una donna che ama i bambini. Teneva stretta Quinn quando sono entrato. E pensare che non avrebbe avuto figli perché Kevin non li voleva. Vorrei essere io a darglieli. Vorrei darle tutto ciò che merita, ma non è completamente mia. Detesto il fatto che viva ancora con lui.

Sarebbe così facile ricadere nei vecchi schemi. Due anni con una persona sono tanti.

«Anche il mio bambino si muove» annuncia Paige. «Ma non pensate nemmeno per un attimo di toccarmi la pancia.»

«È discreta» dice Kayla.

Non è come vedo io Paige, ma immagino che Kayla la conosca bene.

«Il termine è settembre per entrambe» dice Jenna. «È così bello avere qualcuno che affronta la cosa nello stesso momento. I nostri figli potranno giocare insieme, crescere insieme.»

«Quinn sarà quella che dà gli ordini nel campo giochi» si inserisce Sydney.

Audrey fissa il bar. Jenna, Sydney e Audrey sono amiche intime fin dalle elementari. È impossibile non notare che è stata lasciata indietro.

Mi sposto verso Audrey in fondo al bar, portando Galena con me. «Ehi, Audrey, ti presento Galena Torres. Si è trasferita qui da poco. Galena, Audrey Fox è la nostra bibliotecaria e autrice locale.»

«Lieta di conoscerti» dice Galena. «Che cosa hai scritto?»

Audrey scuote la testa. «Non sono ancora un'autrice.»

«Però sta scrivendo» dico. È una saga multigenerazionale su un soldato con la PTSD e la storia della sua famiglia nell'esercito.»

«Wow, ci devono essere volute un mucchio di ricerche» dice Galena.

Drew Robinson si alza dal tavolo d'angolo che occupa di solito al bar e si unisce a noi. È il maggiore dei fratelli Robinson, ha un dojo di karate in città ed è un ex-ranger dell'esercito. Un uomo di poche parole con maniere che si potrebbero descrivere da assassino invisibile. «L'ho aiutata io. Leggo un mucchio di libri sulla storia e biografie militari.»

Audrey sbuffa. «Sì, gli piace ricordarmelo, anche se ovviamente so fare le ricerche, essendo una bibliotecaria.» Hanno già avuto la stessa conversazione a una riunione per il Festival d'Inverno. C'è una strana dinamica tra di loro. Da ragazza Audrey lo adorava, ne ho sentito parlare perfino io. Gli scriveva e-mail quotidiane quando era all'estero in missione. Ora Audrey sta un po' sulle sue e questo, stranamente, ha fatto in modo che Drew sia più interessato alla conversazione.

Ora che ci penso, a gennaio discutevano del libro di Audrey che ci stava lavorando da un po'. Adesso siamo a giugno.

«Hai quasi finito il libro?» chiedo ad Audrey.

«L'ho finito» dice a voce bassa.

«Dovresti mandarlo agli editori» dice Drew. «Farlo leggere.»

Audrey gli rivolge un'occhiata scettica. «Non è pronto. Non ho ancora permesso a nessuno di leggerlo.»

«Io l'ho letto» dice Drew.

«Provaci, Audrey» le dice Jenna. «Non è come se non avesse mai letto quello che hai scritto.»

Solo un'amica da lunga data oserebbe dire una cosa simile. Jenna le sta ricordando tutte le e-mail che Audrey ha scritto a Drew. Risale alle scuole medie. Drew ha cinque anni più di noi.

«Attenta, Jenna» dice Audrey mostrandole i denti in un sorriso da paura. «Adesso sono cintura gialla.»

Jenna mette le mani sulla pancia, come per proteggerla. «Non useresti le mosse di karate con una donna incinta, vero?»

«Aspetterò finché avrai avuto il bambino e poi, quando meno te l'aspetti... vendetta.» Audrey sembra seria.

Jenna spalanca gli occhi. «Scusami, stavo solo scherzando. Qualcuno dovrebbe leggere la tua opera, Aud. Altrimenti perché avresti passato più di un anno scrivendolo? È il tuo bambino.»

Audrey borbotta. «Già.»

Galena intercetta il mio sguardo. Sì, l'ho notato anch'io. Audrey è l'unica delle tre amiche che si sta perdendo l'esperienza di avere un bambino.

Drew fissa Audrey. «Sarebbe un onore leggere il tuo libro.»

Audrey lo guarda per un attimo negli occhi e poi fissa il bar. «Non è pronto.»

Drew si china sul bar, abbassando la testa per guardarla negli occhi. «Quando sarà pronto. Il mese prossimo, okay?»

Audrey scuote la testa e lui dà un colpetto al bancone. «Non lascerò perdere.»

Audrey gli dà un'occhiata ironica. «Almeno mi parli di nuovo. E mi guardi effettivamente negli occhi. Hai superato lo shock?»

In effetti so di che cosa sta parlando. Tre settimane fa, eravamo alla festa di fidanzamento di Skylar e Gage e il Generale Joan cercava Audrey. Lei e Drew erano usciti insieme dalla cucina. Audrey era rossa in viso e Drew sembrava sbalordito. Non avevo mai visto un uomo con quell'espressione.

Drew si schiarisce la voce e allenta il colletto della t-shirt. «Sto cercando di aiutarti a far conoscere il tuo libro al mondo.»

Audrey si rivolge a Galena. «Allora, dimmi, come avete fatto tu e Levi a diventare una coppia?»

Le donne si uniscono al coro di domande su me e Galena. Drew sgattaiola via, tornando al suo tavolo d'angolo da dove gli piace guardare gli Yankees alla TV sopra il bar. Probabilmente vuole la compagnia del bar pur continuando ad avere uno spazio tutto per sé a quel tavolo. O forse è solo di vedetta, aspettando Audrey. Lei lavora a poca distanza e si ferma qui spesso.

«Non siamo una coppia» dice enfaticamente Galena.

«Siamo decisamente una coppia» dico io. «Sono andato a Las Vegas con lei la settimana scorsa.»

Galena agita le dita per aria. «Era già tutto prenotato e pagato. I miei nonni vivono a Las Vegas.»

«Racconta loro come ho finto di essere tuo marito per il ricevimento nuziale che hanno dato per noi i tuoi nonni a casa loro.»

«No!» esclama Kayla. «Galena, come hai potuto non dirmi niente? Ho pranzato con te due volte questa settimana. Non mi meraviglia che non voglia lasciare la scrivania. Hai un vero e proprio melodramma in corso nella tua vita! Levi è meraviglioso. Non potrei essere più felice per te.»

«Grazie, Kayla» dico.

«È complicato» dice Galena con la voce spenta.

«Odiamo tutti il tuo ex e ci piace Levi» dice Sydney. «Io sto con Kayla. Buttati.»

«Sì» dicono le donne in coro.

«Pressione sociale» sussurro a Galena. «Ricordi quando tutti dicevano "bacia la sposa" e tutta quella pressione ti ha fatto arrendere all'inevitabile? Ricordi com'era bello tra noi due?»

Galena arrossisce e si rivolge alla barista. «Posso avere qualcosa da bere?»

«È il Club del Vino del Giovedì» dice Sydney. «Dalle un bicchiere di quel meraviglioso Chardonnay.»

«Doveva essere il Club del Libro del Giovedì» dice Audrey a Galena. «Ma non leggevano mai il libro. Ti piacerebbe venire al Club del Libro in biblioteca, martedì prossimo. Ci servirebbe un po' di gente più giovane.»

«Non so se avrò il tempo per leggere così in fretta» dice Galena.

«Alla prossima riunione, allora. Dammi il tuo numero così posso informarti.»

Galena le dà il suo numero, sorridendo timidamente. «Speravo di conoscere altra gente in città. Dove abitavo prima non conoscevo nessuno. Era un appartamento e non ero praticamente mai a casa, tra il lavoro e il tempo che passavo con le mie nipotine.»

«Benvenuta a Summerdale» dice Audrey. «Qui non si scappa.»

Galena ride e si preme contro il mio fianco. Buon segno.

Galena

È veramente un brutto segno. Levi vuole ricominciare da
dove eravamo quando siamo partiti da Las Vegas e sembra
troppo affrettato. Las Vegas era una vacanza. Questa è la vita
reale. Usciamo insieme dal bar, e mi tiene la mano appoggiata
sulla schiena, un'impronta calda che ricordo bene.

«Ti accompagno a casa» dice.

«Non è necessario.» La mia casa è a un solo isolato di
distanza e mi sembra che potrei usare quel tempo per schiarirmi la testa prima di affrontare Kevin a casa. Non ho mai
dovuto gestire due uomini contemporaneamente. Non so
quale sia il più difficile, quello che rivuole il mio cuore o
quello che me l'ha rubato.

Levi sorride. «So che non è necessario, ma voglio farlo.»

Mi fermo accanto all'unico lampione nel parcheggio e lo
guardo. «Non è una buona idea.»

«Perché? Per via di Kevin?»

«Sì.»

«Quindi non gli hai ancora parlato di noi?»

Incrocio le braccia. «Non ancora.»

«Allora diciamoglielo adesso. Insieme.»

«Ho bisogno di più tempo per convincerlo a vendere la

casa. Non ha intenzione di andarsene ed è l'unico modo in cui posso recuperare il mio investimento ed essere in grado di permettermi un'altra casa.»

«Detesto dirtelo, ma ciò che è successo là...» indica l'Horseman Inn alle nostre spalle «significa che la notizia è di dominio pubblico. Quelle donne diffonderanno l'informazione più in fretta di quanto tu riesca a dire Las Vegas. Probabilmente hanno già mandato un messaggio ai loro mariti e a qualunque altra amica non sia riuscita a venire stasera. È una piccola città. Le notizie viaggiano in fretta, specialmente quelle salaci riguardo al loro sindaco. Non ho mai avuto uno scandalo in tutta la mia carriera. Il fatto che sia venuto con te nella tua luna di miele per loro è come l'erba gatta.»

«Stai paragonando le donne ai gatti?»

«Sto solo dicendo che oramai la notizia si è diffusa, quindi sarà meglio che lo dica a Kevin.»

«Lui non parla praticamente con nessuno in città, tranne quando va a ritirare il cibo d'asporto. Sono sicura che non lo scoprirà.»

«E se ci vedesse insieme?»

Esito. Una parte di me vuole stare con lui, ma quella più saggia mi sta gridando di stare attenta. C'è il mio cuore in ballo e non so se riuscirebbe a sopportare altri danni. In fondo si tratta di quello. Non è solo il casino con Kevin e la casa. Sto ancora riprendendomi dal crepacuore. Come faccio a riaprire il mio cuore? Levi non sta scherzando. Vuole di più da me.

Levi mi alza il mento. «Galena?»

Mi tiro indietro. «Ho bisogno di più tempo. È complicato e c'è parecchio che devo capire.»

«Che cosa hai bisogno di capire?»

Alzo una mano. «Adesso vado. Arrivederci.»

«Posso aiutarti con il problema della casa con il tuo ex» dice. «Io risolvo costantemente i problemi per la gente in città.»

Mi affretto ad andare, cercando di superare il mio desiderio di lasciarglielo fare per me. Devo essere capace di stare in piedi da sola. «Ciao!»

Il giorno successivo, dopo il lavoro, arrivo in una casa vuota e sospiro di sollievo. Parlare a Kevin della nostra relazione è stancante. Vuole costantemente rielaborare. Per quanto mi riguarda, non c'è più niente da dire. L'altra sera, quando sono tornata a casa, aveva preparato una presentazione in Power-Point con i pro e i contro del rimetterci insieme. I pro, secondo lui, ovviamente vincevano. E cercare un accordo equo riguardo alla nostra casa è come parlare con un muro.

È venerdì sera e significa che posso rilassarmi. La mia nuova visione della vita è dare più spazio al tempo libero. Non voglio che si tratti sempre di lavoro, com'era prima. Com'è ancora per Kevin. Comunque è un fine settimana lungo, quello del Quattro Luglio, e domani Kayla mi ha invitata ad andare alla fiera in città con lei. Si è trasferita qui dal New Jersey dopo essere stata lasciata anche lei il giorno del matrimonio.

Kayla e io siamo come due gemelle che vivono vite parallele. Entrambe lasciate il giorno del matrimonio, entrambe le più giovani della famiglia, entrambe biostatistiche. Immagino che spieghi perché non la smetteva di abbracciarmi il disastroso giorno del mio matrimonio. Ero talmente sconvolta che avevo quasi dimenticato che aveva vissuto anche lei un'esperienza simile. Ora Kayla ha un marito fantastico e devoto e io ho... un casino.

Lavoricchio in cucina, non ho voglia di cucinare ma ho fame. Prendo dei cracker, burro di noccioline e confettura. La cena dei campioni. È cibo consolatorio. Mentre li mangio penso a che cosa farò. Forse farò dei popcorn e guarderò il film.

Suona il campanello, seguito da un acuto ululato. Ora, chi si fermerebbe da me con il suo cane? Il cane di Kayla, Tank, raramente emette un suono che non sia un pesante sospiro. Sono nervosa perché una parte di me lo sa. Dev'essere lui.

Vado alla porta, sbircio dallo spioncino e apro. Le farfalle prendono il volo nel mio stomaco appena ci guardiamo negli occhi. Succede solo con Levi.

Lui mi sorride, il suo cane, Baxter, si lancia per annusarmi le dita. «Giù, ragazzo» gli ordina Levi, tirandolo indietro.

Rido, lieta per la distrazione. «Probabilmente le mie mani odorano di burro di noccioline. Ho appena mangiato dei cracker con burro di noccioline e confettura per cena.» Mi liscio i capelli, imbarazzata e poi mi preoccupo che il burro di noccioline mi finisca tra i capelli, guardo la mia vecchia t-shirt, souvenir di un parco a tema, e leggings neri. Non sono esattamente vestita per fare impressione.

Guardo i suoi dolci occhi marrone e mi sento sciogliere. «Non aspettavo compagnia.»

«Io non sono una compagnia qualunque. La prossima volta chiamami prima di ricorrere al burro di noccioline e confettura per cena. Sono sicuro che riuscirei a fare di meglio. Faccio delle ottime fettuccine al burro.»

«Fantastico. Io faccio delle omelette deliziose. Allora, che cosa ci fai qui?»

«Sto portando Baxter a fare la sua passeggiata. Vuoi venire con noi? Facciamo il giro del lago.»

«Oh, certo. Lasciami mettere le sneakers.»

«Possiamo entrare?»

Faccio un passo indietro e indico loro di entrare. «Farò in un minuto.»

«Kevin è a casa?» mi chiede mentre vado verso le scale.

«No, è ancora al lavoro» dico e mi fiondo di sopra. Afferro i calzini e le sneakers e poi ripenso a quello che indosso. Voglio veramente camminare intorno al lato con il sindaco di Summerdale con i leggings? Incontreremo sicuramente gente che conosce e mi presenterà. Mi cambio in fretta, mettendomi degli short aderenti e poi vado in bagno a spazzolarmi i capelli. Avevo sciolto lo chignon dopo il lavoro, quindi sono un po' arruffati.

Mi guardo da vicino nello specchio e vedo qualcosa di rosso all'angolo della bocca. *Perfetto*. Confettura. Levi me lo avrebbe detto? L'avrebbe pulita con il dito o l'avrebbe leccata direttamente? Sento una vampata di calore quando mi vengono in mente tutti i ricordi.

Mi do un'occhiata severa allo specchio. *Sii razionale. Las Vegas era un mondo a parte rispetto alla vita normale e non potrà ripetersi finché il tuo cuore sarà guarito e Kevin sarà completamente fuori dalla tua vita.*

Perché non ho incontrato Levi in circostanze diverse, un anno da adesso? Anche sei mesi sarebbero stati meglio. La tempistica è importante.

Lui *era lì* per me quando ho avuto bisogno di qualcuno, ma non avrei mai pensato di lasciarmi coinvolgere così pesantemente così in fretta. Las Vegas ha accelerato le cose tra di noi. Che cosa stavo pensando con il mio invito spontaneo? Vabbè, il genio è uscito dalla lampada. Ma che cosa desidero?

Aggiungo un po' di lucidalabbra rosso ciliegia, solo per essere presentabile per i miei vicini. *Non* sto cercando di impressionare Levi. Okay, calzini e scarpe. Mi metto una mano sul petto. *Perché il mio cuore sta battendo così forte?*

Mi metto i calzini con le mani che tremano. Adrenalina. Ecco tutto. La posta è alta e sto cercando di mantenere l'equilibrio tra le mente e il cuore. Per non parlare di quel traditore del mio corpo.

Allaccio le sneakers e mi affretto a scendere. «Ciao.»

«Ciao, bella.»

Arrossisco. «Smettila, non è vero che sono bella.» Vado da Levi, tenendo d'occhio Baxter. «Chi è un bravo beagle?»

«Chi dice che non sei bella?» mi chiede dolcemente Levi.

Alzo gli occhi. Lui mi studia il volto prima di mettermi una ciocca di capelli dietro l'orecchio e mi sfiora la guancia con le dita, riportandomi alla mente un'altra serie di ricordi. Levi può essere tenero in un modo che non mi sarei mai aspettata e, al contempo, imperioso in un modo che mi rende debole per il piacere.

Faccio un passo indietro. «Non credo che tu mi abbia guardata da vicino. Non hai nemmeno notato che avevo la confettura sulla faccia.»

Lui invade il mio spazio personale, mi pizzica il mento e

mi bacia. Solo una beccatina, ma mi fa desiderare immediatamente di più. «Pensavo che la stessi mettendo da parte per dopo.»

Mi metto i capelli dietro le orecchie, di colpo imbarazzata. «Giusto.»

«Ero talmente contento di vederti che non ti ho controllata da vicino. Sinceramente, penso che staresti benissimo anche se indossassi un sacco.»

Adesso so che vuole solo essere gentile «Okay, ricorderò di cercare un sacco la prossima volta che andrò a fare compere.» Apro la porta ed esco, chiudendola dietro di noi.

Scendiamo i gradini del portico verso il vialetto.

«Hai parlato a Kevin di Las Vegas?» mi chiede, appena raggiungiamo la strada.

Sospiro. «È passato solo un giorno da quando mi hai chiesto di farlo e no. Non l'ho ancora visto. Ieri sera è tornato a casa quando ero già a letto e stamattina sono uscita mentre era nella doccia. Non è ancora arrivato a casa e probabilmente lavorerà fino a tardi. Il lavoro è tutto ciò a cui pensa.»

«Tutto lavoro e niente divertimento rende un uomo noioso.»

«Ero anch'io così, ma ho una nuova visione della vita. Sto cercando di lasciare più spazio al divertimento.»

«Significa che hai spazio per me.» Baxter mi batte il muso contro la mano, come se volesse ricordarmi che vuole partecipare al divertimento. «E Baxter» aggiunge Levi con una risata.

Rido anch'io, concentrandomi sul beagle giocherellone. «Mi sono lavata le mani, ma credo che senta ancora l'odore del burro di noccioline.»

«Com'è stata la tua settimana? Stai tornando nel vivo delle cose?»

Sono così contenta che non mi stia facendo pressioni riguardo a Kevin o che cosa siamo Levi e io dopo Las Vegas, che gli racconto tutto del mio lavoro. Che c'è un nuovo trattamento per l'Alzheimer che sta entusiasmando tutti e i cui dati sembrano promettenti.

Raggiungiamo il lago e mi fermo a metà della conversazione per ammirare la bellezza dell'acqua increspata circondata da alti alberi verdi. Ci sono alcune barche a remi e a vela sull'acqua, ragazzini che si spruzzano vicino alla riva. Qualcuno lancia il frisbee al suo labrador, che si lancia in acqua per prenderlo. L'aria qui ha un profumo così fresco e pulito. Vorrei quasi correre in acqua e sguazzare intorno per la pura gioia di farlo. Quant'è folle?

«Ehi, ragazzi» ci chiama Kayla che sta tirando un carretto rosso. È con suo marito, Adam.

Sorrido. «Ciao! Ehi, Adam.» Suo marito è un uomo alto e snello con i capelli castano scuro e un po' di barba sulle guance. Ha sempre un'espressione seria, tranne quando guarda Kayla. Allora sembra ammaliato.

«Ehi» dice Adam. «Come va?»

Quando li raggiungiamo, do una bella occhiata al carretto dove Tank, il bulldog inglese di Adam, è seduto all'ombra di un tettuccio, con un ventilatore che soffia su di lui. Kayla parla continuamente di Tank, come se fosse il suo bambino. Si riferisce a Simba, la gatta, come alla sorellina di Tank.

«Le cose vanno bene» dice Levi. «Ci stiamo preparando per gli eventi del Quattro di Luglio. Ci sarete?»

«Certamente» risponde Kayla. «Galena sarà con noi alla fiera domani, con sua sorella e le nipotine.»

«Davvero?» Levi mi dà di gomito. «Non vedo l'ora di conoscerle.»

«Le sue nipotine sono così carine!» dice entusiasta Kayla. «Galena per loro è una seconda madre.»

«Solo una zia» dico.

«E madrina» aggiunge Kayla. «Sei così brava con loro» dice sorridendo. «Adam e io stiamo tentando.»

Adam tossicchia, con il collo che diventa rosa. «Kayla, è una cosa privata.»

Soffoco una risata e scambio un'occhiata divertita con Levi. Kayla è una vera chiacchierona, che dice tutto a tutti, mentre suo marito è l'esatto opposto, estremamente riservato e discreto.

Kayla gli afferra la mano e la stringe. «Scusa, ma sono così eccitata. Non cominceremo ufficialmente fino a stasera. Mi sono resa conto che era la sera giusta quando sono arrivata a casa, ma prima abbiamo dovuto portare Tank a fare la sua passeggiata.»

Levi guarda Tank che riposa sul suo carrettino rosso. «Sì, sembra che le sue zampe stiano veramente facendo esercizio.»

Kayla scoppia in una risata. «Abbiamo un patto. Lui cammina mentre veniamo al lago, e poi al ritorno può stare sul suo carrettino.»

«Lo vizia» dice Adam.

Lei gli lancia un'occhiata. «Adam di solito lo portava in braccio fino a casa. E parla di me che lo vizio. Tank è troppo pesante per portarlo in quel modo.»

Adam flette i bicipiti. Kayla gli dà qualche colpetto e torna a raccontare tutto. «Ho letto del momento giusto per il concepimento...»

«È più di quanto hanno bisogno di sapere, tesoro» dice Adam.

Kayla mi guarda negli occhi con la sua espressione *ho tanto da dirti*. Sono sicura che mi parlerà della sua ricerca sul modo migliore per concepire quando la vedrò al lavoro lunedì. Ho sentito molto più di quanto volessi da lei riguardo a particolari intimi. È Kayla, signori miei.

Le faccio un piccolo cenno d'assenso, per farle capire che ne parleremo poi. «Non vedo l'ora di partecipare alla mia prima fiera cittadina.» Poi mi rivolgo a Levi. «Kayla mi ha parlato delle diverse fiere, festival e festeggiamenti vari in città.»

«Ah, sì, sembra che si stiano moltiplicando» dice Levi con un sospiro. «Devo sempre partecipare a una riunione o l'altra e coordinare tutto. È un bene per la comunità ma è un mucchio di lavoro. Dipendiamo completamente dai volontari. Forse ti piacerebbe unirti a uno dei comitati.»

«Io evito accuratamente comitati e riunioni» dico, nascondendo un brivido.

«Sarà divertente» dice Kayla. «Io partecipo sempre alla colazione con i pancake con Babbo Natale. Dovresti farlo con noi quest'anno, Galena. Aiutiamo i bambini e balliamo insieme.»

«Vestite da elfo» aggiunge Adam, per aiutarla.

Faccio una smorfia.

«Ma in modo carino» mi assicura Kayla. «I bambini lo adorano.»

«Magari porterò le mie nipotine quando ci sarà.»

«Ne parleremo quando si avvicinerà l'evento.» Kayla indica me e Levi. «È così bello vedere voi due.»

Mi mordicchio il labbro. Le ragazze del gruppo ritengono che siamo una coppia e adesso siamo fuori insieme, con Kayla la chiacchierona come testimone per la seconda volta in due giorni. La voce si diffonderà a macchia d'olio. Devo affrontare Kevin e dirgli che cosa sta succedendo. Non sono nemmeno sicura di avere un futuro con Levi, ma non posso negare che ci fosse qualcosa tra di noi a Las Vegas.

Tank emette il suo basso *oof*, con gli occhi che sporgono dalla testa quando Baxter si arrampica sul carrettino con lui. Non riesco a non ridere. Baxter sembra così compiaciuto. Sta monopolizzando il ventilatore, ansimando, con le lunghe orecchie pendenti che svolazzano all'indietro.

«Oh no» dice Kayla. «A Tank non piace condividere il suo carrettino. Ringhia quando ci metto un orsacchiotto di peluche.»

Levi prende in braccio Baxter che cerca in tutti i modi di liberarsi e tornare nel carrettino. Levi vince la lotta e lo appoggia a qualche metro di distanza.

Kayla ci saluta agitando le dita. «Sarà meglio che andiamo. Ci vedremo alla fiera, Galena. Incontriamoci al Summerdale Sweets alle undici, per prendere il posto migliore per la parata. Possiamo prendere i sandwich al gelato. Jenna li fa con gli strati di torta e sono così buoni! Sono sicura che piaceranno anche alle tue nipoti.»

«Ci sarò.»

Ci salutiamo e continuiamo a camminare. Mentre si allontanano, sento Kayla che esclama, rivolta a Adam: «Non sono una bella coppia?».

Rischio un'occhiata di sottecchi a Levi, che sta sorridendo. «Adam la definisce una forza della natura.»

«Parecchia energia, questo è certo.» Una parte di me vorrebbe parlargli della faccenda della coppia e parte di me è felice dell'approvazione. Nessuno ha mai approvato Kevin e me e so che in gran parte era dovuto al fatto di vivere insieme prima di essere sposati per cui non volevano conoscerlo, ma mia sorella l'aveva conosciuto e non le era piaciuto. Avevo sempre pensato che non capisse Kevin. È un genio e la sua ricerca probabilmente sarà importantissima per il mondo intero. Almeno è ciò che mi dicevo sempre quando volevo da lui più di quanto potesse darmi.

Maledizione, ero la donna dietro l'uomo e non mi piace per niente. E pensare che ho rischiato di passare tutta la vita in quel modo.

«Che cosa stai pensando?» mi chiede Levi.

«Al mio ex» ammetto. «Mi sono appena resa conto che gli ho dato tutto il mio sostegno perché credevo che fosse un genio che avrebbe fatto grandi cose, eppure non ho mai pensato a me. Forse ho bisogno anch'io di sostegno. Non un sostegno assoluto, ma...»

«Più che come essere una squadra.»

«Sì. Come se facessimo parte della stessa squadra.»

«Ho un'idea per far accettare al tuo ex di vendere la casa. Prima dovrò sistemare alcune cose e poi te la dirò. Che ne dici?»

«Sembra che l'unico modo equo per uscire da questa situazione sia vendere. Però Summerdale mi mancherà.»

Levi mi fa l'occhiolino. «So per certo che possiamo trovarti un posto dove stare.»

«Levi, è troppo presto per prenderlo in considerazione.»

«Lo capisco. Posso tener d'occhio le case che vengono messe in vendita. È il momento giusto dell'anno per vendere. Ci sono molte famiglie che si trasferiscono qui, grazie alla fama del nostro distretto scolastico e preferiscono fare il trasloco in estate, prima che cominci la scuola.»

«Se riuscirai a farlo funzionare, io ci sto a vendere.»

«Eccellente.»

Continuiamo a camminare intorno al lago, parlando come vecchi amici. È così facile conversare con Levi. Immagino che sia grazie alla sua socievolezza. Ci fermano parecchie persone che desiderano scambiare due parole con lui riguardo a una gran varietà di problemi, dai rami degli alberi vicino ai cavi elettrici alle ore in cui è permesso tagliare il prato e a come far rispettare le leggi sul guinzaglio. Tranne il labrador che si tuffava nel lago, ho visto solo cani al guinzaglio.

Finiamo la nostra passeggiata e torniamo verso la mia strada.

Levi mi rivolge un sorriso imbarazzato. «Il mio lavoro mi segue.»

«Va bene. È stato interessante. Devi essere diplomatico e giusto con tutti, anche quando devi dire di no.»

«È una questione di equilibrio.»

«Ammiro ciò che fai. Sei come il cuore pulsante della comunità che se ne va in giro.»

«È un modo per definirlo» mi risponde ridendo.

Baxter si slancia verso un cervo che cammina timidamente in un cortile di lato. Levi lo trattiene. «Lascia.» Si sforza di trattenere il guinzaglio ma Baxter è deciso ad arrivare al cervo che si è immobilizzato.

«È il motivo per cui sono passato alla pettorina» mi dice Levi. «In modo che tirare il guinzaglio non lo strozzi.» Dà un piccolo strappo superando il cortile, trascinando Baxter.

Tengo il passo con lui, camminando velocemente.

Levi fischietta una canzoncina allegra per distrarre Baxter, che continua a guardarsi alle spalle.

È bravo con il suo cane. È bravo con tutti. Perché mi sto frenando con lui?

Alzo gli occhi quando una familiare Mazda mi supera e svolta nel vialetto di casa mia. «Dovrei andare. Buonanotte.»

«È Kevin?» mi chiede Levi.

Kevin scende dall'auto e ci guarda sulla strada. «Che succede?»

Immagino che non ci sia modo di evitare questo momento

imbarazzante. Kevin ci ha visti e Levi sta avanzando con Baxter.

Kevin guarda me e poi torna a guardare Levi. «È la seconda volta che ti vedo a casa mia. Voi due state insieme?»»

«È complicato» borbotto.

«Sì» risponde Levi.

Kevin si mette le mani sui fianchi stretti. «Che cosa sta succedendo?»

«Kevin, dovremmo parlarne all'interno» dico.

«Parliamone qui» dice. «Sembra che siano passate solo due settimane dal nostro matrimonio e stai già con un altro.»

«Non è così» dico. «Siamo amici.»

«Davvero?» dice Levi.

Baxter annusa la gamba dei pantaloni di Kevin e cerca di arrampicarsi. Kevin lo scuote via. «Tieni il tuo cane lontano da me.»

Levi dà uno strattone a Baxter e gli ordina di sedersi. Baxter gli ubbidisce per un momento e poi viene da me per farsi accarezzare. Lo gratto dietro le orecchie. «Ci vediamo» dico a Baxter e poi guardo Levi, includendolo nei saluti. *Uh-oh*. Levi e Kevin si stanno guardando minacciosi. Non credo che Kevin arriverebbe mai a uno scontro fisico, ma sembra veramente furioso.

«Perché il *nostro* officiante continua a presentarsi a casa *nostra*?» mi chiede Kevin, senza mai smettere di fissare Levi.

«L'hai scaricata» sbotta Levi. «Il giorno del matrimonio. L'ho accompagnata io a Las Vegas.»

Kevin arretra come se l'avesse schiaffeggiato. «Cosa? No, non sembra giusto. Galena non andrebbe mai con uno sconosciuto.»

«È vero, Kevin. Avevo intenzione di dirtelo. Possiamo parlarne dentro? Ti spiegherò tutto.»

Kevin mi fissa a lungo e arriccia le labbra. «È tutto chiarissimo. Non saresti mai partita con un estraneo. Dovete esservi frequentati anche prima.» Scuote la testa. «Non avrei mai pensato che fossi una traditrice.»

«E non la sono. È stata una decisione spontanea, a seguito della nostra rottura.»

Kevin incrocia le braccia. «Levi, non sei il benvenuto a casa nostra. Resta lontano» dice, entrando in casa.

Do un'occhiata a Levi. Ha le labbra strette. Baxter piagnucola al suo fianco.

«Arrivederci» sussurro prima di entrare. Non c'è altro da dire. Adesso tutti sanno tutto e la mia vita è ancora complicata da morire, ho due uomini furiosi per le mani e non posso accontentare nessuno dei due.

Ho bisogno di tempo per riprendermi, tempo per pensare di che cosa ho veramente bisogno per andare avanti con la mia vita. Spero solo di non perdere nel frattempo quello che potrebbe potenzialmente essere un rapporto fantastico.

Kevin quasi si scontra con me mentre esce. «Vado a prendere qualcosa da mangiare e torno in laboratorio.»

«Okay.»

La porta sbatte alle sue spalle. Resto lì per un momento con un turbinio di emozioni in testa. Forse dovrei andare a casa di Levi solo per assicurarmi che stia bene.

14

Il giorno dopo cammino lungo la strada verso la fiera con mia sorella e le mie nipoti. Continuo a imbattermi in gente che ho incontrato con Levi o alla serata all'Horseman Inn. È fantastico e mi sento volare, sentendomi parte della comunità di Summerdale. Okay, confesso, sono di buonumore perché ieri sera Levi e io abbiamo fatto sesso. Lo so, lo so, le cose sono complicate e sono ancora un disastro, emotivamente parlando, ma...

È. Stato. Meraviglioso.

Un'intensità, un'urgenza... Fuori dal mondo. Come se fosse esplosa tutta la tensione sessuale accumulatasi dopo Las Vegas. Arrossisco al ricordo.

Mia sorella mi dà una gomitata. «Sembra che sia finita in un bel posto. Conosci già un mucchio di gente.» Izzy ha quattro anni più di me ed è bella: lucidi capelli castani senza un accenno di crespo, pelle perfetta e, non so come, ha ereditato il gene dell'altezza raro nella nostra famiglia che la fa sembrare una modella. Non ha mai avuto bisogno di occhiali. Non che sia gelosa. Forse un po', quando ero più giovane. Mi sono sempre consolata dicendomi che ero più brava a scuola. Adesso tutta quella roba non importa molto.

«Comincio a sentirmi a casa» dico.

«Tranne per il tuo ex che inquina il tuo spazio.»

«Che cos'è un ex?» chiede la mia nipotina di sei anni, Grace.

Izzy e io scoppiamo a ridere. A Grace mancano i denti davanti quindi "ex" è suonato come *sex*, con la sua adorabile lisca.

Grace stringe le labbra. «Che cosa c'è di così divertente?»

«Niente, tesoro» dico. «La tua mamma e io stavamo parlando del mio vecchio fidanzato. È il mio ex-fidanzato perché adesso non lo è più. Abbreviato in ex.»

«Kevin» dice Grace. «È l'ex che sta inquinando il tuo spazio.» Le mie nipoti lo hanno conosciuto brevemente e Kevin ha parlato con loro come fossero adulte, dicendo: «È un piacere conoscervi». Non aveva cercato di interagire con loro in nessun modo ed era rimasto rigido e teso durante tutta la visita. Poi mi aveva detto che non era a suo agio con i bambini perché sono rumorosi e non hanno capacità di ragionamento. Allora avevo pensato che fosse logico non volere figli visto che chiaramente non gli piaceva averli intorno, ma adesso sembra un segnale d'allarme. Sapeva quanto fossero importanti le mie nipoti per me. Avrebbe almeno potuto cercare di essere più amichevole.

«Dov'è il gelato?» chiede Amelia, quattro anni, correndo avanti verso il terreno della fiera, dove ci sono le tende per il barbecue dell'Horseman Inn e i dolci del Summerdale Sweets.

«Andiamo al castello gonfiabile!» dice Grace saltellando.

Indico dall'altra parte della strada. «Lì è dove tengono tutto il gelato. Summerdale Sweets. Dopo aver incontrato lì la mia amica Kayla, potremo andare al castello gonfiabile e vedere tutti i giochi.»

«Sì!» gridano in coro le ragazze.

«Se vostra madre è d'accordo» aggiungo. Izzy dice che quando sono con loro le ragazze si comportano come se fossi io la loro madre e che lei potrebbe tranquillamente prendersi una vacanza. Non che sembra disturbarla.

«Quello che ha detto lei» risponde seccamente Izzy.

Il "centro" di Summerdale è super carino, con il Summerdale Sweets in posizione centrale su una lunga strada serpeggiante chiamata Peaceable Lane. C'è anche una biblioteca, un piccolo supermercato, l'Horseman Inn e due chiese ai lati opposti della strada. Kayla mi ha detto che avrei dovuto attraversare la linea di confine tra gli stati e andare nella vicina Clover Park per trovare una chiesa cattolica. Le due chiese esistenti qui sono quella Episcopale e quella Presbiteriana. Kayla va di frequente a fare compere a Clover Park ed è rimasta amica della organizzatrice di matrimoni che abita lì, anche se il suo matrimonio risale a oltre un anno fa. È veramente brava a mantenersi in contatto con la gente. Probabilmente dovrei andare a visitare Clover Park con lei, specialmente la libreria di cui parla con entusiasmo.

«Questo posto è talmente carino!» esclama Izzy quando arriviamo al Summerdale Sweets. «Mi piace l'insegna e anche le tende.»

L'insegna di legno è rossa con Summerdale Sweets in bianco. Non ho mai visto chiuso questo posto. Le tende da sole sono verde scuro e sporgono sopra le grandi finestre e, davanti, ci sono due panchine. Il negozio è al livello della strada, in un edificio quadrato.

Mi avvicino alla porta quando si apre all'improvviso con un allegro tintinnio. Esce Levi. Il mio cuore comincia a correre. Non ho parlato di Levi a Izzy. Mi sento in colpa perché sto con lui così presto dopo la rottura con Kevin e mi piace. Almeno la parte in cui siamo nudi.

«Ehi» mi dice con calore. «Kayla dice che è un po' in ritardo. Tank aveva un disturbo di stomaco, quindi l'ha portato dal veterinario. Ti manderà un messaggio quando arriverà alla fiera.»

«Okay, grazie. È stato bello vederti.» Sento caldo in tutto il corpo nonostante il mio tono indifferente.

I suoi occhi scuri diventano dolci e intensi come se anche lui stesse ricordando ogni favoloso momento. Sembra che io non riesca a distogliere gli occhi, sento vampate di calore a ogni ricordo. Lo voglio ancora.

Sento Izzy che fissa e la guardo. Sta fissando direttamente Levi, a bocca aperta. Probabilmente avrei dovuto parlarle di lui. Non aveva detto che ci saremmo visti oggi, ma è il sindaco. Eventi come quello di oggi sono un po' la sua cosa.

Izzy parla quasi senza muovere le labbra. «Uhm, Galena, chi è l'uomo che ti sta guardando come se fossi la prossima Miss America?»

«Io potrei essere Miss America!» dice Grace, gettandosi i capelli dietro la spalla.

Amelia si unisce a lei, imitandola. Ha i codini, quindi i suoi capelli non hanno lo stesso effetto quando se li getta dietro la spalla.

Levi tende la mano a Izzy. «Sono Levi Appleton. E tu devi essere la sorella di Galena, Izzy. Vedo la somiglianza di famiglia.»

«Sì» risponde Izzy, stringendogli la mano. Sembra felice di vederlo. Forse perché non è Kevin? Oppure potrebbe essere la sua impressionante capacità di entrare in sintonia con la gente.

«Queste sono le mie nipoti: Amelia e Grace» dico, tirando vicine le bambine, una sotto ciascun braccio.

«Vediamo se indovino... Amelia» dice indicando la bambina giusta. «E tu devi essere Grace.»

«Sì!» esclamano le bambine, felici che le abbia scelte correttamente. Probabilmente parlo un po' troppo di loro. Ne vado così fiera. Amelia sa già leggere, a quattro anni, ed è così generosa, divide sempre dolci e giocattoli con sua sorella, che Grace voglia o meno mezzo biscotto già addentato. Ah! E anche Grace è così generosa e legge al livello della terza elementare. Non male per una bambina che frequenterà la prima elementare. Passo un mucchio di tempo a leggere con loro. Ah, probabilmente le aiuta anche la loro mamma.

Levi sorride alle ragazze. «Chi vuole i sandwich al gelato? Offro io.»

«Io!» grida Grace.

Amelia saltella su e giù. «Anch'io!»

«Allora che cosa aspettiamo? Andiamo.» Apre la porta per loro che si precipitano dentro. Levi continua a tenere aperta la porta per mia sorella e me. Le ragazze corrono alla vetrina con i gelati, esaminando tutti i gusti. Levi va con loro, chiedendo quali vorrebbero. È chiaramente a suo agio con i bambini. Perché sono sorpresa? È bravo con la gente di tutte le età.

Izzy mi tira indietro prendendomi per il braccio. «Okay, chi è questo tizio?»

Do un'occhiata a Levi, a disagio dovendo parlare di lui quando è così vicino. «Il sindaco.»

«E?»

«Era l'officiante al matrimonio che non è avvenuto.»

«Okay, sento che c'è una storia.»»

Una storia folle, con l'uomo che ho invitato a venire in luna di miele con me, con cui ho partecipato a un finto ricevimento di nozze a casa dei nostri nonni e con cui ho fatto sesso selvaggio, per poi tornare a casa, completamente incasinata? Quel tipo di storia?

«Ne dovremmo parlare dopo» dico.

Ma Izzy non ha finito. «Si vede che gli piaci, e viceversa. Non riesco a credere che non mi abbia parlato di lui.»

«È passata solo una settimana.»

Izzy mi dà un'occhiata che dice *sputa il rospo, ragazza!*

«Okay, due settimane. È venuto a Las Vegas con me.»

«Cosa!?»

Levi si volta a guardarci. «Signore, volete anche voi i sandwich al gelato?»

«Sì» dico raggiungendoli.

Izzy mi segue, sussurrando: «Voglio i particolari!».

«Più tardi» le sussurro.

Lei sorride dolcemente a Levi e poi ordina per le ragazze. Levi indica alla cassiera: «Siamo tutti insieme. Ci penso io».

Qualche minuto dopo siamo seduti a due tavolini rotondi nel negozio. Levi ha tirato vicini i due tavoli, per ricavarne uno più grande.

Le ragazze sono tranquille, stanno leccando il gelato ai bordi del loro sandwich di torta. Hanno entrambe la torta al cioccolato. Amelia ha scelto il gelato al cioccolato mentre Grace quello al burro di noccioline e continuano a leccare l'una il gelato dell'altra per decidere qual è il sapore migliore. Sono così carine. Lascio perfino che assaggino il mio sandwich con il gelato alla menta e cioccolato.

Una donna bruna sui quarant'anni entra nel negozio e viene direttamente verso di noi. Indossa una camicetta gialla, una gonna blu e i sandali, ma ha l'aria di una donna di potere in tailleur.

Levi le indica di sedersi con noi e prende una sedia da un altro tavolo. «Carla, grazie per essere venuta a vederci nel tuo giorno libero. Ti presento Galena, quella di cui ti ho parlato. Galena, ti presento Carla Smith. È un avvocato immobiliarista. Pensavo che potrebbe aiutarti con il problema che hai con la casa. È di qui, anche se lavora in Città.» Quindi New York, l'unica Città che conta da queste parti.

Resto a bocca aperta. Levi avrebbe potuto avvisarmi che aveva organizzato questo incontro. Avevo cercato un avvocato ma poi avevo deciso di convincere Kevin che sarebbe stato meglio vendere mostrandogli che la proprietà aveva già guadagnato di valore, secondo le mie ricerche online. È il tipo da farsi convincere più dai numeri che dalla minaccia di un avvocato. Ho i numeri, devo solo trovare il momento giusto per sedermi e parlare con lui.

Carla, la bruna con i capelli a caschetto, mi rivolge un sorriso. «Ciao, è un piacere conoscerti, Galena. Vedo che sei occupata con la tua famiglia. Questo è il mio biglietto da visita. Quando avrai un momento, mandami un'e-mail con tutti i particolari del caso e potremo procedere da lì.»

Izzy si intromette. «Il suo ex ha rinunciato a tutti i suoi diritti quando ha deciso di non sposarla il giorno del loro matrimonio.»

«Io mi sposerò sulla spiaggia!» dice Grace.

«Grace tiene sempre il velo» dice Amelia, guardando storto sua sorella. Alle ragazze piace giocare al matrimonio con il vecchio velo della madre e una camicia da notte bianca.

In quel momento apprezzo il battibecco delle mie nipoti perché essere una sposa lasciata all'altare e colta in una guerra su una casa che è per almeno la metà mia è un argomento delicato. Ho pagato io il sessanta percento dell'acconto. Levi mi mette una mano sulla schiena, in segno di sostegno.

Suona il campanello sulla porta e qualcuno entra in negozio. È piuttosto tranquillo qui perché sono quasi tutti alla fiera. Alzo gli occhi e il cuore mi sale in gola. È Kevin. Si è effettivamente preso un giorno libero. Indossa una vecchia t-shirt e jeans che pendono sulla sua figura magra, ha i capelli biondi un po' in disordine e ha anche la barba di un giorno. Una volta trovavo attraente quel velo di barba. Adesso guardo nei suoi gelidi occhi azzurri e vedo solo l'uomo che non se ne vuole andare dalla mia vita.

«Parlando del diavolo» dice Izzy.

Kevin viene da me, ignorando tutti gli altri. «Ti ho vista dalla vetrina. Ho preso un giorno libero.»

Ma davvero. Te ne puoi andare adesso? Non voglio veramente una scenata. A Izzy Kevin non piace, a lui non piace Levi e l'ultima cosa che voglio è che Kevin sappia che sto parlando con un avvocato. È così che le cose degenerano in fretta. Sto cominciando a vedere il lato irragionevole di Kevin ed è impossibile trattare con lui.

Izzy indica Kevin con il pollice, dicendo a Carla: «Questo è il tizio che non se ne vuole andare anche se gli è stato chiesto più volte gentilmente».

Carla annuisce. «Dal punto di vista legale, le cose si complicano quando si tratta di due persone che hanno una proprietà in comune senza essere sposate.»

Izzy alza una mano. «Un altro punto a favore di vendere.»

«Aspetta, hai assunto un avvocato?» mi chiede Kevin.

«Stiamo solo parlando della situazione» gli dico.

La faccia di Kevin diventa rosso fuoco. «Hai agito alle mie spalle per scagliarmi contro un avvocato?»

Cerco di parlare con calma anche se ho il cuore che vuole uscire dal petto. «No, non è così. Ci siamo appena incontrate e stavo ancora...»

Lui mi interrompe. «Non mi obbligherai a lasciare casa nostra» dice precipitandosi fuori.

Resto lì, pietrificata. Davanti ai miei occhi si è svolto lo scenario peggiore. Se Levi non mi avesse colto di sorpresa con questa faccenda dell'avvocato, in un posto pubblico, non sarebbe successo niente. Adesso Kevin e io saremo in guerra. Probabilmente prenderà anche lui un avvocato. E io che pensavo che oggi sarebbe stata una giornata divertente, senza problemi.

Carla si alza. «Mettiti in contatto quando sarai pronta. Capisco che la situazione è difficile.»

Annuisco rigidamente.

Levi si china verso di me. «Hai bisogno di un avvocato. È l'unico modo per liberarsi di lui.»

«Ha ragione» dice Izzy.

Lo guardo con una smorfia sul viso. «Nel frattempo pagheremo entrambi le spese legali. Quando finalmente sarà tutto definito, non avrò più soldi per comprare un'altra casa.»

«Ne ricaverai qualcosa» dice Izzy.

Il telefono di Levi in quel momento suona e lui lo controlla. «Devo andare a dare il via alla parata. Ci vedremo più tardi. È stato bello conoscervi tutti. Godetevi il gelato, ragazze.» Porge un tovagliolino ad Amelia che si pulisce in fretta la bocca e torna a mangiare l'ultimo pezzetto di sandwich al gelato.

«È stato bello conoscere te» dice Izzy con un sorriso.

Io non riesco a sorridere. «Arrivederci.»

Levi mi dà un'occhiata perplessa prima di voltarsi e uscire.

«Mi piace» dice Izzy usando parecchi tovaglioli per pulire il tavolino dal gelato sgocciolato. Le ragazze hanno appena finito i loro sandwich, sono tornate alla vetrina e stanno avendo un'approfondita discussione su quali gusti vorranno la prossima volta.

«Solo perché ci ha offerto il gelato?»

«*No-o-o*. Sembra veramente una brava persona, fa il bene della comunità e, Galena, il modo in cui ti guarda. Come se fossi la cosa migliore al mondo dopo l'invenzione del pane a fette.»

Sbuffo.

«E anche tu lo guardi allo stesso modo. Non hai mai guardato Kevin in quel modo.»

Sospiro. «È una brava persona anche se non mi va giù che mi abbia sorpreso con quell'avvocato. Avrebbe potuto avvertirmi. Ero con lui ieri notte.»

«*Ooh*, dimmi tutto.»

Arrossisco e le racconto le cose importanti riguardo a Levi. «Non sono sicura di essere pronta per buttarmi in una relazione. Sto ancora cercando di liberarmi dall'ultima. Sono passate solo due settimane da quando stavo per sposarmi.»

«Già, hai un enorme fardello che oltretutto vive con te. Metterebbe un freno alla vita amorosa di chiunque. Anche se hai avuto Las Vegas...» Smette di parlare, aspettando che riempia gli spazi vuoti.

Mi chino verso di lei e sussurro: «È stato fantastico. Quando Kevin mi ha scaricato il giorno del matrimonio, mi sono resa conto che tutti i miei calcoli e i programmi non erano serviti a niente. Volevo essere Galena 2.0, sai, impulsiva, avventurosa...».

«Divertente! Buon per te.»

«Quindi ho invitato d'impulso Levi a venire con me a Las Vegas e lui ha accettato. I nonni avevano preparato un ricevimento di nozze per noi a casa loro, con i loro amici e da lì le cose si sono ingigantite. A loro è piaciuto subito.»

«E avete condiviso la suite luna di miele.»

«Con due letti.»

«Uh-uh. Sono sicura che siano stati un grande deterrente.»

«E mi ha detto che mi amava. Dopo una settimana!»

Izzy raccoglie tutti i tovagliolini usati in uno pulito e lo accartoccia. «Penso che quando arrivi a una certa età e hai frequentato abbastanza gente, sai subito quando è giusto. Lo ami anche tu?»

Mi agito sulla sedia, sentendo l'eccitazione che ribolle dentro di me. «Penso di sì, ma come faccio a essere sicura...»

«Niente ma. È tutto ciò che hai bisogno di sapere.»

Va a gettare i tovagliolini e torna al tavolo, mettendosi la borsa sulla spalla. Le ragazze stanno ancora scegliendo il gusto del gelato per la prossima volta, parlando eccitate.

Vado accanto a lei. «Mi fa paura lanciarmi di nuovo.»

Izzy mi abbraccia. «Oh, tesoro. Certo che hai paura. Mi preoccuperei se non fosse così. Tutti hanno paura all'inizio, non sapendo se si possono fidare e regalare il proprio cuore a qualcuno, ma è anche eccitante, non credi?»

«Direi che è più terrificante che eccitante.»

Dopo aver portato le mie nipoti a fare diversi giochi, le lasciamo sfogarsi sul castello gonfiabile. Mai lasciare che un bambino vada a rimbalzare subito dopo aver mangiato. Genitorialità 1.01. Kayla si era unita a noi per un po', ma era preoccupata per Tank ed è corsa a casa per controllarlo. Quando il tempo delle ragazze nel castello finisce, Grace scende per prima e aiuta la sorella a rimettere piede in terra.

«Hai visto come rimbalzavo?» chiede Amelia. «Saltavano anche i miei codini!»

«Così in alto!» dico ridendo.

«Vieni qua, lascia che ti sistemi i codini» dice Izzy. Raddrizza gli elastici mentre Amelia quasi vibra per l'eccitazione.

«Ho fatto un salto mortale» dice Grace.

«Anch'io» dice Amelia, imitando sua sorella.

«Non è vero» reagisce Grace e poi scappano via correndo.

«Camminate!» ordina loro Izzy.

Le ragazze rallentano e saltellano, girando intorno alla dependance della chiesa presbiteriana. Ci affrettiamo a raggiungerle.

«Oh no» dice Izzy sottovoce.

Raggiungiamo le ragazze sotto una tenda bianca che fa ombra a una serie di gabbie che contengono cani e gatti. Un uomo attraente, probabilmente sui trent'anni, con un camice azzurro, capelli corti scuri e una barba corta, tiene un Boston terrier bianco e nero appoggiato al petto. Il cane ha una faccia interessante: nero tranne una striscia bianca in centro alla fronte, al naso e al muso. Gli occhi sono grandi, il naso e la mascella superiore sono corti. Un po' come il muso schiacciato da bulldog di Tank.

Quando ci avviciniamo, leggo il nome dell'uomo sulla targhetta, dottor Russo, e poi, sotto: Summerdale Veterinary Center. Dev'essere il veterinario di cui Kayla parla con entusiasmo. Lei adora come si comporta con gli animali e pensa che il rifugio cui ha dato vita in un edificio moderno dietro al suo studio sia fantastico. È dove ha adottato Simba. Dice che il dottor Russo lavora a stretto contatto con l'associazione Best Friends Care, in cui abbinano i cani del rifugio con veterani dell'esercito che hanno bisogno di un cane da terapia.

«Salve, sono Dominic, il capo di questa banda di bestie» dice con un sorriso affascinante. China la testa verso il cane cha ha in braccio. «Questo è PJ. Tutti gli animali che ci sono qui sono adottabili. Fatemi sapere se vi piacerebbe conoscerne uno e lo toglierò dalla gabbia.»

«Possiamo accarezzare PJ?» chiede Grace.

Il dottor Russo si accuccia, girandosi in modo che possano vedere meglio il muso del cane. Se ci fosse la possibilità per un cane di apparire altezzoso e irritato, beh, quello è PJ. «Piano» dice il dottor Russo. «Non è abituato ai bambini.»

Le ragazze fanno un bel lavoro, accarezzandolo dolcemente. Grace passa due dita sulla testa quadrata. Amelia lo accarezza dietro l'orecchio e le sue orecchie puntute vibrano.

«PJ è un senior, ha tredici anni» dice il dottor Russo.

«Tredici anni non sono tanti. Venti vuol dire che si è vecchi.»

«Lo sono per un cane» le risponde il dottor Russo.

Le ragazze corrono dalla loro madre. «Possiamo tenerlo?» chiede Grace.

«Sì!» dice Amelia.

Izzy scuote la testa. «Ne abbiamo già parlato. Niente animali finché non sarete abbastanza grandi da curarlo da sole.»

«Io posso farlo!» esclama Grace.

«Anch'io» la imita Amelia.

Izzy scuote la testa.

Il dottor Russo si raddrizza e si china all'indietro per controllare PJ che sembra ancora irritato. O forse è solo il suo muso schiacciato e l'espressione stanca dei suoi grandi occhi. Questo cane ha bisogno di una casa più tranquilla di quella delle ragazze. Probabilmente lo vestirebbero come una bambola e lo spingerebbero in giro in un passeggino. Che cosa indegna!

Le ragazze si fiondano via per guardare un paio di gatti. Izzy accarezza PJ parlandogli dolcemente.

«Pensi di prendere un cane?» mi chiede una familiare voce baritonale dietro di me.

Sento un brivido caldo lungo la schiena mentre mi volto a guardare Levi. «Stiamo solo passeggiando con le ragazze.»

Levi mi bacia la guancia. «Sono contento di averti rintracciato di nuovo. Ho finito i miei compiti istituzionali.»

«Ehi, Levi» dice il dottor Russo. «È arrivato un altro beagle, speravo di vederti. È una femmina, a posto con le vaccinazioni, sterilizzata e cerca una buona casa.» Abbassa la voce. «Sadie è stata abbandonata perché abbaiava troppo quando il suo proprietario era al lavoro. Non riusciva a sopportare le lunghe ore da sola nell'appartamento e disturbava i vicini. Penso che starebbe meglio in una casa con due cani.»

Levi emette un gemito. «Baxter è già difficile da gestire.» Poi si addolcisce. «Dov'è?»

Il dottor Russo appoggia a terra PJ, che ricomincia immediatamente a guardarlo speranzoso. Il dottor Russo toglie un biscottino dalla tasca e glielo dà prima di rimetterlo nella sua gabbia su un lettino morbido.

Un minuto dopo, il dottor Russo porta un beagle con macchie simili a quelle di Baxter. Sadie è nera, beige e rossiccia. Baxter ha più macchie marrone che rossicce. È bella e va direttamente da Levi, annusandogli la gamba come se avesse l'odore migliore al mondo.

Levi si accuccia per accarezzarla. «Probabilmente sente

l'odore di Baxter.» Sadie gli salta addosso, leccandogli la faccia. Levi ridacchia, la spinge indietro e l'accarezza dietro le orecchie. Lei chiude gli occhi, per pura beatitudine. Già, conosco la sensazione di quelle magnifiche dita. Ehm.

«Ha due anni» dice il dottor Russo. «Ed è tutto ciò che dirò di lei.»

Levi lo guarda. «È un'artista della fuga?»

«No, da quanto ne so.»

Levi guarda Sadie. «Dovrei prenderti? Ti piacerebbe avere un amico canino?»

Sadie gli salta addosso, gli appoggia le zampe sulle sue spalle e gli lecca l'orecchio.

Levi sorride. «Penso sia un sì. La prenderò.»

Sento il cuore che si stringe. È un uomo con tantissimo amore da dare. Sento le mie difese che si sgretolano quando prende il guinzaglio di Sadie e l'accarezza mentre firma i documenti.

Cuore d'oro. È difficile restare arrabbiata con lui per avermi sorpreso con un avvocato e aver inasprito la battaglia con Kevin quando lo vedo in azione in questo modo. È una brava persona, con buone intenzioni. Penso che stia sinceramente cercando di aiutarmi anche se avrei preferito essere avvertita in anticipo e con un incontro in privato.

Izzy e le ragazze vanno da lui e impazziscono per Sadie, che corre loro intorno, intrappolandole nel guinzaglio.

«Come si chiama?» chiede Grace.

«Sadie» risponde Levi.

«Sei così fortunato! La mamma non ci permette di prendere *niente*.»

«Quando sarete più grandi» dice Izzy.

«Possiamo venire a trovare Sadie a casa tua?»

«Certo, se vostra madre è d'accordo» dice Levi. «Ma non oggi. Devo prima lasciare che Sadie si abitui al suo nuovo compagno, l'altro mio beagle, Baxter.»

«Due cani!» esclama Grace.

Le ragazze rivolgono un'occhiata implorante alla loro madre.

«Quando sarete il sindaco potrete avere anche voi due cani» dico alle ragazze.

«Che cosa fa un sindaco?» chiede Grace.

Levi si accuccia per spiegare il suo lavoro mentre districa il guinzaglio dalle ragazze, accarezzando Sadie allo stesso tempo. Dimenticate le farfalle che svolazzano nel mio stomaco, adesso stanno danzando le mie ovaie.

Izzy mi rivolge uno sguardo d'intesa.

Potrebbe essere ora di dare una possibilità all'amore. Sento un brivido a quel pensiero.

Nessun tentennamento. La nuova Galena affronta i rischi. Se solo non mi facesse tanta paura.

15

Levi

Ero così occupato con i miei doveri verso la città e a far accli-
matare Sadie con Baxter che ho visto solo per poco Galena
con la sua famiglia alla fiera. Ma adesso sono diretto alla
porta accanto, a un barbecue a casa di Kayla e Adam a cui
hanno invitato Galena, che spero sia qui.

La vedo immediatamente, insieme a un gruppo di donne
radunate intorno a un passeggino. È la figlia di Sydney,
Quinn. Le nipoti di Galena parlano animatamente alla
bambina e le offrono un sonaglino che lei getta continuamente a terra.

«Salve a tutti» dico e do perfino un bacio sulla guancia a
Galena.

Lei arrossisce guardandomi. «Ehi, straniero. Kevin è seriamente incazzato per la faccenda dell'avvocato. Continua a
mandarmi messaggi furiosi dal lavoro.»

Le metto una ciocca di capelli dietro l'orecchio. «È arrabbiato perché si è finalmente reso conto che deve rinunciare
all'idea che voi due torniate insieme.»

«È quello che ho detto anch'io.»

Le donne riunite intorno alla piccola Quinn sono d'accordo. È il solito gruppetto della Serata delle Donne.

«Io sarò lieta di offrire il mio parere professionale come agente immobiliare» dice Paige. «Lavoravo come agente immobiliare a New York e posso aiutarti a preparare la casa per ottenere una vendita veloce.»

«I procedimenti legali possono richiedere tempo» l'avverto.

«Ma l'estate è il miglior momento per vendere» dice Paige.

Galena si strofina le tempie. «Preferirei veramente non pensare per un momento alla situazione con Kevin.»

Le massaggio la schiena. «Stiamo solo cercando di far sparire il problema con Kevin.»

«Che problema volete risolvere?» abbaia una donna dietro di noi. «Io so come fare o conosco qualcuno che lo sa.»

Ci voltiamo tutti vedendo la signora Ellis, alias il Generale Joan. *Potremmo* avere tutti dei pregiudizi riguardo al Generale, dato che era la nostra insegnante di terza elementare e avevamo tutti un po' paura di lei.

«Salve, signora Ellis» diciamo tutti in un coro un po' stonato.

«Come state tutti?» ci chiede, guardandoci uno per uno con i suoi occhi penetranti.

Tutti rispondiamo "bene", ma la signora Ellis lo nota appena, ha gli occhi incollati su Galena. «Sono lieta di vedere che hai avuto il buon senso di restare con Levi. Allora, perché sembri così depressa? Levi ha fatto qualcosa di sbagliato? Digli semplicemente qual è il problema e sono sicura che chiederà scusa» aggiunge dandomi un'occhiataccia.

«Oh, non è lui il problema» dice Galena.

Kayla, la solita chiacchierona, racconta immediatamente alla signora Ellis tutta la situazione, completa di particolari, dal disastro del mancato matrimonio alla casa condivisa che ho bisogno sia venduta.

Il Generale Joan si rivolge a me. «Ricordi che abbiamo parlato di Harper e che dovrebbe girare qui in città? Facciamo in modo che succeda. In questo momento sta lavorando a un thriller. Faremo in modo che le riprese avvengano a casa di Galena e poi Harper convincerà Kevin a vendere. Se non è già un fan potremmo invogliarlo con il glamour di fare da comparsa in una scena. Ti sorprenderebbe sapere quanto può influenzare una persona essere vicino a dove si gira un film.»

«Come farà Harper a convincerlo a vendere?» chiede Galena.

«È molto persuasiva» risponde semplicemente il Generale.

«Male non può fare» dico.

Il Generale Joan alza un dito. «E la società di produzione vi pagherà per l'uso della casa per qualche giorno. Sono sicura che potremmo trovare qualcuno che vi ospiti, separatamente, durante le riprese.»

Interviene Sydney. «Facciamo in modo che succeda, signora Ellis. Non vedo Harper da un secolo e voglio che Caroline e Quinn si conoscano.»

«Caroline ha due anni adesso e sta diventando una monella» l'avverte il Generale Joan. «Non so se si comporterà bene con un bebè.»

«Quinn è una dura.»

Guardiamo tutti la bambina di quattro mesi nel suo passeggino, proprio mentre getta a terra il sonaglino, aspettandosi che Grace e Amelia lo raccolgano.

«Probabilmente se la caverà» ammette il Generale Joan, facendo ridere tutti.

Galena

Quando mia sorella e le mie nipotine vanno a casa, vado alla porta accanto con Levi, a casa sua. Non siamo qui per parlare. Spero.

Appena la porta è chiusa, le sue labbra sono sulle mie. Perfetto. Tutti i miei problemi e le mie preoccupazioni svaniscono nel nulla. Funziona e non ho intenzione di pormi delle domande.

Poi ci stiamo strappando gli abiti di dosso proprio lì davanti all'entrata. Spegne la luce e poi mi solleva, in bilico contro la porta. È veloce e forte, esattamente ciò di cui avevo bisogno, di quest'uomo grande e grosso che si spinge dentro di me, con le braccia muscolose che mi sostengono, i muscoli della schiena che si flettono sotto le mie mani. Levi infila una mano tra di noi, accarezzandomi, ed esplodo. La sua bocca ingoia il mio grido e poi si lascia andare.

Resto aggrappata a lui mentre il cuore rallenta, respirando affannosamente. Levi mi bacia, prendendomi il volto tra le mani. E poi riaccende la luce e mi aiuta a vestirmi. C'è qualcosa di intimo nel gesto, nei suoi occhi che mi scrutano, le mani gentili mentre mi liscia la maglia.

Ci sorridiamo.

Levi mi appoggia la mano sulla guancia e mi bacia dolcemente. «Stasera devo tornare al lago per i fuochi d'artificio e una cerimonia a cui devo presiedere. Potremmo guardarli insieme.»

«Mi piacerebbe.» Gli tiro giù la testa e lo bacio ancora.

Parecchio tempo dopo, Levi solleva la testa. «Tua sorella mi ha detto...»

Mi tiro indietro. «Izzy ti ha parlato di me?»

«Sì, mentre stavi curando le bambine che giocavano con Tank e Simba a casa di Kayla. Mi ha detto che il tuo ex ha fatto qualche danno e che hai bisogno di più tempo per essere pronta per una relazione. È difficile per me aspettare, ma prenditi tutto il tempo di cui hai bisogno, anche se significa che non mi vedrai per un po'.» Mi guarda negli occhi con tanto calore che mi sento le ginocchia molli. «Okay? Voglio solo che tu ti senta a tuo agio.»

«Vuoi una relazione seria con me?»

«Lo voglio» mi risponde Levi solennemente.

Sento un brivido percorrermi la schiena. «Sembrava quasi un voto matrimoniale.»

«Sono pronto a tutto.»

«Che cosa intendi per tutto?»

«Matrimonio, figli, tutto quanto. Senza fretta, ma è quello che voglio.»

«Ti sembra ancora di avere poco tempo per cui vuoi fare

un mucchio di nuove esperienze, dato che ti stai avvicinando all'età a cui è morto tuo padre?»

Levi mi mette un braccio intorno alla vita e mi tira vicina. «Buffo. Da quando ti ho conosciuta il tempo è sembrato fermarsi. Sono in una dimensione diversa. La dimensione di Galena.»

Sento il cuore che batte forte. Potrei amare quest'uomo. Amo quest'uomo. E poi appoggia la sua mano grande sulla mia guancia e mi bacia teneramente.

«Vorrei un po' d'acqua» dice. «E tu?»

«Certo.»

Lo seguo in cucina. Apre il frigorifero e prende la caraffa dell'acqua filtrata. Poi richiude lo sportello, preoccupato. «Hai visto Baxter e Sadie? Mi sono appena reso conto che non sono corsi alla porta. E Baxter di solito si precipita quando apro il frigorifero.»

«No, non li ho visti.»

Levi appoggia la caraffa sul tavolo e grida: «Baxter, vieni qua! Sadie?».

Non appare nessuno dei due cani.

Levi mi lancia un'occhiata preoccupata e controlla tutto il pianterreno, poi il cortile posteriore. «Baxter è un artista della fuga. Scala i recinti, scava sotto, ma l'ho chiuso in casa quando sono andato da Kayla e Adam.»

«Ha paura dei fuochi d'artificio? Magari si sta nascondendo. Ho sentito qualcuno che li faceva esplodere qui vicino.»

Levi inarca le sopracciglia e corre in soggiorno. Si accuccia, guardando sotto il divano. «Eccoti qui!»

Lo raggiungo. *Aww.* Il povero Baxter è sdraiato tra la parete e il divano. Sadie è accanto a lui, calma, come se stesse solo tenendogli compagnia. Nessuno dei due si è mosso nonostante tutta l'attività in anticamera. *Grazie al cielo.*

Levi tende una mano verso Baxter. «Pensavo che fossi scappato di nuovo. Vieni fuori. Anche tu, Sadie.»

Baxter non si muove quindi anche Sadie resta lì.

Mi viene un'idea. «Oh, so che cosa fare. Metti un biscotto sul pavimento davanti al divano. Poi, quando sarà pronto ad affrontare il mondo avrà un incentivo. Penso che sia Baxter quello che si è spaventato e lei sia solo un'amica che lo sostiene.»

Levi va in cucina e torna con una scatola di biscotti. La agita e chiama di nuovo Baxter. Si sente annusare, ma nessun movimento.

Levi rompe in vari pezzi un grosso biscotto e lascia una scia dal divano fino al lettino di Baxter lì accanto. «Magari lo troveremo lì più tardi.»

Sorrido. Levi merita tutto ciò che c'è di buono al mondo. Spero di riuscire a darglielo.

Poco dopo usciamo insieme, mano nella mano, per andare a vedere i fuochi d'artificio al lago, lasciando indietro i cani con una maglietta di Levi per tener loro compagnia. Sembra quasi che siamo una famigliola. Per la prima volta da sempre, sono eccitata per ciò che mi riserva il futuro. Non avrei mai pensato che essere una sposa abbandonata all'altare potesse procurarmi tanta felicità.

C'è solo una persona che potrebbe rovinarlo e mi rifiuto di pensare a lui. Stasera è tutto perfetto.

Due settimane dopo...

Kevin e io siamo a una impasse. In effetti lui è irremovibile, come uno struzzo con la testa infilata nella sabbia. Non ha assunto un avvocato. In effetti mi ha detto che mi ha perdonato per averlo tradito e che vuole che tutto torni come prima. Che buffonata.

Il mio avvocato mi ha detto che ho diritto al sessanta percento del valore della casa dato che ho pagato il sessanta percento dell'acconto. Abbiamo vissuto qui solo per pochi mesi, quindi non abbiamo speso niente per ammodernarla. In ogni caso, Kevin non è disposto a vendere. Ha puntato i piedi, pensando che, se continueremo a vivere insieme, primo a poi lo perdonerò per aver annullato il matrimonio come mi ha perdonata lui per averlo tradito. È il suo modo di ergersi su un piedestallo morale. Tranne il fatto che non l'ho mai tradito!

Levi mi ha lasciato spazio quindi non mi sento sotto pressione e sta anche tollerando il fatto che viva con il mio ex. Si lamenta, ma finora non l'ha fatto decidere di smettere di vedermi. Non passo mai la notte a casa di Levi. Non voglio che Kevin abbia la casa tutta per sé troppo a lungo e che pensi che io voglia rinunciarvi.

Stasera è un raro venerdì sera in cui sia Kevin sia io siamo tornati a casa in orario dal lavoro. Ogni volta che lo vedo in casa, è irritabile, eppure occasionalmente accenna ancora alla possibilità di una riconciliazione. Sto mangiando gli spaghetti al tavolo della cucina, lui è seduto accanto al ripiano e sta mangiando gli avanzi di un sandwich, con il cartone del latte aperto accanto. Sinceramente non riesco a credere quanto sia testardo, cosa che gli dico.

«So che un giorno mi perdonerai come io ho perdonato te» dice. «Poi potremo continuare con la nostra vita.» Beve il latte direttamente dal cartone.

«Non potresti usare un bicchiere per il latte? Io lo uso per i cereali.»

«È quasi finito» dice, bevendo un altro lungo sorso.

Forse dovrei mettere il mio nome sul cibo che compro.

Appoggio la forchetta sul piatto. «Guarda, tutto ciò che voglio è vendere questa casa e andare avanti con la mia vita.»

«Questa *è* la tua vita» dice alzando le mani.

Stringo i denti, anche se vorrei gridare che è finita e che non voglio assolutamente più stare con lui.

«Io ti amo ancora» dice, masticando un boccone di sandwich. Si spinge una foglia di lattuga in bocca. *Disgustoso.* «Ti ho detto che avevo solo avuto un piccolo ripensamento.»

«Kevin, non ti amo più. Non saresti più felice se voltassi pagina? Potresti incontrare un'altra donna.»

«Non voglio un'altra donna. Voglio te. Non potrei mai trovare un'altra persona così compatibile anche se ci abbinasse un computer. Oh, aspetta. È quello che è successo.» Ci eravamo conosciuti su un'app di incontri.

«La gente è più complessa di quanto possa capire una qualsiasi app di incontri.»

Lui finisce il suo sandwich, svuota la confezione di latte e accartoccia il cartone. «Devi tagliar fuori Levi dalla tua vita. Non apprezzo che ostenti il tizio con cui mi hai tradito proprio davanti a me.»

Mi allontano dal tavolo e mi alzo, senza più appetito. «Non ti ho mai tradito e non ostento Levi!»

«Viene continuamente qua, ti manda continuamente messaggi e ti chiama. Non pensi che l'abbia notato? Hai quell'espressione stupida sulla faccia quando parli con lui.»

Parlo a denti stretti. «Seriamente, non riesco più nemmeno a guardarti in faccia, per non dire poi di parlare con te.»

«Quello è Levi che parla.»

«Non è Levi! Sono io.»

Suona il campanello e sento lo jodel canino di Baxter. Sadie si unisce a lui, abbaiando felice. Stanno reagendo al campanello che ha appena suonato Levi.

«Ecco la causa di tutti i nostri problemi» dice Kevin.

Vado alla porta. «Ehi, Levi. Non è un buon momento.» Baxter annusa i gradini del portico cercando odori interessanti, Sadie mi urta la mano con la testa, cercando carezze.

Kevin appare al mio fianco e mi mette un braccio sulle spalle. Lo scrollo via. «Stavamo giusto parlando di te.»

Levi si irrita. «Ci sono problemi?»

«Sì, tu» dice Kevin. «Ti suggerisco di uscire di scena. Questo non è il tuo posto.»

Scuoto la testa. «Scusa. Continua a insistere che tu e io stavamo insieme alle sue spalle. Non voglio che tu venga risucchiato in questa situazione.»

Levi entra in casa e ficca il dito nel petto di Kevin. «Le tue bugie non ti faranno ottenere quello che vuoi. Hai rinunciato ai tuoi diritti su Galena quando l'hai scaricata il giorno del vostro matrimonio.»

«Ho avuto paura» esclama Kevin. «Perché non mi crede

nessuno? Inoltre ho detto no al matrimonio, non a Galena. Per quanto mi concerne, non abbiamo mai rotto.»

«Kevin, abbiamo rotto» dico, completamente esasperata.

«Galena e io abbiamo avuto una settimana bellissima a Las Vegas» dice Levi compiaciuto.

Levi e Kevin continuano ad affrontarsi e la tensione sale. Spero veramente che non comincino a litigare. Innanzitutto perché non voglio che si faccia male nessuno e secondo perché temo che Kevin lo userebbe come munizione per l'eventuale causa.

Mi appello al lato ragionevole di Kevin, ammesso che esista. «Kevin, Levi mi è stato accanto il giorno del nostro mancato matrimonio, quando mi hai scaricato, e d'impulso l'ho invitato a venire con me a Las Vegas. Non avevamo una relazione. Io non sono una traditrice.»

«Non sono stupido» sbotta Kevin. «Sono disposto a dimenticarlo, ma lui se ne deve andare.»

«Galena, possiamo fare due passi?» chiede Levi, con l'espressione cupa. «Dobbiamo parlare.»

Nella mente mi risuonano campanelli d'allarme. Sembra inquietante.

«Mi sembra che sia un discorso per rompere con qualcuno» dice Kevin con un sorriso soddisfatto. «Vai pure, Galena. Sarò qui quando tornerai.»

Esco con Levi e faccio un respiro profondo. A volte mi sembra che Kevin risucchi tutta l'aria da una stanza.

Levi resta in silenzio mentre camminiamo verso il lago.

«Mi dispiace. Kevin continua a essere testardo.»

«È più di quello. Lui ti ama ancora.»

«So che è quello che dice, ma in realtà lui ama il modo in cui lo amavo io. Il nostro rapporto era incentrato su di lui e non ho più intenzione di farlo.»

Levi si ferma alla fine della nostra strada, con il lago che scintilla in lontananza. Baxter lo tira verso il lago e anch'io vorrei andare. Levi sembra troppo serio e ho una brutta sensazione riguardo a quello che dirà. Sento gli occhi che bruciano. Mi sta lasciando. Lo so. «Galena...»

«Avevi detto che mi avresti lasciato il tempo per capire se fossi pronta per qualcosa di più. Sono passate solo due settimane.»

Levi si passa la mano sul volto. «Ho cercato di lasciarti tempo, davvero, ma è difficile quando so che sei ancora con *lui*.»

«Ma io non sto con lui.»

«Sono stufo di lasciarti sempre a casa con lui! Ho bisogno di sapere che sei al sicuro a casa, non preoccuparmi perché non so che cosa sta succedendo.»

«Ti ho detto che sto bene.»

«Beh, io no. Detesto questa situazione.»

«Detesti stare con me?» gli chiedo a bassa voce.

Levi guarda davanti a sé. «È difficile per me da dire...»

«Allora non farlo.»

Mi guarda fisso negli occhi. «Ti amo, ma non posso continuare così, non fino a quando non ti separerai per sempre da Kevin.»

Mi bruciano gli occhi e ho la gola stretta e questo mi rende furiosa. «È il motivo per cui non ero pronta per una relazione. Stai ferendo un cuore già ferito. Avevi detto che non avresti fatto pressioni. Eppure eccoti qui, due settimane dopo e lo stai già facendo.»

Levi mi rivolge un'occhiata compassionevole che mi fa venire voglia di piangere. «Non ti sto facendo pressioni. Mi tolgo di mezzo. Non sto facendo il bene di nessuno e non voglio più mettermi in mezzo a voi due. Fino a quando lui farà parte della tua vita, non ne farò parte io. Ecco tutto.»

«La mia vita è complicata. Lo so, ma...»

Mi bacia sulla guancia. «Addio Galena.»

E poi va a grandi passi verso il lago, con i fedeli cani che gli trotterellano di fianco. Li guardo finché sono solo una macchiolina in distanza. Alla fine, mi decido a voltarmi e a incamminarmi verso casa.

E poi non riesco ad affrontare Kevin, quindi prendo l'auto e vado a casa di mia sorella. Lei saprà che cosa fare.

Ma non è così. Perché dice: *sei tra due uomini e gli uomini non amano condividere.*

Diavolo, nemmeno io voglio condividere. Rivoglio solo la mia casa e Levi. Non necessariamente in quell'ordine.

16

Levi

È passata una settimana e riesco a malapena a dormire di notte, coi pensieri su Galena che mi circolano nella mente. Il modo in cui il suo volto si illumina quando sorride, la sua arguzia, perfino i suoi pesanti occhiali dalla montatura nera che nascondono i suoi profondi occhi castani. E tutte le notti sexy che abbiamo condiviso. Semplicemente tutto di lei. Ma che cosa avrei dovuto fare? Continuare a uscire con lei e riportarla a casa da *lui*, lo stronzo pomposo che cerca di dipingere me come il cattivo della situazione? Non sapevo mai se Galena stava bene. È una cosa che nessuna persona responsabile farebbe: lasciare una persona amata in una situazione domestica precaria. Non lo sopportavo più.

Fisso il mio laptop, al lavoro in municipio, cercando di concentrarmi sulle mie tante responsabilità. La segretaria, Megan, una donna sui cinquanta, con capelli biondi e bianchi, entra con un sorriso allegro. «C'è la posta!»

«Mettila nel cestino.»

Prende una grande busta di cartone con la scritta NON PIEGARE scritta con il pennarello nero in parecchi posti. «Sembrano fotografie. Ti sei fatto fare qualche foto quando eri in vacanza?»

«No.» Guardo il mittente. È la nonna di Galena. «È personale.»

«Ooh, personale.»

Le do un'occhiataccia. Lei sorride e torna alla sua scrivania.

Strappo il lembo della busta e ne tolgo le fotografie con una nota scritta su carta rosa. Il nostro finto ricevimento nuziale. Mi sento contorcere lo stomaco solo vedendo di sfuggita i nostri volti sorridenti. Leggo il biglietto.

Levi,

Sembra una vera storia d'amore travolgente, semmai ne ho vista una. Non rinunciare a Galena. Lei ne vale la pena.

Spero di rivederti presto!

Betsy

Soffio bruscamente fuori il fiato mentre studio le fotografie. Galena e io insieme accanto al tavolo dei regali, che ci imbocchiamo con la torta nuziale, il momento del "bacia la sposa" e il momento dopo, quando ci guardiamo negli occhi con la stessa espressione di sbalordimento e meraviglia.

Mi strofino la tempia. Galena deve aver detto ai suoi nonni che abbiamo rotto. Mi sono autoconvinto che Galena non aveva posto per me nella sua vita, che non mi amava come l'amavo io, ma adesso, guardando queste fotografie, vedo che ciò che avevamo c'era fin dall'inizio. Sembra presa da me quanto lo sono io di lei. Ed era il primo giorno. Da allora ci siamo solo avvicinati di più.

Il problema reale è Kevin, non io e Galena.

Passo l'ora successiva cercando di formulare un piano, basato sull'idea geniale del Generale Joan di convincere Harper a fare qui le riprese. L'avevo dimenticato mentre mi concentravo a tenere vicina Galena. Se non ti piace la situazione in cui ti trovi, cambiala. Almeno è così che ho sempre operato. Non posso fare in modo che Kevin lasci quella casa, non riesco a convincere Galena a farlo, ma forse ci riuscirà Harper.

Il giorno dopo il piano è in atto. Ho convocato una riunione d'emergenza ieri sera e ho ottenuto che il consiglio comunale accettasse di permettere alla nostra attrice locale, Harper Ellis, di fare qui le riprese per il film che sta girando per la società di produzione di Claire Jordan, una stella del cinema. Harper lavora regolarmente con lei. Quella era la parte facile e non era stata poi così facile. Adesso devo convincere Harper a filmare in casa di Galena, in modo che Galena e Kevin debbano lasciarla. Se non riesco a togliere Galena da una situazione domestica tesa, forse ci può riuscire un'attrice famosa. L'avvocato di Galena ci sta mettendo troppo tempo.

Mi dirigo verso l'Horseman Inn per incontrare a pranzo la signora Ellis, alias il Generale Joan. Ha detto di volermi parlare del film di Harper. Spero che abbia informazioni riservate che posso usare per parlare con Harper.

Sono sorpreso di trovare il Generale Joan nella sala da pranzo posteriore con Harper che sembra radiosa, la pelle luminosa, i capelli ricci folti e lucenti. Giuro che diventa più bella con l'età. Ho già detto che l'ho portata al ballo della terza media? È il mio momento di gloria. È fico che la conoscessi quando non era ancora famosa.

Harper si alza, si avvicina e mi accoglie a braccia aperte, con la t-shirt gialla che aderisce un po' alla pancia leggermente sporgente. Non la ricordavo così l'ultima volta. È incinta o è ingrassata? Tengo la bocca chiusa. «Sorpresa!»

L'abbraccio. «È una sorpresa. Abbiamo appena ottenuto il via libera per le riprese ed eccoti qui. La signora Ellis non mi ha detto niente.»

Il Generale indica una sedia. «Siediti. Non lo sapevo. Harper è arrivata senza preavviso per darmi la sua grande notizia.» Poi rivolge uno dei suoi rari sorrisi ad Harper, con gli occhi pieni di lacrime.

Harper si china verso il mio orecchio e sussurra: «Sono incinta. Zitto, però, okay? Sono solo di tre mesi».

«Potrebbero essere gemelli» sussurra il Generale, a voce un po' troppo alta. «Guarda com'è già grossa.»

«Grazie, nonna» dice asciutta Harper. «Non sono gemelli. Semplicemente la pancia ha cominciato a sporgere prima questa volta. Temo che non sia tutta colpa del bambino. Ho mangiato un sacco di pane. Troppi carboidrati.»

«Non c'è niente che non va nel pane» sbuffa il Generale. «Poi a che cosa rinunceremo, al latte? Possiamo per favore lasciar stare i cibi di base? Se il bambino vuole più pane, allora è esattamente quello che dovresti fare. Stai prendendo le vitamine?»

«Sì, e, per favore, tieni la voce bassa» dice Harper. «Non voglio che la notizia sia pubblica per ora.»

«Sto tenendo la voce bassa. Stavo solo parlando di pane e vitamine.»

Harper e io ci scambiamo un'occhiata divertita.

«Comunque,» mi dice Harper «ho sentito che c'è una casa in particolare che avevi in mente per le riprese. Pensi che potremmo dare un'occhiata oggi?»

«Posso mostrarti l'esterno. Permettimi di mandare un messaggio alla proprietaria per vedere se può mostrarti l'interno. È al lavoro.» *E non le ho ancora parlato del mio piano.* Mando un messaggio a Galena mentre il Generale sussurra domande urgenti ad Harper sulla sua gravidanza.

Io: *Ehi, ricordi Harper Ellis? È in città e sta cercando una casa per le riprese del suo film. Ho suggerito casa tua perché ha quel bel patio e il terrazzo al secondo piano. C'è la possibilità che torni a casa all'ora di pranzo per mostrarle l'interno?*

Galena: *Perché casa mia?*

Io: *Per il patio e il terrazzo.*

Nessuna risposta. *Merda.* Non va bene e Harper è qui. Ho bisogno di convincerla prima che veda altre proprietà.

Io: *La Società di produzione pagherebbe per l'uso della proprietà. Potrebbe aiutarti con le spese per l'avvocato e sistemare definitivamente la faccenda.*

Galena: *Sembra scomodo. Dovrei farlo accettare a Kevin e non sarà facile, e come mai non ti sento per tutta la settimana e poi all'improvviso mi parli come se tutto fosse normale? Hai rotto con me, lo ricordi?*

Mi sento stringere lo stomaco. Avrei dovuto accennare ieri alla possibilità, ma c'erano tante cose che dovevano incastrarsi. Non ero sicuro che sarebbe successo. Adesso sta accadendo tutto in fretta.

Io: *È difficile da spiegare con un messaggio. Mi manchi. Sto cercando di fare in modo che possiamo continuare insieme.*

Galena: ...

Trattengo il fiato. I tre puntini scompaiono. Lo stomaco finisce di fare la lenta capriola. Non ha intenzione di rispondere; ha chiuso con me. Ingoio il groppo che ho in gola e guardo in faccia Harper e il Generale che stanno aspettando una risposta.

«Uhm, potrei dover...» Smetto di parlare quando c'è il segnale di un altro messaggio.

Galena: *Controllerò con Kevin. Io non potrò arrivare prima delle diciassette e trenta.*

Lascio uscire il fiato. «Dice che deve controllare con il tizio che vive con lei e che potrà arrivare al più presto alle cinque e mezzo.»

«Resterai a cena» dice il Generale ad Harper.

«Ma mi perderò il bagnetto di Caroline.»

Il Generale prende con calma il telefono dalla borsa e batte qualche tasto. «Ciao Garrett. È la nonna.» È il marito di Harper. Il Generale Joan fa una risatina, sbuffando. «Non sono una regina, smettila con questa stupidaggine.» Sorride felice e poi continua: «Harper insiste per restare a cena con me, quindi ho bisogno che ci raggiunga con Caroline. Harper non vuole perdersi il suo bagnetto. Se volete potete passare tutti la notte con me».

Harper scuote la testa e sussurra: «Farebbe qualunque cosa per lei».

«No, non è necessario che porti la cassetta degli attrezzi» dice il Generale. «È tutto perfetto, grazie a te. Porta solo te stesso e la mia dolce bambina.» Fa un risolino e si liscia i capelli. «Adulatore. Ci vediamo presto.» Si rivolge ad Harper. «Dice che sono io la sua dolce bambina. Quell'uomo sa veramente come adulare una donna.»

«Ti mangia in palmo di mano» dice Harper.

Il Generale Joan finge che non sia vero. «Stupidaggini.»

Harper beve un sorso d'acqua. «Allora, dove eravamo rimasti?»

«Potresti dirmi qualcosa del film?» le chiedo.

Gli occhi di Harper scintillano eccitati. «È un thriller domestico ambientato in parte in una casa di periferia, poi c'è una caccia travolgente per la città. Io recito la parte della donna apparentemente innocente quella che sta dando la caccia dopo aver ribaltato la situazione col marito.»

«Come farai a nascondere la gravidanza davanti alla videocamera?» chiede il Generale.

Harper guarda le poche persone che stanno pranzando e che ci fissano curiose. «È ancora un segreto.»

«Non per la videocamera» le fa notare il Generale.

«Terrò qualcosa davanti alla pancia o indosserò abiti larghi. Lo faremo funzionare.»

Il generale le agita un dito davanti. «Niente acrobazie.»

«Niente acrobazie» concorda Harper. «Per quelle ho una controfigura.»

Arriva il cameriere a prendere il nostro ordine. Harper mi mette al corrente del programma delle riprese e del numero di persone che ci vorranno per la parte delle riprese fatte a Summerdale. Per me è tutto affascinante. Non avevo idea che ci volessero tante persone per le riprese di solo una piccola parte del film.

Il mio telefono vibra con un messaggio.

Galena: *Kevin è eccitato. Non sapevo che fosse un così grande fan di Harper. Sarà a casa tra un'ora. Sarà meglio che ci sia anch'io, perché dovremo firmare eventuali documenti. Lavorerò fino a tardi stasera per recuperare.*

Io: *Meraviglioso. E penso che sarà una buona cosa per tutti quelli coinvolti. Ci vediamo presto.*

Galena: *Sarà imbarazzante? Tu, io, Kevin.*

Io: *E Harper. Andrà tutto bene.*

Informo Harper degli ultimi sviluppi. Un momento dopo arriva il nostro pranzo e cominciamo tutti a mangiare. Il Generale mangia pianissimo. Harper e io finiamo il nostro pranzo proprio quando un coro di voci femminili la chiama.

«Oh mio Dio! È Harper Ellis» esclama Sydney, alzando le braccia.

«Sono una tale fan!» dice Jenna, portandosi una mano sul cuore.

«Anch'io!» dice Audrey sorridendo.

Le quattro amiche originali, inseparabili fin dalla prima elementare, riunite in un grande abbraccio di gruppo. Sono cresciuto con loro. Poco per volta sono tornate tutte, tranne Harper. Sydney è la proprietaria di questo posto, Jenna del Summerdale Sweets mentre Audrey è la bibliotecaria locale.

Harper nota il pancione di Jenna. «Guardati! Quando è previsto il parto?»

Janna si accarezza la pancia. «Il ventitré settembre.»

«Non vedo l'ora di conoscere baby Robinson» dice Harper. «E come sta la tua baby Robinson?» chiede a Sydney.

«È una Winters con il fuoco dei Robinson» risponde Sydney. «Wyatt è quello che passeggia avanti e indietro, cercando di farle fare il sonnellino. Lei preferirebbe restare sveglia tutto il giorno finché crolla di notte, piangendo disperata. È una che lotta.»

«Contro il sonno» dico.

Ridono tutte.

«E come va il libro, il tuo bambino?» chiede gentilmente Harper ad Audrey, cercando di includerla nel discorso sui bambini.

Audrey fa un cenno indifferente. «Non è la stessa cosa, ma sì, l'ho finito.» Fissa la pancia di Harper. «Aspetta, sei...»

«Sì!»

«Oddio, congratulazioni!»

Seguono un mucchio di congratulazioni e abbracci prima

che il Generale abbai: «Sedute, tutte quante, un po' di decoro. Questo è un ristorante elegante».

«Oh, grazie, signora Ellis» dice Sydney. «Comunque il nostro comportamento è tollerabile, dato che il ristorante è mio.»

Il Generale borbotta e poi si rivolge ad Audrey. «Potrei aiutarti per quanto riguarda gli uomini, sai.»

Nascondiamo tutti una risata. Ecco che arriva Cupido.

Audrey si porta una mano alla gola. «Non ho bisogno di aiuto, ma grazie comunque.»

Il generale mi indica con il pollice. «Hai perso la tua occasione con lui. Il suo cuore è già impegnato.»

Harper mi guarda. «Ooh, sei ancora con quella bruna carina con gli occhiali? Quella con cui ho fatto una fotografia l'ultima volta che ero qui?»

«Galena, beh, non esattamente. Ci sto lavorando.»

Il Generale mi dà una pacca sulla spalla. «Ho piena fiducia in te. Poi si volta verso Audrey. «Tu sei la prossima.»»

«La prossima per che cosa?» chiede Harper.

«Tua nonna crede di essere il Cupido della città» le dico.

«Io *sono* il Cupido di Summerdale» dice il generale. «Ho perso il conto di quante coppie sono riuscita a far mettere insieme, incluse voi, signore. Non negatelo!» Indica a una a una le ragazze prima di fermare il dito su Audrey. Tutte le donne restano ferme in silenzio. L'insegnante di terza elementare in pensione ha ancora il tocco magico.

Audrey ride nervosamente e si arrotola una ciocca dei lunghi capelli scuri sul dito. «In effetti, uscirò con una persona nuova domani sera. Ho scoperto che è un veterano, quindi era interessato a sentire delle ricerche sulla storia militare che ho fatto per il mio libro.»

Le sue amiche esplodono in un mucchio di domande.

«Chi?»

«Davvero?»

«Che cosa indosserai?»

«Non è niente di che.» Audrey si volta verso di me. «Ho

sentito che faranno delle riprese in città. Sarò lieta di offrire la biblioteca come location.»

Le donne scoppiano tutte a ridere.

«Che c'è?» chiede Audrey, offesa. «Potrebbe essere un momento romantico o pieno di suspense tra gli scaffali.»

«È un thriller» dice Harper. «Non credo che funzionerebbe. Comunque grazie.»

Jenna rivolge un sorriso ironico ad Audrey. «Allora, parlaci del tuo finto appuntamento, Aud.»

Audrey si arrotola nuovamente i capelli sul dito, con un'espressione colpevole. «Non è finito.»

«Conosciamo bene i tuoi segni rivelatori» dice Sydney, arrotolandosi una ciocca di capelli color Tiziano sul dito e assumendo un'aria colpevole.

Audrey lascia cadere i capelli. «È il dottor Russo, okay? È stato molto gentile con me quando ho portato Cinder per un altro check-up. Sta perdendo peso e non sappiamo perché. Sta facendo una dieta speciale e iniezioni di vitamine, quindi ci vediamo tutte le settimane.» Cinder è il suo gatto grigio. Una volta aveva una gatta bianca, di nome Ella, ma era scappata e non era mai tornata. Anni fa l'avevo aiutata a mettere cartelli in tutta la città cerando di trovarla.

Jenna la guarda con le sopracciglia inarcate. «Interessante. Come ha fatto a chiederti di uscire? È stato, oh, come sta Cinder, e andiamo a bere qualcosa insieme sabato sera?»

Audrey scuote la testa. «Non proprio.» Alza gli occhi al soffitto per un attimo prima di dire in fretta: «Ha detto: "Sei occupata sabato sera" e io ho detto di no e lui ha detto: "Andiamo a bere qualcosa insieme. Ci vediamo a Clover Park, al bar Happy Endings".»

Il generale mi guarda come per farmi una domanda. Non so se Audrey stia dicendo o meno la verità. Chi potrebbe biasimarla se vuole evitare le attenzioni da Cupido del Generale?

Audrey parla lentamente, come se stesse pensando allo stesso tempo. «Beh, ecco, abbiamo parlato del mio libro e di come l'associazione Best Friends Care aiuti i veterani e perché il dottor Russo sostiene questa causa. È stato congedato dai Marine per ragioni mediche dopo essersi rotto una gamba. Adesso sta meglio ma non è in condizioni di combattere. Poi ha studiato veterinaria e adesso è qui.»

«Sembra effettivamente vero» dice Sydney.

Audrey si attorciglia i capelli e poi li lascia cadere. «Mmm-mmm noi ci parliamo.»

«Lo chiami ancora dottor Russo?» dice Harper. «Io lo chiamo Dominic.»

«Si è guadagnato il titolo» borbotta Audrey, distogliendo gli occhi.

«Wow! Vai Audrey!» Jenna alza una mano per battere il cinque e deve aspettare un bel po' prima che Audrey ricambi il gesto. «È un'ottima persona. Lavoro spesso con lui per sostenere il rifugio. È lì che ho preso il mio meraviglioso cane, Mocha.»

«Sono d'accordo» dice Harper. «Parlo spesso con lui riguardo a Best Friends Care.»

Sydney la guarda perplessa. «Allora perché non incontrarvi qui, Audrey? Hai sempre avuto qui i tuoi primi appuntamenti, in modo che potessimo darti il nostro parere.»

Audrey afferra il mio bicchiere d'acqua, beve un sorso e poi tossisce, soffocandosi.

Le batto sulla schiena. «Tutto bene?»

Drew Robinson appare dal nulla. «Stavi soffocando?»

Audrey ha la faccia rossa come un pomodoro quando lo allontana, con gli occhi pieni di lacrime. «Va tutto bene, mi è solo andata un po' d'acqua di traverso.»

«Che cosa ci fai qui, fratellone?» gli chiede Sydney prendendolo in giro.

Lo sguardo di Drew rimane fisso su Audrey, controllando che stia veramente bene. «Stavo cercando Audrey. Non era in biblioteca.»

«Tu sai che ha il permesso di uscire dalla biblioteca, vero?» gli chiede Jenna. Le piace rendere la vita difficile a Drew perché non si decide a fare qualcosa per la sua attrazione per

Audrey. È difficile dire se sia desiderio o profonda preoccupazione, ma è spesso dov'è lei, a controllare che tutto vada bene.

«Ah, ecco un vero uomo» annuncia il Generale, dando a Drew un'occhiata maliziosa anche mentre lo loda. «Un veterano con un'impresa sua. Abbastanza vecchio da volersi sistemare.» Si volta a guardarlo. «Ti farei mettere con Audrey, se non avesse già un appuntamento con un uomo con le stesse qualifiche domani sera.»

Drew fissa Audrey. «Hai un appuntamento con un uomo come me?»

Audrey arrossisce e si mette i capelli dietro le orecchie. «Non esattamente come te. Non è niente di speciale. Comunque, Harper è incinta.»

Lui dà un'occhiata ad Harper. «Congratulazioni.» Poi torna a guardare Audrey. «Chi è?»

«Il dottor Russo» dice Audrey con la voce rauca. Poi se la schiarisce. «Dominic, cioè.»

Drew incrocia le braccia. «Mi ero fermato solo per parlarti della nuova biografia di Eisenhower. Ho pensato che potrebbe interessarti dato che ti sei appassionata alla storia militare.»

«Grazie» gli risponde Audrey. «Lascia le informazioni al bancone e guarderò se posso ordinarla.»

Le donne lo guardano aspettando la sua risposta.

Finalmente Drew borbotta: «Certo. Devo tornare al lavoro».

«Ciao» dicono in coro le donne, tranne Audrey che ha ricominciato ad arrotolare i capelli sul dito e che, per qualche motivo, sembra in colpa.

Drew si avvia alla porta. Cambia appena il passo quando il Generale dice a voce alta: «Drew, tu sei il prossimo sulla mia lista da Cupido».

17

Galena

Okay, è surreale. La *Harper Ellis*, l'attrice di cui sono fan sfegatata fin dalla prima volta in cui l'ho incontrata, adesso è in casa mia e gliela sto facendo visitare! C'è anche Levi e temevo potesse essere un problema con Kevin, ma Kevin è così affascinato da Harper che è senza parole e ci segue in silenzio. Continua a lanciarle delle occhiate.

Finiamo il giro tornando in soggiorno.

«Hai una bella casa» dice Harper.

«Grazie» le rispondo, un po' senza fiato. Mi piace questa casa in stile coloniale, bianca con le imposte nere, costruita negli anni Settanta. È esattamente la casa con quattro camere e due bagni e mezzo con un cortile posteriore che sognavo da bambina. Il tipo di casa in cui una famiglia si può sparpagliare invece di vivere uno addosso all'altro come faceva la mia famiglia nell'appartamento. Anche se mi manca una famiglia. Niente figli, niente marito.

«Potete filmare qui per tutto il tempo che vorrete» dice Kevin eccitato. «Io andrò a stare da un mio amico.»

Resto a bocca aperta. Si trasferirà per Harper ma non per me? «A me sta bene. Posso stare anch'io da un'altra parte per il tempo che ci vorrà.»

Kevin annuisce come una bambolina da cruscotto.

Levi mi rivolge un lento sorriso sexy alle spalle di Kevin. Sento una vampata di calore. Probabilmente pensa che starò da lui. Non abbiamo parlato di rimetterci insieme, ma comincio a capire che tutta questa faccenda è il suo piano per farlo succedere in un modo che io posso accettare. Ho avuto un po' di tempo per pensarci e probabilmente nemmeno io apprezzerei che vivesse con una ex.

Harper controlla di nuovo il pianterreno, sembrando pensierosa. «Okay, mostrerò le fotografie che ho fatto al mio produttore, Claire, ma penso che sia okay. È utile che sia quasi una tela vuota. Non avete né pitturato né arredato tanto. Il nostro scenografo può facilmente renderla come vogliamo. Andrebbe bene se dessimo un nuovo look alla cucina? Ammodernare gli armadietti, i ripiani e il lavandino per renderla un po' più contemporanea? Gli elettrodomestici sembrano nuovi, quindi andranno bene.»

«Nessun problema.»

«A me sta bene» dico io.

Harper sorride. «Perfetto. Vi pagheremo per l'uso della casa. Manderò i documenti una volta ottenuto l'ok da Claire. Oh, dovrei anche dirvi che le riprese cominceranno tra un mese e ci vorranno due settimane. Potrebbe funzionare?»

«Sì» rispondiamo insieme Kevin e io.

«Posso offrirle da bere?» chiede Kevin ad Harper.

«Un po' d'acqua, per piacere.»

Kevin va in cucina con lei.

Mi volto verso Levi e sussurro: «Non avevo idea che Kevin fosse un tale fan di Harper. Giuro che se gli dicesse di saltare da un dirupo lo farebbe».

«È molto popolare, non mi sorprende.» Mi tira vicino e mi sussurra all'orecchio: «Questo è il mio tentativo di riconquistarti, senza Kevin tra i piedi. È lui il problema, non noi».

«Sono contenta di sentirtelo dire. Sono completamente d'accordo.»

«Trasferisciti da me.»

Mi manca il fiato. Vivere insieme non è un passo che faccio con facilità. «Solo per le due settimane di riprese.»

Levi mi bacia la tempia. «Per ora.»

Levi

Quando avevo organizzato l'accordo per le riprese a Summerdale, l'avevo fatto principalmente per staccare Galena da Kevin e dare una vera chance a noi due. Ovviamente è un bene anche per la città. Durante l'ultimo mese ho continuato a vedere Galena, attento a non imbattermi in Kevin perché se lo vedessi ci sarebbe un altro scontro e non servirebbe a nessuno. È stato difficile per me ma ne valeva la pena perché, una settimana dopo l'altra, Galena si è aperta nei miei confronti. Adesso che stanno filmando da una settimana tutto va benissimo tra noi due. Si è trasferita da me durante l'ultimo fine settimana.

Non solo è meraviglioso avere Galena che vive con me, ho anche passato moltissimo tempo guardando le riprese a casa sua quando è al lavoro. È fantastico vedere come il cast e la troupe lavorino insieme per creare una scena e raccontare una storia. Ho fatto un mucchio di domande a ogni membro della troupe, chiedendo loro del loro lavoro e ciò che richiede dal punto di vista tecnico.

Harper ha operato la sua magia con Kevin, che è sul set tutto il tempo per osservare. Ha preso due settimane di ferie e Galena dice che è inaudito per lui. Comunque ho spiegato ad Harper qual è la situazione con lui e lei gli permetterà di avere un barlume di fama. Speriamo che l'ascolterà, se sarà *lei* a dirgli che l'idea migliore è vendere la casa e voltare pagina.

Vedremo se un'attrice famosa può fargli cambiare idea. La logica non ha funzionato e so esattamente perché. È ancora innamorato di Galena. Non avrebbe mai dovuto lasciarla andare. Lui ha perso e ho vinto io.

Guardo girare una scena nella cucina appena ammodernata tra Harper e il suo marito nel film, Sam. Harper sta recitando la parte di un personaggio inquietante, all'apparenza una donna dolce e generosa ma che ha un lato oscuro.

Il regista grida: «Buona! Per oggi abbiamo finito».

La troupe ripone l'attrezzatura mentre gli attori si tolgono di mezzo.

Harper si avvicina. «Lunedì vorresti fare la comparsa nella scena del barbecue nel patio?»

«Certo. Che cosa devo fare?»

«Solo arrivare con un abbigliamento casual e tenere in mano un bicchiere stando sullo sfondo e fingendo di parlare con un'altra comparsa.»

«Okay. Ce la posso fare.»

Kevin si affretta a venire da noi. «Ottimo lavoro oggi, Harper. È incredibile quello che fai. Ho letto la sceneggiatura e sembra così piatta finché non la fai vivere.»

«Grazie» risponde cortesemente Harper. «Ti piacerebbe fare la comparsa nella scena del barbecue, lunedì?» chiede anche a Kevin.

«Certo. Assolutamente. A che ora?»

«Potresti arrivare per le undici?»

«Certamente.»

«Non ci sono battute, ma ti pagheremo. Chiedi i documenti a Diana.»

Kevin si precipita da Diana.

Mi chino verso il suo orecchio. «Dev'essere bello avere un tale potere. Gli uomini si precipitano a eseguire i tuoi ordini.»

Lei inclina la testa. «C'è gente che si impressiona quando incontrano qualcuno che hanno visto sul grande schermo o nel loro show preferito in TV. Inoltre, gente come lui spesso mi confonde con il personaggio che recito. Direi che lui è il tipo a cui piaceva il personaggio dell'AD tosto, che è stato il motivo per cui ho assunto Joe. C'era troppa gente che voleva farle abbassare la cresta oppure che facesse la dura con loro, in modo più intimo.» Coglie lo sguardo della sua guardia del corpo, Joe, che non è mai troppo lontano, con il suo aspetto minaccioso, grossi muscoli e tatuaggi sul collo.

Alzo una mano per salutarlo e lui mi fa un cenno con la testa.

«Come farai a convincere Kevin a vendere?» le chiedo sottovoce.

Lei mi tira il braccio per farmi avvicinare, sussurrando: «Gli dirò che se la casa fosse messa in vendita potrei essere interessata a comprarla. Summerdale è la mia città natale.»

Alzo la testa, sorpreso. «Davvero?»

«Lo scopo è che la metta in vendita. Chiunque *potrebbe* comprarla. Inoltre a me piace la nostra casa a Brooklyn. È vicina alla casa della famiglia di Garrett, proprio dall'altra parte della strada rispetto a quella di suo fratello Sean e mia cognata Josie. È la mia migliore amica e sorella onoraria. Sono contenta di venire qua spesso a trovare la nonna, ma, sai, la lontananza a volte ci fa amare di più una persona e rende più piacevole i rapporti. A volte mia nonna può essere un po' brusca.»

«Nooo, il Generale?»

Harper si mette a ridere. «La chiamano *tutti* così? Pensavo fossimo solo io e le ragazze.»

«Si è sparsa la voce.»

«Non è carino che sia diventata un Cupido da quando è in pensione?»

«Dipende. Forse se non sei tu quello che cerca di accoppiare.»

Harper mi stringe il braccio. «Lo so.»

Kevin si precipita nuovamente verso di noi, con gli occhi sgranati. «È tutto a posto. Sarò nel tuo film.»

«Splendido» dice Harper con entusiasmo. «Ti farò avere i biglietti per la prima in Città, così potrai vederti sul grande schermo quando uscirà il film.»

Kevin resta a bocca aperta, poi la richiude di scatto. «Davvero?»

«Certamente. È casa tua e adesso apparirai nel film.»

Kevin mi dà un'occhiata. «Sono invitati tutti?»

«La disponibilità è limitata» risponde solennemente Harper. «Facciamo sempre una lista di VIP.»

Kevin si passa entrambe le mani tra i capelli biondi, continuando a guardarla estasiato. «Wow. Okay. Grazie!»

«Prego. Devo andare.» Saluta la folla che si sta preparando ad andare. «Buon fine settimana!» Mi abbraccia per salutarmi ed esce, con Joe alle calcagna.

«Sei molto amico con lei, vero?» mi chiede Kevin.

«Siamo cresciuti insieme.» Poi non riesco a fare a meno di vantarmi un po'. «L'ho portata al ballo della terza media.»

«Pensi che manterrà la promessa di farmi avere i biglietti per la prima?»

«Certamente.»

«Tu andrai?»

«Non so se mi inviteranno.»

«Non ti ha detto niente?»

«No.»

Kevin si strofina le mani sui jeans ed emette un respiro tremante. «Okay, okay. Devo vedere che cosa indossare per la mia scena. Non riesco a credere che stia veramente succedendo. Io in un film, e alla prima con Harper Ellis.»

Prima che possa dirgli che sarà invitato alla prima ma non andrà effettivamente con Harper, Kevin si precipita fuori dalla porta, scontrandosi con il microfonista. «Scusa!»

Io aiuto la troupe a caricare l'attrezzatura nel furgone, parlando con loro. L'intero procedimento mi affascina, come Harper affascina Kevin. Adesso possiamo solo sperare che il suo fascino sia sufficiente per fargli fare la cosa giusta.

Preparo la cena in tempo per l'arrivo a casa di Galena. Il suo piatto preferito del mio limitato repertorio: spaghetti al ragù, preparati con salsa al pomodoro fatta in casa. Lo confesso: compro la salsa al mercato contadino. Conta comunque.

Galena entra usando la sua chiave e Baxter corre da lei, abbaiando felice. Agita forte la coda mentre si precipita contro le sue gambe Sadie accorre un momento dopo e si ferma in scivolata di fronte a Galena che si accuccia per accarezzare entrambi i cani. «Bravo il mio ragazzo. Brava la mia ragazza.»

Baxter le annusa l'orecchio e lo lecca, infilandole il naso nei capelli.

Galena ridacchia e si raddrizza. «Qui dentro c'è un profumo divino. Hai fatto il mio piatto preferito?»

Mi avvicino e le avvolgo intorno le braccia. «Sì. Come stai?»

Mi abbraccia anche lei. «Ho fatto progressi con l'analisi degli ultimi dati per il farmaco contro l'Alzheimer. Sembra promettente. Come sono andate le riprese?»

Galena va in cucina e la seguo, eccitato al pensiero di raccontarglielo. «È veramente fico. Ho imparato moltissimo su come funzionano le videocamere e le angolazioni che servono per le diverse scene.»

«Ti piace veramente l'aspetto tecnico, vero?»

«Non solo la parte tecnica. Il mestiere che ciascuno di loro mette in campo. Dalla progettazione agli oggetti di scena, all'illuminazione. Ognuno di loro è un artista a pieno titolo e lavorano insieme per creare il loro progetto, una storia da mostrare al mondo.»

Galena si lava le mani e prende un bicchiere d'acqua. «Hai mai pensato di diventare un cineasta?»

La fisso, stupefatto da quell'idea. «No, non l'ho mai preso in considerazione in termini di carriera, niente in quel campo. Sembra una cosa lontana, da Hollywood.»

«C'è parecchia roba che viene filmata anche a New York.»

«È quello che ha detto Harper.»

Galena sorride. «È una cosa da tenere presente.»

Spengo il fornello sotto la salsa, pensandoci. Ho delle responsabilità nei confronti di Summerdale. Questa comunità si è fatta avanti per me e la mia famiglia dopo la morte di mio padre. Servire come sindaco è il mio modo di ripagare il debito. Mi hanno sempre votato. Ovviamente non si era candidato nessun altro.

D'altro canto, non volevo aprirmi a nuove esperienze?

Quel senso di tragedia imminente si è attenuato con Galena nella mia vita. Non ho più sentito la necessità di accumulare esperienze prima di finire il tempo concessomi. Forse era solo l'amore che stavo cercando per sentirmi finalmente in pace?

«Kevin è rimasto lì di nuovo per tutta la giornata?» mi chiede Galena, distogliendomi dai miei pensieri.

«Per quanto ne so. Sarà una delle comparse lunedì ed è eccitato come un bambino. Sei interessata a fare la comparsa anche tu?»

«Io? N-o-o-o.»

«Perché non vuoi avere intorno Kevin per tutta la giornata?»

«Esatto e non mi interessa stare davanti a una videocamera. Rabbrividisco al pensiero. Nel caso in cui non l'abbia notato, non mi piace stare al centro dell'attenzione. Sono contentissima di stare sullo sfondo, a fare il mio lavoro.»

«Allora perché avevi accettato di finire sulla rivista col tuo matrimonio?»

«Per fare un favore a Kayla.»

«Anche se rabbrividisci al pensiero?»

Galena fa spallucce. «Adesso non importa più.»

«Kevin prova ancora qualcosa per te.»

Lei mi bacia. «Io ho voltato pagina.»

Servo la cena e appoggio i piatti sul tavolo ripensandoci. Adesso che vive con me le credo quando mi dice che con lui è finita. Eppure una parte di me non riusciva a crederle quando vivevano insieme. Che cosa succederà quando finiranno le riprese?

Mangiamo insieme, come facciamo da una settimana. Baxter e Sadie si mettono sotto al tavolo, sperando che cada qualche briciola. Mi potrei abituare. È così facile stare con lei, così facile parlare e il suo modo di vedere le cose è sempre unico. Le racconto tutto ciò che ho imparato chiacchierando con il direttore della fotografia che non si limita a gestire le videocamere ma anche le luci, la parte elettrica e le attrezzature. Il direttore della fotografia è il capo dei cameramen e inoltre allestisce la scena come la vuole il regista.

Finiamo di mangiare e Galena sparecchia, risciacquando i piatti e mettendoli nella lavastoviglie. Ci dividiamo sempre i compiti in questo modo. Uno cucina e l'altro pulisce. Resto accanto a lei al lavandino, con un pensiero che mi ronza in testa.

«Che c'è?» mi chiede Galena, alzando gli occhi.

«Non ho detto niente.»

«Mi stai guardando come se avessi qualcosa da dire. Che cos'è?»

«E se Kevin non avesse cambiato idea sul matrimonio? Adesso potresti essere sposata.»

«Vero.» Galena chiude la lavastoviglie e si asciuga le mani con un canovaccio. «Ci ho pensato a lungo e il fatto è che probabilmente sarei stata soddisfatta. Avevamo già vissuto insieme per due anni senza mai litigare. Sarebbe stata una decisione sicura, logica, ma spero che a un certo punto mi sarei resa conto che in una relazione c'è di più che non essere semplicemente compatibili.» Mi mette le mani intorno al collo e mi rivolge un sorriso sexy.

In me tutto si mette sull'attenti, compresa *quella* parte. «Sì?»

«Sì. Come la passione, l'eccitazione, divertirsi facendo delle cose insieme invece di lavorare e basta.»

«Come fingere di essere sposati a un ricevimento nuziale?»

«Esattamente.»

«E giocare alle slot machine a Las Vegas.»

«Mmm... A volte. E, cosa più importante, dividersi i compiti.» Sorride maliziosamente. «È importante. Una relazione dovrebbe essere a doppio senso.»

Le metto le mani sui fianchi e la sollevo sul ripiano. «Relazione, eh? Siamo a questo punto?»

«Finalmente, giusto? Perché ci hai messo tanto a capirlo?»

La bacio e la sento sorridere contro le mie labbra. «Quindi mi stai dicendo che incontrarmi ti ha mostrato che c'era un altro modo per avere una relazione.» Mi metto tra le sue gambe, tirandola vicina e baciandola con passione. «Un modo migliore.»

Galena reagisce con uguale passione. Il desiderio esplode mentre le infilo le mani nei capelli tenendola vicina.

È mia. Deve essere mia.

18

Galena

Prendo un giorno libero per guardare l'ultimo giorno di
riprese. È un procedimento lento e noioso, molto più lento di
quanto pensassi potesse per finire una scena. Mi ritrovo a
guardare i due uomini della mia vita più che come attori. C'è
Levi, che osserva attentamente e parla con gli uomini della
troupe tutte le volte che può, e poi c'è Kevin, fissato con
Harper. E la cosa buffa è che Levi e Kevin sono rimasti nella
stessa casa per due settimane e non si sono praticamente detti
una parola, buona o cattiva. È come se entrambi fossero
troppo presi dalle riprese per curarsene.

Guardo quella che spero sia la sesta e ultima ripresa dei
personaggi di Lila e Sam che si salutano prima che Sam vada
al lavoro. A questo punto sospetta di Lila, ma lei ha una spiegazione per tutto. Su come è morto il loro pappagallo, dov'è
finito il suo maglione preferito, perché i suoi genitori avevano
annullato la cena la stessa sera in cui lei aveva invitato un
collega a cena. Non ho letto il copione, quindi non so che cosa
sta succedendo. Levi dice che sono tutti indizi per mostrare
che cosa ha in mente Lila, che ha in programma di uccidere
Sam per ereditare i suoi soldi. Levi dice che ci sono un

mucchio di colpi di scena ma non voglio spoiler. Vedrò il film quando uscirà, la prossima estate.

Finalmente il regista dichiara buona la scena e tutti si preparano ad andarsene, imballando l'attrezzatura e parlando allegramente.

Kevin viene da me, con la fronte aggrottata. «Non riesco a credere che sia finito così presto.»

«Sono state due settimane. Poi continueranno a fare le riprese in Città.»

«Mi chiedo se potrei fare la comparsa anche là.»

Lo fisso. «Quanti giorni di ferie hai intenzione di prendere?»

Lui mi guarda come se fossi io quella che si sta comportando in modo strano. «Galena, non ho mai preso un giorno di vacanza da quando ho cominciato a lavorare al laboratorio, quattro anni fa. Ho accumulato parecchi giorni, specialmente visto che non sono venuto in luna di miele a Las Vegas. Grazie al cielo. Posso permettermelo.» *Sì, grazie al cielo.* Agita forte la mano. «Harper! Posso parlarti per un momento prima che te ne vada?»

Lei sorride. «Certo, solo un minuto mentre finisco qui.»

«Harper e io parliamo tutti i giorni» mi dice Kevin. «Mi riserverà i biglietti per la prima. Potrei chiedere se vuoi venire anche tu.»

«No, grazie. Dovresti chiederlo a qualcun'altra.»

Kevin si strofina le mani, il suo solito comportamento, scoppiettante di energia. «Chi non vorrebbe andare a un evento così fico?»

Sono sorpresa di sentirglielo dire. «Giusto.»

Kevin mi guarda negli occhi. «Scusa, è stato scortese. Tu e io abbiamo rotto non molto tempo fa e abbiamo una storia. Non avrei dovuto menzionare di portare qualcuno.»

«Kevin, va tutto bene. Voglio che tu sia felice con qualcun'altra.»

Lui controlla se qualcuno sta ascoltando e poi mi confida: «Sei l'unica donna con cui ho avuto una relazione. Non so se troverò mai qualcuno come me».

Cerco le parole per dirgli gentilmente che ho voltato pagina e che dovrebbe farlo anche lui. «Grazie per avermelo detto, ma...»

«Ehi, Harper!» dice con decisamente troppo entusiasmo quando lei appare davanti a noi.

Rabbrividisco. Spero di non essere risultata una fan così sfegatata quando l'ho incontrata la prima volta.

«Sono lieta di trovarvi entrambi» dice Harper. «Siete entrambi invitati alla prima del film, ovviamente. Sarò alla prima del film di Claire Jordan in Città la settimana prossima e, se volete, potrei farvi avere i biglietti anche per quella. So che è stato un inconveniente buttarvi fuori di casa. È il meno che posso fare.»

«Verrò! Grazie per la tua generosità» esclama Kevin prima che riesca a dire una parola.

«Grazie» dico io. «Controllerò con Levi. Se è veramente interessato a tutto il procedimento per realizzare un film probabilmente gli piacerà vederlo.»

Harper sorride. «L'ho notato anch'io. Gli ho detto che potrei metterlo in contatto con qualcuno che potrebbe orientarlo nella direzione giusta per scegliere un programma in ambito cinematografico.»

«Sembra eccitante.» Penso a come Levi fosse così entusiasta di provare cose nuove e come questo sembri tutto un nuovo mondo per lui. Ma significherebbe lasciare Summerdale?

«Mi piacerebbe continuare a vedere le riprese in Città» dice Kevin ad Harper. «Potrei fare la comparsa anche lì. Non dovreste nemmeno pagarmi.»

Harper e io fissiamo entrambe Kevin. Joe, la guardia del corpo, si avvicina mettendosi di fianco a Kevin che lo guarda e deglutisce forte.

«Non sono pericoloso, lo giuro» dice Kevin. «Ma non mi ero mai divertito tanto come quand'ero sul set e facendo la comparsa. Per me è come una vacanza.»

Harper continua a sorridere, ma il sorriso è un po' cauto. «Sono lieta che ti sia piaciuta quest'esperienza. Dovrem farti sapere riguardo al resto.»

«Certo, va bene. Avete il mio biglietto da visita.»

Poi ci guarda entrambi. «Parlando d'altro, questa casa mi piace veramente e mi chiedevo se aveste pensato di metterla in vendita.»

«Vuoi comprare la nostra casa?» chiede Kevin, incredulo. «Verresti a vivere a Summerdale?»

Harper alza le mani. «Vengo da qui, dopotutto. È una possibilità. Oppure potrei conoscere qualcuno interessato. Tanti dei miei amici in città stanno pensando di trasferirsi nei sobborghi, per avere più spazio.»

«Sì, assolutamente» dice Kevin. «Galena e io abbiamo parlato di vendere, giusto, Galena?»

«Sì» dico immediatamente. Più che altro io parlavo e lui mi ignorava, ma va bene lo stesso.

«Perfetto!» dice allegramente Harper. «Fatemi sapere quando sarà messa sul mercato. E grazie a entrambi per averci permesso di usare la vostra casa.»

«Prego» dico io.

«È stato un piacere» dice Kevin.

Harper mi sorride e poi se ne va. Kevin crolla sul divano, con un'espressione stordita.

L'addetta al guardaroba, una bella rossa sui trent'anni, si siede accanto a lui. «Allora ti vedrò anche la settimana prossima alle riprese?»

Kevin spalanca gli occhi. «Sì. Ti piacerebbe venire alla prima del film di Claire Jordan con me?»

«Mi piacerebbe.»

Mi sposto, senza sapere esattamente dove dovrei essere in questo momento. Kevin sta finalmente cambiando idea. I suoi nuovi amici probabilmente lo scaricheranno quando tornerà a lavorare in laboratorio, ma ehi. Lasciamogli godere questo momento di pausa.

E io? Devo tornare a vivere in questa casa per mantenere i miei diritti o dovrei stare con Levi finché sarà venduta? Forse è troppo chiedere a Levi di sopportare che viva con il mio ex e la sua casa è comoda. Ma sto facendo semplicemente la cosa più facile, saltando in un'altra situazione di convivenza con il mio nuovo ragazzo? Forse sarebbe meglio se passassi un po' di tempo vivendo da sola. A quel pensiero il mio buonumore svanisce.

Kevin mi chiama. «Galena, ti presento Iris. È un genio con il guardaroba. Iris, questa è la mia... amica, Galena. Per ora siamo coinquilini. Avrò un posto tutto mio appena venderemo questa casa.»

«Io sto cercando un coinquilino» dice Iris, mettendogli una mano sulla gamba. «Se vivrai in città.»

Kevin annuisce parecchie volte continuando a parlare. «Io lavoro in zona ma non mi dispiacerebbe stare da te la settimana prossima, per le riprese e la prima.»

Iris gli porge la mano da stringere. «Affare fatto. Pagherai le provviste e saremo pari.»

«Pagherò di più» dice Kevin, magnanimo. «Controllerò il prezzo di un Airbnb per quella zona e ti pagherò l'equivalente. È la mia vacanza. Qual è l'indirizzo?»

Iris giocherella con i capelli sulla nuca di Kevin. «Sei troppo carino. Potrei conoscere un altro modo per arrivare a un accordo.»

Kevin si alza di colpo dal divano. «Vado a fare le valigie.»

Lei ride. «Fantastico.»

Immagino che resterò qui da sola. O forse è ora di fare anch'io le valigie, lasciare che Paige prepari la casa per la vendita e finalmente lasciarla andare. Posso restare con Levi finché potrò permettermi di comprarmi un posto tutto mio. Qual è la cosa giusta da fare? Sono così confusa.

Espiro lentamente. Ci potrebbe essere qualcosa in quello che avevano detto i miei genitori di non vivere insieme prima del matrimonio. Non ho imparato la lezione con Kevin? Ho il cuore che batte forte. Sposata? Non so nemmeno se Levi ci abbia pensato. Quando eravamo a Las Vegas aveva detto che un giorno mi avrebbe sposata ma eravamo a letto. Conta? E io sono pronta?

Levi

«Sei la benvenuta se vuoi restare» dico quando Galena fa le valigie. Mi sento stringere lo stomaco.

Siamo in camera mia. Non me lo aspettavo. Pensavo fosse tutto a posto per noi una volta che Kevin se ne fosse andato e la casa fosse in vendita. Era rimasta qui solo tre giorni mentre allestivano la casa per la vendita, ma, una volta sul mercato, Galena aveva deciso di tornare lì. Non ha senso. Dovrà tenerla in condizioni perfette per gli eventuali compratori. Sarebbe molto più facile restare con me. Ne abbiamo già discusso ed è decisa ad andare.

Mi lancia un'occhiata prima di tornare a fare le valigie. «Penso che sia meglio se vivo da sola per un po'. Sono passata da una relazione all'altra e devo solo esserne sicura, capisci?»

Sento un groppo in gola. «Sicura di che cosa?»

«Che non sto, sai, semplicemente usando i sentimenti per te per proteggermi dal provare tutto quel dolore. Sono passata dalla sposa piantata in asso a una luna di miele con te. Tranne per una settimana, siamo sempre stati insieme.»

Le prendo la mano e la tiro sul letto accanto a me. «Sono confuso, pensavo che ci fosse qualcosa di bello tra di noi.»

«È così. Ho solo bisogno di essere sicura di alcune cose.»

Le metto la mano sulla guancia e lei chiude gli occhi, chinandosi verso la mia mano. «Io sono sicuro.»

Galena si toglie la mia mano dal volto e la tiene stretta. «Non è la fine. Voglio continuare a vederti, ma non voglio che viviamo insieme. Non fino a che...»

«Fino a che cosa?»

Galena scuote la testa. «Devo vivere da sola per un po'. Dopo aver venduta la casa, ne cercherò un'altra che mi posso permettere.»

«A Summerdale?»

«Immagino di sì, se troverò qualcosa. Andrà bene, purché possa trovare una casa che mi permetta di fare la pendolare.»

La disperazione si fa strada. Si sta allontanando da me proprio quando abbiamo una strada libera davanti a noi. Non ci sono più situazione domestiche incasinate. «Potresti semplicemente trasferirti da me dopo aver venduto. Ho spazio a sufficienza. Risparmia i soldi per qualcos'altro.»

«Ma questa è casa *tua*. Voglio qualcosa che sia mio. Sono cresciuta in un piccolo appartamento affollato con tre generazioni della stessa famiglia. Tutto ciò che volevo era una casa in cui potermi allargare e avere i miei spazi. Finalmente sono in grado di farlo.»

Mi sforzo di restare calmo, di cercare di capire. «Quindi vuoi semplicemente restare da sola?»

«No, voglio un posto mio.»

«Io ho una casa mia da tanto tempo. Non è il massimo. Devi occuparti di tutti i problemi e ci si può sentire soli.» *Non mi ero mai sentito solo finché hai cominciato a mancarmi.*

Proprio allora Baxter mi appoggia la testa sulla gamba per commiserarmi. Lo gratto dietro le orecchie, apprezzando la sua lealtà. Sadie si avvicina, seguendolo come al solito.

«Come puoi sentirti solo quando hai questo ragazzone?» mi chiede Galena. «E Sadie la tua ragazza.» Sadie si lancia verso Galena e le sale in braccio. Galena l'abbraccia e l'accarezza.

«Giusto.»

Galena mi guarda da sopra a Sadie. «Inoltre hai detto che ti iscriverai a un corso di cinematografia in Città. Hai una nuova avventura davanti a te, una nuova strada.»

«È solo un corso. Stavo pensando di fare un documentario sul rifugio per gli animali qui in città e l'associazione Best Friends Care. Potrebbe essere un esempio per gli altri rifugi. È stato tutto realizzato con le raccolte fondi della comunità e gli sforzi di un veterinario appassionato.»

«E non dimenticare Harper, la maga.»

«Già.» Ma alla fin fine la magia di Harper non è riuscita ad aiutarmi con Galena. La voglio dal primo giorno e lei sta tergiversando.

Galena rimette Sadie sul pavimento. «Okay, vado a casa, ma vieni a cena stasera.»

Stringo le labbra. «Posso passare lì la notte o interferirebbe con il tuo voler vivere da sola?»

Galena non percepisce assolutamente il mio sarcasmo. «Non puoi passare là la notte. Hai due cani di cui occuparti.»

«Potrei portarli con me.»

«Immagino di sì» dice senza molto entusiasmo.

Talmente poco entusiasmo riguardo al fatto di mettermi a mio agio a casa sua che il malumore prevale. Alzo le mani. «Okay, lascia perdere.»

«Che cosa significa esattamente? Niente cena?»

«Significa che sono stanco di aspettare che tu decida se sono alla tua altezza.»

«Tu sei all'altezza. Ho solo bisogno...»

«Tempo» finisco per lei.

«E spazio.»

«Prenditi tutto il tempo e lo spazio che vuoi. Non ti posso promettere di essere qui quando finalmente deciderai che io ne valgo la pena.»

Galena si siede accanto a me e si appoggia al mio fianco. «Non è così. Non ha niente a che vedere con te.»

«A me sembra proprio di sì.» Mi alzo. «Porto i cani a fare una passeggiata. Ci vedremo in giro. Baxter, Sadie, passeggiata.»

I cani si precipitano fuori dalla porta prima di me, eccitati. Sento una stretta al petto, ma mi rifiuto di voltarmi. Anche quando sento un lieve singulto.

Non posso semplicemente continuare ad avere un ruolo di secondo piano rispetto al suo ex. Fa troppo male.

E adesso che cosa farò con l'anello di fidanzamento che ho comprato?

19

Galena

Allora, ho scoperto che vivere da soli non è poi questa gran cosa. E non è nemmeno il fatto che ho tutta la casa per me. La mia vita sembra vuota perché ho perso l'amore. Dopo tre giorni passati nella mia ritrovata indipendenza, mi rendo conto non solo che l'amore che provavo per Kevin non assomiglia nemmeno lontanamente a ciò che provo per Levi e comincio a chiedermi se Kevin e io non vivessimo semplicemente una situazione da migliori amici e coinquilini. Non c'erano passione o sentimenti forti, in nessun senso e sicuramente non c'era eccitazione al pensiero di un futuro insieme. Io mi sentivo semplicemente a mio agio. Devo riconquistare Levi e, con l'aiuto di Kayla, ho un piano per riuscirci.

È un buon piano? Uhm, forse? Oppure potrebbe essere l'idea peggiore che abbia mai avuto.

Tiro verso le ginocchia l'orlo dell'abitino rosso mentre scendo dall'auto. È nuovo e un po' più corto di quelli che porto di solito. Tirarlo verso il basso è indispensabile perché non porto niente sotto. Kayla ha insistito che devo sedurre Levi e poi dargli il colpo di grazia con la mia dichiarazione d'amore. È l'unico modo per superare le difese che ha alzato nei miei confronti. L'ho visto due volte al lago, mentre portava a passeggio i cani. Era stato cordiale e educato, proprio com'è con chiunque altro in città.

Espiro forte e suono il campanello a casa di Levi. *Aroo! Arf! Arf! Arf!* Almeno so che Baxter e Sadie hanno dato l'allarme, indicando che c'è qualcuno alla porta.

Mi guardo intorno, assicurandomi che nessuno dei vicini di casa sia testimone del mio tentativo di seduzione. Potrei tranquillamente lanciarmi su di lui. È la prima settimana di settembre e sta cominciando a rinfrescare dopo il calore estivo. Mi do un'occhiata al petto, sperando che i capezzoli non siano visibili dato che non ho messo il reggiseno. Finora tutto bene.

La porta si apre davanti a una ragazza stupenda da lunghi capelli castani, che indossa una canottiera e cortissimi shorts. *Merda.* Levi è già passato oltre. Sono passati solo tre giorni ma capita. Ributti in acqua il pesce che hai pescato e qualcun altro lo raccoglie. Mia sorella mi aveva avvertito che non avrei dovuto aspettare troppo con un uomo come Levi.

«Posso aiutarla?» mi chiede.

«Uhm...» Ho i piedi incollati sul posto anche se la mente mi urla di andarmene.

«Chi è?» Levi appare proprio alle sue spalle, senza maglietta e con un asciugamano sulle spalle. Almeno ha i jeans.

«Non importa» squittisco, mi volto e mi allontano in fretta, almeno quanto me lo permettono le scarpe con il tacco a spillo di Kayla.

«Galena, aspetta!»

Lo saluto agitando una mano, senza voltarmi. «Vedo che sei occupato.»

Mi affretto ad andare all'auto e apro la portiera. Forti braccia mi avvolgono da dietro. Sono troppo umiliata per lottare. Resto lì, mordendomi il labbro e cercando di non piangere.

«Hai un bel vestito» mi dice Levi all'orecchio.

«Grazie» dico rigida.

Lui richiude la portiera con il piede, continuando a tenermi. «Perché sei scappata?»

Cerco di divincolarmi e Levi allenta la presa abbastanza da permettermi di voltarmi a guardarlo. «Sembravi occupato.»

Lui si spinge indietro i capelli bagnati. «Ero appena uscito dalla doccia dopo una corsa. Avevo bisogno di schiarirmi la testa.»

Guardo verso casa sua e vedo la sua nuova ragazza che ci osserva dalla finestra. «Probabilmente dovresti tornare dalla tua ragazza.»

Levi si volta e le indica di togliersi dalla finestra.

Lei appare sul portico e incrocia le braccia. «Maleducato.»

Lui sospira e abbassa la testa.

Lei si avvicina e per un momento non so se abbia intenzione di prendere a schiaffi me o Levi. Invece gli ficca un dito nel fianco. «Presentami la tua ragazza.»

«Abbiamo rotto» dico. «Tre giorni fa e io-io non sarei dovuta venire. Scusami.» Cerco di aprire la portiera ma la mano di Levi la tiene chiusa.

«Galena, ti presento Avery, mia sorella. È venuta a trovarmi mentre suo marito è in missione.»

Guardo Avery, poi Levi e poi di nuovo Avery. I colori sono simili, ma non si assomigliano. Avery ha gli zigomi alti, un lungo naso sottile e labbra piene. Levi ha il naso più largo, un po' all'insù e labbra più strette. Immagino che possa avere gli zigomi alti sotto quella barba.

Mi tiro giù il vestito, cercando invano di farlo diventare più lungo.

«Avevamo intenzione di andare all'Horseman Inn per il pranzo» dice Levi. «Vuoi venire con noi?»

Mi immagino immediatamente seduta al ristorante con il sedere nudo, su una sedia o, peggio ancora, su uno sgabello al bar, dove il vestito risalirebbe fino a mostrare quasi tutta la gamba e forse anche il fianco e il sedere. «Non posso.»

«Certo che puoi» dice Avery. «Inoltre voglio conoscere la donna che ha ispirato il mio fratellone a...»

«Prendere un altro cane» finisce Levi per lei. «Baxter aveva bisogno di un amico.»

Aggrotto le sopracciglia, confusa. È stata un'idea di Levi. C'è qualcosa in ballo. Avery e Levi stanno avendo una specie di comunicazione silenziosa. Lei inarca le sopracciglia e gli dà un'occhiata carica di un significato che non capisco. Lui invece sembra che l'abbia capita. Stavano parlando di me prima che mi facessi viva per il mio grande tentativo di seduzione?

Oddio, è imbarazzante. L'unica volta in cui tento di ostentare la mia sessualità ed è tutto mischiato con un'uscita pubblica a un ristorante con sua sorella.

Il sudore mi fa scivolare gli occhiali sul naso. Avrei dovuto portare le lenti a contatto! Spingo a posto gli occhiali. «In effetti mi sono fermata solo per salutare. Vado a pranzo da Kayla, alla porta accanto.»

«Indossi un vestito che spacca per andare a pranzo con un'amica?» chiede Avery.

Sento il calore salirmi sul collo. «Dovrei andare.»

Levi mi afferra il braccio prima che riesca a scappare. «Inviterò anche lei e Adam.»

Allontano discretamente la sua mano dal braccio e rifletto se salire in auto o andare a casa di Kayla, come se fosse quello che avevo in programma.

«C'è qualche problema?» chiede Avery.

Scuoto la testa. «No. Nessun problema. In effetti, non ho molta fame. È stato un piacere conoscerti.»

Avery mi rivolge uno sguardo d'intesa e arretra di qualche passo, indicandomi di seguirla. Vado verso di lei proprio mentre si alza la brezza, obbligandomi a tenere abbassato il vestito con entrambe le mani. La cinghia della borsa scivola dalla spalla e resta appesa al polso; la borsa mi finisce tra le gambe, ma non oso sistemarla.

«Penso di sapere che cosa sta succedendo» mi dice Avery sorridendo. «Hai bisogno di passare un po' di tempo da sola con Levi per parlare seriamente della vostra relazione. Levi dice che non c'è niente di cui discutere ma non l'ho mai visto così giù. Non ci sono problemi. Vado a prendere qualcosa da mangiare e riporterò qualcosa anche per voi due.»

Kayla appare sul suo portico e ci saluta. «Ehi, gente. Ci piacerebbe unirci a voi per il pranzo.»

Volto di colpo la testa verso Levi, che ha in mano il telefono. A quanto pare ha mandato loro un messaggio. Un momento dopo, Adam appare accanto a Kayla e insieme vengono verso di noi.

Guardo la mia auto e poi la faccia preoccupata di Avery.

«Non hai intenzione di scappare prima del grande chiarimento, vero?» mi chiede sottovoce.

Kayla mi abbraccia. «Mi piace quel vestitino rosso. Ti ho detto che avrebbe funzionato.»

«Sono appena arrivata» sussurro.

«Lavori in fretta!»

Levi piega la testa. «Che cosa sta succedendo?»

«Voi due dovete parlare» dice Avery. «Prenderemo da mangiare anche per voi. Inoltre posso fare una chiacchierata con Adam e conoscere meglio Kayla.»

Prima che riesca a protestare, Kayla, rendendosi di colpo conto che non ho ancora fatto la mia mossa, prende a braccetto Avery e la guida verso il vialetto della casa sua e di Adam. «Guido io» dice Kayla. «Adam mi ha parlato di te. Ti piace vivere in Germania?»

Levi mi guarda negli occhi. «Vuoi entrare?»

Io fisso l'abitino rosso che avrebbe dovuto fare tutto il lavoro al posto mio. La grande seduzione adesso sembra così fuori dalla mia portata. Da quando sono la gattina sexy che fa impazzire gli uomini tanto da far loro dimenticare che in quel momento non sono molto contenti di me?

«Certo» dico.

Levi va verso la porta e la tiene aperta per me. «Non mi sembri molto entusiasta.»

Entro e i cani mi corrono incontro, saltando alle mie gambe nude, graffiandomi la pelle sensibile con le unghie.

Saltello in giro, alzando le gambe per evitarli, in una danza folle. «Ahi, seduti.»

«Seduti» ordina Levi e afferra entrambi i collari, aspettando che obbediscano. Finalmente si siedono entrambi e Levi li lascia andare, con lo sguardo che va dalle mie gambe leggermente arrossate ai fianchi appena coperti, soffermandosi sul mio seno libero, con i capezzoli che premono sul tessuto sottile. Sembra che a loro Levi piaccia. Poi mi guarda negli occhi.

«Galena, sei nuda sotto quel bel vestito?»

Do una pacca al vestito. «Sì! Avevo intenzione di sedurti fino a farti dimenticare di essere arrabbiato con me e adesso non so che cosa diavolo stessi pensando.»

Levi mi mette le braccia intorno alla vita, tirandomi vicina. «Non sono arrabbiato con te.»

Gli appoggio le mani sul petto e sento il suo cuore che batte forte come il mio. «No?»

Lui scuote la testa.

«Volevo fare un grande gesto. Seduzione seguita da una dichiarazione d'amore.»

Levi fa scorrere la mano lungo la mia spina dorsale, fermandosi in vita. «Continua pure.»

Vabbè, sono arrivata fino a qua. Abbasso la cerniera e lascio cadere il vestito, poi lo scavalco. «Ti amo. Mi manchi.»

Levi mi divora con gli occhi dalla testa ai piedi. Quando parla sembra senza fiato. «Dio, sei bella.»

Trattengo il fiato, nuda davanti a lui, corpo e cuore esposti. Posso aver scatenato il suo desiderio ma il resto?

Levi mi prende il volto tra le mani e appoggia la fronte alla mia. «Ti amo anch'io. Ti ho sempre amata.»

Mi sento stringere la gola per l'emozione, mi scendono le lacrime. «Mi dispiace che ci sia voluto tanto tempo per fidarmi e aprirti il mio cuore.»

Gli si riempiono gli occhi di lacrime. «Non scusarti. Avevi bisogno di tempo. Ero io quello che faceva troppe pressioni. Sono solo felice che tu sia tornata.»

«Nuda, oltretutto.»

Ridiamo insieme.

Poi mi prende in braccio e mi porta di sopra per la seduzione che non è andata come avevo progettato, ma che aveva comunque funzionato.

L'amore vince contro ogni probabilità. Non avrei mal calcolato questo esito.

EPILOGO

Tre settimane dopo...

Levi

«Puoi ripeterlo?» Guardo il dottor Russo oltre la videocamera, il nostro veterinario locale. «Come fai a decidere quale dei cani sarà un buon cane da terapia?»

Siamo nella sala d'attesa del suo studio veterinario e stiamo filmando il mio primo breve documentario. Mi accontenta con lo stesso entusiasmo della prima ripresa. Sorrido dietro alla mia nuovissima camcorder. Sto frequentando un corso di cinematografia in Città. Come primo compito, ho deciso di creare un documentario sulle cose fantastiche che il dottor Russo sta facendo con il rifugio per gli animali qui a Summerdale. Ho immaginato che potrebbe farlo girare a ripetizione nella sua sala d'attesa o quando partecipa agli eventi cittadini con gli animali in cerca di adozione. Chi lo sa, forse attirerà più attenzione e ispirerà altri rifugi nel paese.

Galena è qui con me. È la notte prima della Fiera del Raccolto D'autunno e stiamo aiutando il dottor Russo con le preparazioni per la raccolta fondi di questa sera all'Horseman Inn. In molti hanno già lasciato le loro donazioni, che il dottor Russo ha ritirato nel suo ufficio. Stasera c'è un'asta silenziosa, seguita da una festa. Il rifugio ha sempre bisogno di soldi per occuparsi dei cani e dei gatti. Domani avrà un chiosco alla fiera con gli animali da adottare.

Dopo qualche altra domanda, a cui il dottor Russo risponde cortesemente, dico: «Stop! Buona».

«Mmm. Sembri così professionale» dice Galena.

La bacio. «È importante usare il linguaggio giusto.»

«Anche lei era perfetto, dottor Russo» dice Galena con entusiasmo. Galena dice che il dottor Russo è abbastanza bello da essere in TV, che non è il motivo per cui l'ho scelto, ma lei dice che male non farà. A quanto pare, occhi azzurri con capelli castano chiaro e pelle leggermente olivastra sono una combinazione particolarmente impressionante. Ha più o meno la mia età, non è troppo vecchio, guardatemi, mi sento nuovamente giovane. La scadenza cui pensavo, quella della morte prematura di mio padre, non vale più per me.

Il dottor Russo mi sorride. «Potete chiamarmi Dominic o Dom. So che non ho avuto molto tempo per socializzare, ma spero che mi considererete un amico.»

«Certamente» dico.

Galena annuisce con le guance rosa. Mi sta bene che abbia una cotta, purché torni a casa da me.

Dominic ci indica di seguirlo. «Andiamo a prendere i premi. La gente in città è molto generosa.»

Ripongo l'attrezzatura mentre Galena va con lui. La sua casa è in vendita e ha già suscitato interesse. Adesso vive con me, ha deciso di correre il rischio. L'ho rassicurata in tutti i modi possibili. Stasera lo renderò ufficiale.

Quando arrivo nel suo ufficio, Galena e Dominic stanno uscendo con grandi cestini avvolti in cellophane colorato legati con un fiocco.

«Riesci a crederci?» mi chiede Galena. «Pensavo che fosse un mucchio di roba a caso, invece sono cesti regalo a tema. Qualcuno si è veramente dato da fare.»

Afferro quattro cestini e li seguo al furgone del rifugio. Domani ci metterà le gabbie con gli animali. Per ora sono un mucchio di cestini.

Facciamo in fretta tra tutti e tre. Dominic chiude il retro del furgone. «Grazie per il vostro aiuto, ci vedremo all'Horseman Inn.»

«Va bene.»

Sblocco la serratura dell'auto e apro la portiera per Galena, che mi guarda con amore e mi ringrazia.

«Ho visto la cotta che hai per Dominic.»

«Posso guardare. L'hai detto anche tu.»

Mi metto alla guida. Appena lo faccio Galena mi afferra la testa e mi tira verso di sé per un bacio appassionato. Poi si tira indietro e mi guarda. «Sei l'unico che mi piace. Comunque sii lieto che sia così fotogenico. Scommetto che il tuo film vincerà dei premi. Dovresti iscriverlo a qualche festival.»

Provo un'ondata di affetto e la bacio di nuovo. «Adoro la tua fiducia nelle mie capacità. È ancora tutto nuovo per me.»

«Hai talento.»

«Ti amo» diciamo contemporaneamente e poi scoppiamo a ridere.

Metto in moto e faccio retromarcia.

«La gente dirà che siamo una di quelle disgustose coppie così carine» mi dice Galena.

«A me non dispiace.»

Un breve tratto dopo, entriamo nel parcheggio dell'Horseman Inn. Dominic è già lì e ha lasciato aperte le portiere del furgone, così cominciamo a raccogliere i cesti e a portarli dentro.

Una volta scaricato tutto all'interno, Dominic e io spostiamo i tavoli verso le pareti della sala e appoggiamo i cestini per l'asta. Abbiamo appena finito quando arrivano altre due volontarie. Sono Audrey ed Evie Larsen, la sorella minore di Jenna. Non vedevo Evie da anni, ma assomiglia tanto a Jenna che dev'essere lei. Le sorelle sono bionde, alte e snelle con zigomi definiti. I capelli di Evie sono un po' più scuri e arrivano alle mandibole. Scommetto che è in città per aiutare Jenna con suo bambino, Theo, nato domenica scorsa.

Vado da loro. «Ehi, Aud. Evie, è un piacere vederti. È passato molto tempo.»

Evie piega la testa studiandomi. «Adesso mi faccio chiamare Eve.»

Audrey si intromette. «È Levi Appleton, il nostro sindaco.»

Eve apre la bocca, stupita. «All'inizio non ti avevo riconosciuto, con la barba. E sei il sindaco oltretutto.»

«Nessun altro voleva quel lavoro» dico.

Galena appare al mio fianco. «È un ottimo sindaco e si sta anche avventurando nel campo della cinematografia.»

«Eve, ti presento Galena, la mia ragazza.»

«Ciao Galena» dice con calore Eve. «È interessante che ti stia dedicando alla cinematografia, Levi. Io scrivo per la TV. Ho preso una settimana di ferie per aiutare Jenna con il bambino.»

«Anche Audrey è una scrittrice» dico.

«Me ne ha parlato» dice Eve.

Audrey ci rivolge un debole sorriso. A lei non piace molto parlare del suo libro perché non è ancora pronta a condividerlo.

Dominic si unisce a noi. «Altri volontari, spero.»

Audrey lo indica come se fosse lieta per la distrazione. «Eve, ti presento lo scapolo più ambito di Summerdale.»

Eve inarca le sopracciglia, spalancando gli occhi. «Salve.»

Si sono già conosciuti? Dominic non è cresciuto qui ed Eve non torna qui da molto tempo.

«Che cosa intendi per scapolo più ambito?» chiede Galena ad Audrey. «Pensavo che voi due usciste insieme.»

Le guance di Audrey diventano rosa carico. Eve distoglie lo sguardo.

Dominic dà un'occhiata a Eve prima di rivolgersi a Galena. «Dove l'hai sentito?»

Audrey risponde per lui. «Pettegolezzi. C'è sempre qualcuno che "mette insieme" gli altri. Ah-ah.»

«Audrey e io siamo amici» dice Dominic, fissando Eve.

«Esattamente» conferma Audrey.

«Ma Levi ha detto...» Galena smette di parlare quando le stringo la mano. Qualunque cosa sia successa, Audrey non vuole parlarne davanti a Dominic. Sembra che ci siano segnali contrastanti. È così oppure Audrey ha detto una piccola innocua bugia dicendo che Dominic le aveva chiesto di uscire. Non la biasimerei se fosse così. In quel momento, il Generale Joan l'aveva nel mirino del suo arco da Cupido.

Eve lascia andare il fiato che aveva trattenuto, guardandosi attorno. «Giusto. Okay, sono qui al posto di Jenna. Mettetemi al lavoro.»

Dominic indica loro di seguirlo verso una grossa scatola piena di decorazioni e cartelli.

Galena mi sussurra all'orecchio: «Ho detto qualcosa di sbagliato?».

Guardo il gruppo. Audrey sta sistemando i cesti sulla fila di tavoli mentre Eve sta togliendo dalla scatola rotoli di festoni. E Dominic sembra ipnotizzato da Eve.

«Va tutto bene» le dico. «Ho una sorpresa per te a casa.»

Lei mi dà un'occhiata maliziosa. «Penso di sapere che cos'è.»

Le avvolgo le braccia intorno alla vita e la bacio. «Non quello.»

Lei mi mette le braccia intorno al collo e mi sorride. «Che cosa potrebbe essere? Non è il mio compleanno. È il nostro anniversario?»

Le strofino il naso sul collo prima di sussurrare: «La ricorrenza dei nostri tre mesi insieme è stata la settimana scorsa. Ricordi che ti ho portato le rose e tu mi hai dato la mia cosa preferita, quella in cui sei così brava?».

Lei ridacchia. «Shh!»

«Ehi, piccioncini» ci chiama Dominic. «È tutto a posto. Siete ufficialmente fuori servizio.»

«Sei sicuro?» gli chiedo.

«Sì. Grazie per il vostro aiuto.»

«Arrivederci» esclama Galena.

Lo saluto, poi afferro la mano di Galena e usciamo.

«Posso avere un indizio?» mi chiede Galena quando siamo in auto.

«No.»

«Non hai preso un altro cane, vero? Saremmo in minoranza.»

«Basta cani. Due beagle vivaci sono più che sufficienti.»

«Riesci a immaginare due bambini vivaci e due cani?» mi chiede.

Sorrido e le prendo la mano. «Sì.»

Galena sorride guardando fuori dal finestrino. «So che qualunque cosa sia sarà perfetta. Ho piena fiducia in te.»

Gonfio il petto per l'orgoglio. Mi sono guadagnato la sua fiducia. Mi ha detto che sono il primo uomo a cui ha veramente aperto il cuore. E significa moltissimo per me.

Poco dopo parcheggio in garage e la guido in casa. I cani ci salutano gioiosamente come se non ci vedessero da giorni invece che da un'ora. Galena li coccola entrambi e li fa uscire. Tornano indietro quasi subito, vogliono stare con lei. Galena è una donna con tantissimo amore da dare.

«Ci vediamo di sopra tra cinque minuti» le dico.

«Lo sapevo» dice lei ridendo.

Galena

Non che mi lamenti, ma le sorprese di Levi sono spesso a carattere sessuale. È fantastico, specialmente dopo la mia scialba vita amorosa con il mio ex. Kevin è tornato a lavorare al laboratorio e va in Città ogni fine settimana per un'appassionata relazione con Iris, quella del reparto guardaroba del film di Harper. Sono felice per lui. Abbiamo deciso di restare amici. Eravamo comunque più amici che altro quando vivevamo insieme mentre ciò di cui avevo veramente bisogno era un amante e un partner.

Mi slaccio il reggiseno e lo tolgo da sotto il maglione con lo scollo a V, gettandolo sul divano. Mmm... Non sarebbe una sorpresa sexy se mi presentassi nuda di sopra quando mi chiamerà Levi? Probabilmente starà accendendo delle candele e mettendo un po' di musica con un giro di bassi. Mi piace quel tipo di musica, è così sexy. Mi tolgo le scarpe. Okay. Lo faccio. Butto tutto sul divano.

Via il maglione.

Jeans e mutandine insieme.

Calzini via. *Wee!*

Oops. I cani si gettano sui calzini e corro per recuperarli, ma è troppo tardi. Baxter e Sadie partono in due direzioni diverse giocando a farsi inseguire. Corro dietro a Sadie che rovina i calzini, masticandoli, molto più di Baxter, girando intorno al tavolo della cucina verso la sala da pranzo.

«È tutto pronto, sali» dice Levi.

«Okay, cani, avete vinto questo round.» Meglio il mio momento sexy con Levi dei calzini.

Mi fiondo di sopra e mi fermo di colpo in corridoio, con il cuore che vuole uscire dal petto. Levi mi sta filmando!

Mi copro il seno con un braccio e uso l'alta mano come una foglia di fico. «Levi!»

«Scusa!» Abbassa la videocamera. «Non sapevo che fossi nuda.»

«Che cosa stai facendo?»

«Pensavo che sarebbe stato bello registrare l'evento. Ho un treppiede montato in camera.»

«Vuoi fare un video sexy?»

Lui ridacchia. «Ti piacerebbe?»

«No!»

«Non è un video sexy.» Mi dà una bella occhiata. «Mi piaci nuda.»

Gli rivolgo un'occhiataccia e mi volto per scendere a prendere i vestiti. Se è vestito per qualunque sia questa cosa, devo essere vestita anch'io. Scendo due gradini prima che braccia forti mi afferrino per la vita, tirandomi indietro.

«Aspetta» mi dice all'orecchio con la voce roca. Quella voce sembra promettente.

Mi volto a guardarlo proprio mentre si toglie la maglia di cotone a manica lunga e la mette a me. È abbastanza lunga da coprirmi come una camicia da notte.

Apre la porta della nostra camera e mi indica di entrare.

Quando vedo che cosa c'è mi porto le mani alla bocca. È bello e sgargiante, alla Las Vegas. C'è uno striscione con la scritta "Benvenuti a Las Vegas" sopra il letto. Dal soffitto pendono decorazioni a forma di fiche da poker, carte e dadi. C'è perfino una bottiglia di champagne in un secchiello pieno di ghiaccio accanto a un vassoio con le fragole coperte di cioccolato.

Lascio cadere le mani. «Sembra una suite luna di miele!»

Levi va verso il comodino e prende un'unica rosa, porgendomela. «Pensavo che sarebbe stato bello ricreare la prima volta in cui siamo stati insieme. È stato speciale. Come te.»

Respiro il dolce profumo della rosa, chiudendo gli occhi mentre cerco di mandare a memoria tutto di questo momento. Quest'uomo incredibilmente generoso che si sforza sempre di dimostrarmi il suo amore.

Apro gli occhi. «È bellissimo.»

Oh mio Dio. Levi si è messo su un ginocchio e in mano ha un anello di fidanzamento di diamanti. Lascio cadere la rosa, con gli occhi pieni di lacrime.

«Galena ti amo tanto, adesso, sempre e per sempre. Eri il pezzo che mancava alla mia vita. Il pezzo che si incastrava perfettamente. Vuoi farmi l'onore di diventare mia moglie?»

«Sì» riesco a dire con la voce soffocata e le lacrime che scendono lungo le guance. Me le asciugo in fretta. «Non so perché sto piangendo. Sono così felice.»

Levi mi infila l'anello al dito e si alza, abbracciandomi. Mi rannicchio contro il suo petto, ascoltando il solito battere del suo cuore. Il mio sta martellando, ho le ginocchia molli mentre poco per volta mi rendo conto fino in fondo di questo momento magico. Da quando mi sono trasferita da lui non abbiamo mai parlato di matrimonio e una parte di me temeva che non ne avrebbe più parlato. Forse era la mia stessa paura di correre nuovamente il rischio di essere una sposa.

Alzo la testa. «Sarà meglio che arrivi fino in fondo alla cerimonia.»

Levi mi asciuga le lacrime con i pollici. «Stai scherzando?

Sarei felice di sposarti domani, ma ho la sensazione che vorrai la tua famiglia con te.»

«Saranno tutti così contenti. Ti adorano anche se abbiamo vissuto insieme prima del matrimonio.» I miei genitori sono venuti a trovarci due settimane fa e io ero stata molto chiara presentandolo a tutti. Non avrei permesso loro di ignorare Levi come avevano ignorato Kevin. È troppo prezioso per me.

Levi mi appoggia la mano sulla guancia, accarezzandomi il collo con il pollice. «Lo confesso. Ho assicurato ai tuoi genitori che ti avrei chiesto di sposarmi appena fossi stato sicuro che avresti detto di sì.»

Lo fisso sbalordita.

Lui mi guarda negli occhi con tanto amore che mi rilasso completamente, invasa dal calore. «È vero.»

Lo abbraccio stretto e poi gli tempesto il volto di baci. La sua guancia si curva in un sorriso sotto le mie labbra.

«Comunque,» dice «volevo registrare questo momento in modo che potessimo ricordarlo, ma non lo dimenticherò mai. Mi hai reso così felice.»

L'euforia mi fa fluttuare in un mare di sensazioni felici. «Non lo dimenticherò nemmeno io. Ti amo tanto.»

«Ti amo tanto anch'io.» Levi mi bacia e mi mordicchia il labbro inferiore. «Adesso torniamo a Galena tutta nuda.» Mi toglie la sua maglia e mi prende in braccio, andando verso il letto.

«Sei così bravo a togliermi la terra sotto i piedi.» Sto praticamente facendo le fusa.

«Siamo noi che siamo perfetti insieme. Eravamo destinati l'uno all'altra.»

«Le probabilità erano minime, con la partenza accidentata» dico con un sorriso mentre mi appoggia sul letto.

Levi mi copre e mi bacia appassionatamente. «La matematica non è mai stata il mio forte.»

Rido e poi mi dedico al lavoro serio di amare l'uomo destinato a me.

Non perdetevi il prossimo volume della serie, *Racing - Dominic*, nel quale Dominic ed Eve si incontrano di nuovo inaspettatamente dopo quella che doveva essere l'avventura di una notte e cercano disperatamente di non innamorarsi.

E se l'avventura di una notte fosse il tuo vero amore?

Eve

Non sono un tipo da relazioni serie. Sì, ho un buon motivo. Quindi una notte di sesso con uno di fuori città il giorno prima di volare a Summerdale, Connecticut, per andare a trovare mia sorella sembra la situazione perfetta, senza complicazioni.

La prima sera in cui sono a Summerdale, mia sorella mi convince a partecipare a una raccolta fondi, ed eccolo! Dominic il veterinario (non ci eravamo scambiati i cognomi) vive *qui* a Summerdale.

Riuscirò a sopravvivere un'intera settimana di scoppiettante attrazione chimica e il suo aspetto seducente? L'unica cosa che mi salva è che nessuno dei due sta pensando a una relazione seria e io devo tornare a Los Angeles per il mio lavoro in TV, nella stanza degli sceneggiatori.

Ma quando il sindacato degli sceneggiatori entra in sciopero, mia sorella mi prega di restare un po' di più.

E c'è Dominic che mi tenta, mi fa desiderare qualcosa di più.

Non ho un futuro qui e lui è legato al suo studio di veterinario. Io non sono adatta alle piccole città e lui non lo è alle grandi città. Sì, dovrei decisamente tornare a casa. Ma non riesco a convincermi a comprare il biglietto.

ALTRI LIBRI DI KYLIE GILMORE

Storie scatenate

Fetching - Wyatt (Libro No. 1)

Dashing - Adam (Libro No. 2)

Sporting - Eli (Libro No. 3)

Toying - Caleb (Libro No. 4)

Blazing - Max (Libro No. 5)

Chasing - Spencer (Libro No. 6)

Daring - Gage (Libro No. 7)

Leading - Levi (Libro No. 8)

Racing - Dominic (Libro No. 9)

Loving - Drew (Libro No. 10)

I Rourke di Villroy,
Principi da sogno ed eroine tostissime.

Royal Catch - Gabriel (Libro No. 1)

Royal Hottie - Phillip (Libro No. 2)

Royal Darling - Emma (Libro No. 3)

Royal Charmer - Lucas (Libro No. 4)

Royal Player - Oscar (Libro No. 5)

Royal Shark - Adrian (Libro No. 6)

I Rourke di New York

Rogue Prince - Dylan (Libro No. 1)

Rogue Gentleman - Sean (Libro No. 2)

Rogue Rascal - Jack (Libro No. 3)

Rogue Angel - Connor (Libro No. 4)

Rogue Devil - Brendan (Libro No. 5)

Rogue Beast - Garrett (Libro No. 6)

Andate sul mio sito web kyliegilmore.com/italiano per vedere la lista aggiornata dei miei libri.

L'AUTRICE

Kylie Gilmore è l'autrice Bestseller di USA Today delle serie: I Rourke; Storie scatenate; The happy endings Book Club; The Clover Park e The Clover Park Charmers. Scrive romanzi rosa umoristici che vi faranno ridere, piangere e allungare le mani per prendere un bel bicchiere d'acqua.

Kylie vive a New York con la sua famiglia, due gatti e un cane picchiatello. Quando non sta scrivendo, tenendo a bada i figli o prendendo debitamente appunti alle conferenze per gli scrittori, potete trovarla a flettere i muscoli per arrivare fino all'armadietto in alto, dove c'è la sua scorta segreta di cioccolato.

Iscrivetevi alla newsletter di Kylie per avere notizie sulle nuove uscite e sulle vendite speciali: kyliegilmore.com/IT-newsletter. Controllate il sito web di Kylie per trovare altra roba divertente: https://www.kyliegilmore.com/italiano/.